M. J. ARLIDGE

UNI-DUNI-TÊ

Tradução de
Maurette Brandt

2ª edição

EDITORA RECORD
RIO DE JANEIRO • SÃO PAULO
2021

CIP-BRASIL. CATALOGAÇÃO-NA-FONTE
SINDICATO NACIONAL DOS EDITORES DE LIVROS, RJ

A753u
Arlidge, M. J., 1974-
Uni-duni-tê / M. J. Arlidge; tradução de Maurette Brandt. – 2ª ed. – Rio de Janeiro: Record, 2021.
(Helen Grace; 1)

Tradução de: Eeny Meeny
ISBN 978-85-01-10526-4

1. Ficção inglesa. I. Brandt, Maurette. II. Título. III. Série.

15-22927
CDD: 823
CDU: 821.111-3

Título original: Eeny Meeny

Copyright © M. J. Arlidge, 2014
Publicado originalmente na Grã-Bretanha, em língua inglesa, pela Penguin Books Ltd.

Texto revisado segundo o novo Acordo Ortográfico da Língua Portuguesa.

Todos os direitos reservados. Proibida a reprodução, no todo ou em parte, através de quaisquer meios. Os direitos morais do autor foram assegurados.

Editoração eletrônica: Abreu's System

Direitos exclusivos de publicação em língua portuguesa somente para o Brasil adquiridos pela
EDITORA RECORD LTDA.
Rua Argentina, 171 – Rio de Janeiro, RJ – 20921-380 – Tel.: (21) 2585-2000, que se reserva a propriedade literária desta tradução.

Impresso no Brasil

ISBN 978-85-01-10526-4

Seja um leitor preferencial Record.
Cadastre-se no site www.record.com.br e receba informações sobre nossos lançamentos e nossas promoções.

Atendimento e venda direta ao leitor:
sac@record.com.br.

I

Sam está dormindo. Eu poderia matá-lo agora. O rosto dele não está virado para mim; não seria difícil. Será que ele vai perceber se eu me mover? Vai tentar me impedir? Ou vai ficar apenas *feliz* por este pesadelo terminar?

Não posso pensar assim. Preciso tentar me lembrar do que é real, do que é bom. Mas, quando se é um prisioneiro, os dias parecem não ter fim, e a esperança é a primeira que morre.

Vasculho minha mente em busca de lembranças boas para afastar os pensamentos ruins, mas é cada vez mais difícil trazê-las à tona.

Estamos aqui há apenas dez dias (ou serão 11?) e, no entanto, a chamada "vida normal" já parece uma lembrança remota. Estávamos pedindo carona depois de um show em Londres quando aconteceu. Chovia a cântaros, e vários carros passaram, mas os motoristas fingiam não nos ver. Estávamos ensopados até os ossos e quase desistindo, quando finalmente uma van parou. Lá dentro estava quente e seco; nos foi oferecido café de uma garrafa. Só o cheiro bastou para nos animar. O gosto estava melhor ainda. Não fazíamos ideia de que aquele seria nosso último gostinho de liberdade.

Quando acordei, minha cabeça latejava. Minha boca estava coberta de sangue. E não estava mais na van quentinha, e sim num lugar frio e escuro. Estaria sonhando? Um barulho atrás de mim me despertou completamente, mas era apenas Sam tentando ficar de pé.

Tínhamos sido roubados. Roubados e descartados. Comecei a me arrastar com dificuldade, agarrada às paredes que nos enclausuravam. Azulejos frios e duros. Esbarrei em Sam e, por um breve momento, eu o abracei, sentindo aquele cheiro que tanto amo. Mas aquele momento passou e nos demos conta de todo o horror de nossa situação.

Estávamos em uma enorme piscina que há muito não era usada, abandonada, renegada. Já não tinha mais os trampolins, a sinalização nem mesmo as escadas. Tinham pilhado tudo que podia ser carregado; restava apenas um tanque fundo e liso, do qual era impossível sair.

Será que aquele demônio de merda estava ouvindo nossos gritos? Provavelmente sim, porque, quando finalmente paramos de gritar, aconteceu. Ouvimos um celular tocando e, por um breve e glorioso instante, pensamos que era alguém vindo nos resgatar. Mas, em seguida, vimos a tela do telefone iluminando o fundo da piscina, ao nosso lado. Sam não se moveu, então corri para atender. Por que tinha de ser eu? Por que *sempre* tem de ser eu?

— Olá, Amy.

A voz do outro lado era distorcida, inumana. Eu quis implorar por misericórdia, explicar que haviam cometido um erro terrível, mas o fato de saberem meu nome pareceu acabar com qualquer convicção que eu pudesse ter. Fiquei calada, e a voz continuou, implacável e fria:

— Você quer viver?

— Quem é você? O que fez com a gen...

— Você quer viver?

Por um momento, não consigo responder. Minha língua não se move. Mas, logo depois...

— Quero.

— No chão, ao lado do celular, tem uma pistola. Está carregada com uma única bala. Para Sam ou para você. Este é o preço da sua liberdade. Para viver, precisa matar. Você quer viver, Amy?

Não consigo falar. Tenho vontade de vomitar.

— E então, quer ou não quer?

Em seguida o telefone fica mudo. E Sam pergunta:

— O que foi que disseram?

Sam está dormindo ao meu lado. Eu poderia acabar com isso agora.

2

A mulher gritava de dor. E depois ficava quieta. Linhas arroxeadas se formavam ao longo de suas costas. Jake ergueu novamente a chibata, fazendo-a descer com um estalo. A mulher deu um pinote, gritou e depois falou:

— De novo.

Raramente dizia algo além disso. Não era muito falante. Não como algumas de suas clientes. As gerentes, contadoras e escriturárias presas em relacionamentos sem sexo estavam sempre *loucas* para falar — loucas para ser apreciadas pelo homem que batia nelas por dinheiro. Esta era diferente; um livro fechado. Nunca contou como o encontrou. Ou por que vinha. Dava suas instruções — suas necessidades — de forma clara e ríspida, e em seguida o mandava ir em frente.

Ele sempre começava prendendo os pulsos dela. Duas tiras de couro com tachinhas, bem-esticadas, de modo que os braços dela ficavam acorrentados à parede. Dois grilhões de ferro prendiam seus pés ao chão. As roupas estavam cuidadosamente arrumadas em uma cadeira. E lá estava ela, acorrentada, só com as roupas íntimas, esperando pela punição.

Não havia nenhuma performance; nada de "Por favor, não me machuque, papai", nem "Sou uma menina muito, muito má". Ela só queria que ele a machucasse. De certa forma, era um alívio. Todo trabalho vira rotina depois de algum tempo — e às vezes era bom não ter de satisfazer as fantasias de gente patética se fazendo de vítima. Ao mesmo tempo, era frustrante a recusa dela em ter um relacionamento normal com ele. O elemento mais importante em qualquer encontro sadomasoquista é a confiança. O submisso precisa saber que está em segurança; que seu dominador conhece a personalidade daquele a quem comanda, assim como suas necessidades, e que pode oferecer uma experiência gratificante, confortável para ambas as partes. Se não há essa confiança, acaba se tornando agressão, ou mesmo abuso — e essa *não era*, definitivamente, a praia de Jake.

Então ele ia tateando — uma pergunta aqui, um comentário ali. E, com o tempo, foi adivinhando o básico: a mulher não era de Southampton, não tinha família, estava chegando aos 40 e isso não a incomodava. Deduziu, a partir das sessões, que o negócio dela era a dor. O sexo não entrava na história; ela não queria ser estimulada ou excitada, queria ser punida. As pancadas nunca iam muito longe, mas eram fortes e incansáveis. A mulher tinha corpo para aguentar: era alta, musculosa e bastante forte. E algumas cicatrizes sugeriam que não era uma novata no universo sadomasoquista.

No entanto, com todas as suas sondagens e perguntas escolhidas com critério, só havia uma coisa que Jake sabia com certeza sobre ela. Uma vez, enquanto se vestia, o crachá com uma foto dela escorregou do bolso da jaqueta e caiu no chão. A mulher o pegou depressa; pensou que Jake não tinha visto, mas estava enganada. Jake achava que entendia um pouco as pessoas, mas aquela mulher o surpreendera totalmente. Se não tivesse visto o crachá, jamais teria imaginado que era policial.

3

Amy está de cócoras, a poucos centímetros de mim. Não há mais constrangimento agora; ela urina no chão sem pudores. Observo o fio fino de urina que escorre nos azulejos; minúsculas gotinhas batem e voltam, atingindo seus tênis sujos. Há algumas semanas eu viraria o rosto diante de uma cena dessas, mas não agora.

A urina dela serpenteia devagar pelo chão e desce até chegar à poça de dejetos que se formou na parte mais funda. Estou vidrado em seu progresso, mas finalmente as últimas gotas desaparecem e a distração acaba. Amy volta para o seu canto. Nenhum pedido de desculpas, nenhum comentário. Viramos animais — indiferentes a nós mesmos e indiferentes um ao outro.

Mas não foi sempre assim. Inicialmente estávamos furiosos, desafiadores. Estávamos determinados a não morrer aqui, a sobreviver juntos. Amy subia em meus ombros e acabava quebrando as unhas que se agarravam aos azulejos, fazendo de tudo para chegar à beira da piscina. Quando isso não funcionou, tentou pular dos meus ombros. Mas a piscina tem 4,5 metros de profundidade, talvez mais, e a salvação nos parece simplesmente fora de alcance.

Tentamos usar o telefone, mas estava bloqueado e, após tentarmos algumas combinações, a bateria acabou. Gritamos e berramos até nossas gargantas ficarem destruídas. Tudo o que ouvimos em resposta foi nosso próprio eco, zombando de nós. Às vezes parece que estamos em outro planeta, sem qualquer ser humano à vista em quilômetros. O Natal está chegando; alguém deve estar nos procurando, mas é difícil acreditar nisso quando se está preso em um lugar desses, cercado por esse silêncio terrível e constante.

Fugir não é uma opção, então agora nós simplesmente sobrevivemos. Roemos as unhas até os dedos sangrarem, depois sugamos o sangue avidamente. Lambemos o orvalho sobre os azulejos de madrugada, mas ainda assim nossos estômagos doíam. Falamos até em comer nossas roupas, mas desistimos. À noite isso aqui congela, e o que nos impede de morrer por hipotermia é nossa pouca roupa e o calor que absorvemos um do outro.

Seria minha imaginação ou nossos abraços agora são menos quentes? Menos fortes? Desde que tudo aconteceu, nos agarramos um ao outro dia e noite, um desejando a sobrevivência do outro, cada um com medo de ficar sozinho nesse lugar horrível. Inventamos jogos para passar o tempo, imaginando o que fazer depois que o socorro chegar — o que vamos comer, o que diremos às nossas famílias, o que vamos ganhar no Natal. Mas essas brincadeiras foram ficando cada vez menos frequentes à medida que nos demos conta de que fomos trazidos para cá com um objetivo, e que não haverá um final feliz para nós.

— Amy?

Silêncio.

— Amy, por favor, fale alguma coisa.

Amy não olha para mim. Não fala comigo. Será que eu a perdi para sempre? Tento imaginar o que ela está pensando, mas não consigo.

Talvez não haja mais nada a dizer. Tentamos tudo, exploramos cada milímetro de nossa prisão, à procura de um jeito de fugir. A única coisa na qual não tocamos foi a pistola. Ainda está lá, imóvel, nos chamando.

Levanto a cabeça e vejo Amy olhando para ela. Seu olhar encontra o meu e então ela o desvia. Será que ela pegaria a arma? Há algumas noites eu diria que de jeito nenhum. Mas, agora? A confiança é algo frágil — difícil de conquistar, fácil de perder. Não tenho mais certeza de nada.

A única coisa que sei é que um de nós vai morrer.

4

Ao sair para o ar fresco da noite, Helen Grace se sentia leve e feliz. Diminuiu o passo e saboreou aquele momento de paz, achando graça da multidão em torno dela, que lotava as lojas.

Estava a caminho da Feira de Natal de Southampton, que se estendia ao longo da parte sul do centro comercial de WestQuay. Era um evento anual — uma oportunidade para comprar presentes originais, feitos à mão, que não figuravam em nenhuma lista de desejos da Amazon. Helen odiava o Natal, mas, todos os anos, sem exceção, comprava alguma coisa para Anna e Marie. Era seu único ato festivo e ela sempre caprichava. Comprou bijuterias, velas perfumadas e outras quinquilharias, e também não economizou nos comestíveis: levou tâmaras, chocolates, um pudim de Natal por um preço obsceno e uma bela caixa de chocolate com menta, a iguaria predileta de Marie.

Pegou sua Kawasaki no estacionamento de WestQuay e atravessou rapidamente o trânsito do centro da cidade em direção a Weston, que ficava a sudoeste. Afastava-se da alegria e da riqueza e seguia rumo à privação e à desesperança, vítima da atração inexorável exercida por cinco blocos monolíticos de torres que se destacavam na paisagem local. Há anos esses blocos saúdam quem chega a Southampton pelo mar. No passado faziam jus a essa honra: eram imponentes, modernos e otimistas. Mas, agora, a história era bem diferente.

Melbourne Tower era de longe o mais dilapidado. Há quatro anos uma fábrica ilegal de drogas explodiu no sexto andar. O estrago foi grande; praticamente destruiu o prédio. O conselho municipal prometeu reconstruí-lo, mas a recessão enterrou esses planos. Ainda estava tecnicamente escalado para uma restauração, mas agora ninguém acreditava que isso iria acontecer. Então o prédio continuava do mesmo jeito, destruído e malcuidado, abandonado pela grande maioria das famílias que havia morado ali. Agora era território de viciados, invasores e pessoas que não tinham para onde ir. Era um lugar sórdido, esquecido.

Helen estacionou sua moto a uma distância segura das torres e seguiu a pé. Em geral, as mulheres não costumavam caminhar por ali sozinhas à noite, mas Helen nunca se preocupou com sua segurança. Era conhecida na região, e as pessoas tendiam a manter distância, o que era conveniente para ela. Estava tudo calmo naquela noite, com exceção de alguns cães que xeretavam um carro queimado. Então Helen abriu caminho em meio às seringas e camisinhas e entrou na Melbourne Tower.

No quarto andar, parou na porta que indicava 408. O lugar havia sido um apartamento simpático e confortável, mas agora parecia o Fort Knox. A porta estava coberta de trancas, porém o mais perturbador eram as grades — firmemente trancadas com cadeados — que reforçavam a entrada principal. A repulsiva pichação que cobria a porta do lado de fora — *idiota, retardada, mongol* — dava uma pista da razão pela qual o apartamento era tão protegido.

Ali viviam Marie e Anna Storey, mãe e filha. Anna era completamente incapacitada; não falava, não tinha condições de se alimentar nem de fazer suas necessidades sozinha. Tinha 14 anos agora e dependia da mãe, uma mulher de meia-idade, para tudo. Marie, sua mãe, fazia o melhor que podia. Vivia de caridade e de doações; fazia compras na Lidl e economizava no aquecimento. Estavam bem assim; afinal, era a vida que lhes cabia, e Marie não era propensa à amargura. O problema eram os arruaceiros da região. O fato de não terem nada para fazer e de virem de famílias desestruturadas não era desculpa. Aqueles moleques eram delinquentes, que gostavam de humilhar, intimidar e atacar pessoas vulneráveis, como uma mãe e sua filha.

Helen sabia de tudo isso porque tinha um interesse especial pelas duas. Um dos vagabundos — Steven Green, um viciado com a cara coberta de espinhas, que havia abandonado a escola — tinha tentado colocar fogo no apartamento delas. Os bombeiros chegaram a tempo, e os danos ficaram restritos ao hall e ao quarto da frente, mas o efeito sobre Marie e Anna tinha sido devastador. As duas estavam absolutamente aterrorizadas quando Helen as interrogou. Aquilo era tentativa de homicídio, e alguém deveria ser responsabilizado. A policial fez o máximo que pôde, mas o caso nunca foi a julgamento, por falta de provas. Helen fez de tudo para que elas se mudassem, mas Marie era teimosa. O apartamento era a residência da família e tinha sido preparado para atender às limitações de mobilidade de Anna. Por que elas deveriam sair dali? Marie vendeu tudo de valor que ainda possuía para investir na segurança do apartamento. Quatro anos depois, a fábrica de drogas que funcionava no prédio explodiu. Antes disso, o elevador funcionava e o apartamento 408 era basicamente um lar feliz. Agora era uma prisão.

O Serviço Social deveria, supostamente, visitá-las regularmente, para ficar de olho nelas, mas o pessoal evitava aquele lugar como quem foge da peste, e as visitas, na melhor das hipóteses, eram rapidíssimas. Então Helen, que tinha pouco a fazer em casa à noite, costumava aparecer por lá. Foi por isso que estava lá quando Steven Green e companhia voltaram para terminar o serviço. O sujeito estava chapado como sempre e segurava uma lata de gasolina. Ele tentara colocar fogo no apartamento com um rastilho caseiro. Só que não teve nem chance. O cassetete de Helen o atingiu no ombro, depois cruzou o pescoço e o fez esborrachar-se no chão. Os outros caras que estavam com ele foram pegos de surpresa pela súbita aparição de uma policial, então largaram suas respectivas bombas e correram. Alguns conseguiram escapar, outros não. Helen tinha sido bem treinada nas técnicas de puxar o tapete de suspeitos em fuga. Estragou o ataque deles e, não muito tempo depois, teve o grande prazer de ver Steven Green e três de seus amigos mais próximos sentenciados a uma pena considerável na prisão. Algumas vezes seu trabalho rendia boas recompensas.

Helen conteve um arrepio. Os corredores sujos, as vidas partidas, as pichações e a sujeira lembravam demais o ambiente em que ela própria fora criada; era impossível aquilo tudo não lhe provocar alguma reação. Evocava lembranças que ela lutara com todas as forças para reprimir, e que agora empurrava com mais força ainda para o fundo de sua memória. Estava ali por causa de Marie e de Anna — e se recusava a deixar que alguma coisa afetasse seu ânimo naquele dia.

Bateu na porta três vezes — era o código secreto delas — e, após muitas trancas abertas, a porta se abriu.

— Olha o sopão da madrugada! — brincou Helen.

— Vai te catar! — veio a resposta previsível.

Helen sorriu enquanto Marie abria a grade externa para deixá-la entrar. Seus pensamentos sombrios já estavam se acalmando; a acolhida "calorosa" de Marie sempre tinha esse efeito sobre ela. Uma vez lá dentro, Helen distribuiu os presentes, recebeu os seus e se sentiu completamente em paz. Por um breve momento, o apartamento 408 era seu santuário, em meio a um mundo escuro e violento.

5

A chuva caía forte e lavava suas lágrimas. Tanta água deveria trazer uma sensação de limpeza, mas não era o que acontecia: ela estava longe demais disso. Lançou-se loucamente pela vegetação cerrada do bosque, sem se importar com a direção. Só precisava ir em frente. Para longe, longe, longe.

Espinhos rasgavam seu rosto, pedras dilaceravam seus pés. Mesmo assim, foi em frente. Seus olhos procuravam desesperadamente alguém, alguma coisa, mas tudo o que via eram árvores. Por um instante teve um pensamento horrível: será que ainda estava na Inglaterra? Gritou por ajuda, mas os gritos saíram fracos; a garganta estava arranhada demais para dar conta de suas súplicas.

Na Cidade Mágica do Natal em Sampson, as famílias esperavam pacientemente na fila para entrar na gruta do Papai Noel. Na verdade, toda a área se resumia a meia dúzia de barracas, erguidas precariamente num terreno lamacento, mas as crianças pareciam gostar daquilo. Pai de quatro filhos, Freddie Williams tinha acabado de dar uma mordida em seu primeiro bolo de carne desse Natal quando a viu.

No meio da chuva de vento, parecia um fantasma. O bolo de carne de Freddie ficou no ar, enquanto a jovem mancava devagar, mas resoluta, pela área, com os olhos fixos nele. Ao examiná-la mais de perto, viu que não era um fantasma, e sim uma pessoa digna de pena — encharcada, sangrando e mortalmente pálida. Freddie não queria papo com ela — parecia uma demente — mas suas pernas não se mexiam; ficou imediatamente imobilizado pela ferocidade de seu olhar. A jovem percorreu os poucos metros que os separavam mais rápido do que Freddie esperava; de repente ele se viu dando um pulo para trás quando a garota se jogou em cima dele. Seu bolo de carne deu uma cambalhota no ar e aterrissou, com um *plaft* sonoro, numa poça de lama.

Mais tarde, enrolada num cobertor, não parecia menos demente. Não dizia onde estivera, nem de onde era. Nem sequer parecia saber que dia era aquele. Na verdade, tudo que conseguiram tirar dela foi que se chamava Amy e que tinha matado seu namorado naquela manhã.

Helen freou bruscamente e parou em frente à Estação Central de Polícia de Southampton. O prédio futurista, todo de vidro e de calcário, erguia-se acima de sua cabeça e oferecia uma vista fantástica da cidade e das docas. Havia sido construído há apenas um ano ou dois e, sob todos os aspectos, era uma Central impressionante. Instalações modernas para detentos, um centro de estudos da polícia local, sistema de identificação com tecnologia SmartWater — tinha tudo de que um policial moderno precisava. Estacionou a moto e entrou no prédio.

— Dormindo em serviço, Jerry?

O policial de plantão acordou imediatamente de seu cochilo e tentou parecer o mais ocupado possível. Na verdade, todos se endireitavam na cadeira quando Helen entrava. E não apenas porque ela era detetive-inspetora; tinha a ver também com sua postura. Ao entrar no prédio, com suas roupas de couro de motociclista, era 1,82m de pura ambição e energia. Nunca se atrasava, nunca estava de ressaca, nunca ficava doente. Vivia e respirava o trabalho com uma intensidade que a maioria nem sonhava ter.

Helen foi direto para o escritório da Equipe de Incidentes Graves. A central de polícia de Southampton podia ser revolucionária, mas a cidade da qual cuidava continuava a mesma. Enquanto inspecionava os casos recentes, mostrou-se desanimada com a previsível familiaridade de tudo aquilo. Uma discussão que terminara em assassinato: duas vidas arruinadas e uma criança pequena entregue aos cuidados do Estado. Torcedores do Leeds Utd tentaram matar um torcedor do Saints durante uma viagem e, mais recentemente, o brutal assassinato de um idoso de 82 anos, durante um assalto que dera errado. O assaltante tinha deixado cair a carteira roubada ao fugir da cena do crime; com isso, forneceu à polícia suas impressões digitais, permitindo sua rápida identificação. O criminoso era um conhecido da polícia de Southampton; apenas mais um marginal que destruíra uma família acima de qualquer suspeita, às vésperas do Natal. Helen estava atrasada para relatar os acontecimentos à Central, ainda pela manhã. Abriu o arquivo, convencida de que o caso contra o bandidinho de merda devia estar esclarecido.

— Não tenha tanta certeza. A investigação está em curso.

Mark Fuller, um de seus detetives, se aproximou. Atraente e talentoso, o policial era parceiro de Helen havia cinco anos. Assassinato, sequestro de crianças, estupro, tráfico de pessoas para exploração sexual... Mark ajudara a solucionar inúmeros casos desagradáveis e Helen passara a contar com sua dedicação, intuição e bravura. Um divórcio complicado, porém, cobrou seu preço — e, recentemente, Mark começara a se comportar de modo errático e não tão confiável. Helen ficou triste ao notar que o amigo mais uma vez cheirava a bebida.

— A garota diz que matou o namorado.

Mark pegou uma foto em seus arquivos e mostrou-a a Helen. Tinha o carimbo "DESAPARECIDO" no canto superior direito.

— O nome da vítima é Sam Fisher.

Helen olhou para a foto que mostrava um jovem de aparência saudável. Refinado, otimista, até um pouco ingênuo. Mark fez uma pausa para que Helen pudesse examinar bem a foto, antes de lhe entregar a segunda.

— E nossa suspeita, Amy Anderson.

Helen não escondeu sua surpresa diante da imagem. Uma jovem bonita, morena, com 20 anos no máximo. Cabelos longos e ondulados, olhos azul-cobalto de chamar atenção e lábios delicados. Era o retrato vivo da juventude e da inocência. Helen pegou sua jaqueta.

— Vamos.

— Quer dirigir ou eu...

— Eu dirijo.

Seguiram em silêncio até o estacionamento. No caminho, Helen aproveitou para buscar sua detetive, que vinha fazendo a ponte com o setor de Desaparecidos. A otimista incorrigível Charlene Brooks, mais conhecida como "Charlie", era uma boa agente, diligente e espirituosa, que se recusava terminantemente a se vestir como policial. O traje do dia era calça de couro colada ao corpo. Convencê-la a repensar sua maneira de se vestir não fazia parte das atribuições de Helen, mas, mesmo assim, ela ficava tentada a dar sua opinião.

Dentro do carro, o cheiro de álcool no hálito de Mark parecia ainda mais forte. Helen olhou-o de soslaio antes de abrir a janela.

— Então, o que temos? — perguntou.

Charlie já estava com a pasta aberta.

— Amy Anderson. Dada como desaparecida há pouco mais de duas semanas. Vista pela última vez num show em Londres. Mandou um e-mail para a mãe na noite de 2 de dezembro dizendo que ela e Sam voltariam para casa de carona e que chegariam antes de meia-noite. Nenhum sinal dos dois desde então. A mãe informou o desaparecimento por telefone.

— A garota apareceu esta manhã em Sampson. Disse que matou o namorado e depois ficou muda. E agora não fala com mais ninguém.

— E onde esteve esse tempo todo?

Mark e Charlie se entreolharam. Por fim Mark respondeu:

— Só Deus sabe.

Deixaram o carro no estacionamento da Cidade Mágica do Natal e seguiram para o escritório local. Ao entrar no velho contêiner, Helen ficou chocada com o que viu. A garota que estava enrolada num cobertor barato parecia uma selvagem, totalmente perturbada e de uma magreza apavorante.

— Olá, Amy. Meu nome é Helen Grace, sou detetive-inspetora. Pode me chamar de Helen. Posso me sentar?

Nenhuma resposta. Helen se ajeitou cuidadosamente na cadeira em frente à jovem.

— Gostaria de conversar com você sobre Sam, pode ser?

A garota ergueu os olhos. Uma expressão de horror tomou suas feições destruídas. Helen estudou atentamente o rosto dela, comparando-o mentalmente com a foto que vira antes. Não fossem os olhos azuis penetrantes e uma cicatriz de nascença no queixo, teria tido dificuldade em identificá-la. O cabelo, antes lustroso, estava oleoso e todo embaraçado. As unhas estavam enormes e sujas. O rosto, os braços e as pernas pareciam vítimas de um ataque autodestrutivo. E tinha o cheiro também. Aliás, o cheiro era o que mais chamava atenção. Doce. Acre. Repulsivo.

— Preciso encontrar Sam. Pode me dizer onde ele está?

Amy fechou os olhos. Uma única lágrima escapou do cativeiro e correu por sua face.

— Onde ele está, Amy?

Depois de um longo silêncio, a garota finalmente sussurrou:

— No bosque.

Amy se recusou terminantemente a ir com ela; Helen então teve de usar o cão farejador. Deixou Charlie tomando conta de Amy e disse que Mark iria com ela. Simpson, o cão, enterrou o nariz nos trapos manchados de sangue que um dia tinham sido as roupas de Amy e em seguida disparou em direção ao bosque.

Não foi difícil descobrir onde a garota estivera. Seu percurso pelo bosque fora tão cego, tão desesperado, que deixara grandes buracos na densa vegetação rasteira. Pedaços de roupa e de pele decoravam o percurso. Simpson farejou aquilo tudo, saltando em meio às folhagens. Helen o seguia de perto, e Mark estava determinado a não se deixar ultrapassar por uma mulher. Mas estava esgotado, transpirando o álcool que havia ingerido.

De repente o prédio solitário apareceu. Uma piscina pública há muito destinada à demolição, triste relíquia de tempos outrora felizes. Simpson cravou as unhas na porta fechada por um cadeado e

19

em seguida disparou em volta do prédio, até finalmente descansar ao lado de uma janela quebrada. Sangue fresco adornava as vidraças destruídas. Tinham encontrado o cativeiro de Amy.

Foi bem difícil entrar. Apesar do estado de abandono em que se encontrava o prédio, alguém cuidou de lacrar todas as possíveis entradas e saídas. Mas lacrá-las contra quem? Ninguém morava naquela região. Por fim forçaram o cadeado, e começou o balé de sempre: envolver os sapatos em pantufas de malha esterilizadas, que escorregavam no chão.

E lá estava o corpo, estendido a cerca de 4,5 metros abaixo deles, no fundo da piscina. Após um breve intervalo para buscar uma escada grande, Helen chegou ao local, estava cara a cara com o "Sam" de Amy. Era um rapaz que fazia o tipo certinho, perfeito para trabalhar em um escritório de advocacia, mas seria impossível reconhecê-lo agora: parecia o cadáver de um morador de rua. Suas roupas estavam manchadas de urina e excrementos, as unhas quebradas e sujas. Sem falar no rosto descarnado, que exibia uma expressão horrenda. Medo, agonia e horror estavam estampados em suas feições retorcidas. Em vida, fora belo e vitorioso; na morte, era repulsivo.

6

Quando será que iriam parar de torturá-la?

Amy pensou que estaria segura no Hospital de Southampton. Que estaria em paz para se recuperar e viver seu luto. Mas estavam determinados a *atormentá-la*. Recusavam-se a deixá-la comer ou beber, apesar de seus insistentes apelos. Diziam que sua língua estava inchada e seu estômago, contraído demais; seus intestinos poderiam arrebentar se algum alimento sólido passasse por eles. Então a colocaram no soro. Talvez fosse o procedimento correto, mas não era o que ela *queria.* Por acaso algum dia essas pessoas ficaram sem comida por mais de duas semanas? Como poderiam saber *como* era?

Além do soro, ela estava tomando morfina, o que ajudava um pouco, embora tivessem todo o cuidado do mundo para não exagerar na dose. Amy operava o sistema com a mão esquerda; apertava um botão quando a dor ficava insuportável. A mão direita estava algemada à cama. As enfermeiras estavam adorando a situação, especulando em sussurros altos demais sobre o que ela teria feito. Matou o filho? Matou o marido? Estavam realmente curtindo a desgraça alheia.

E, ainda por cima — inacreditável! —, deixaram sua mãe entrar. Aí Amy surtou de vez; começou a gritar até que a mãe, completamente aturdida, teve de se retirar por ordem do médico. Que *merda* essas pessoas tinham na cabeça? Ela não conseguia olhar para a mãe. Não naquele momento. Não naquele estado.

Tudo o que queria era ficar sozinha. Concentrava o máximo de atenção em cada detalhe à sua volta. Olhava fixamente para a intrincada trama de algodão da fronha do travesseiro. Ficava horas a fio contemplando o filamento hipnótico e brilhante da luminária de cabeceira. Dessa forma, conseguia se distanciar, manter os pensamentos sob controle. E, se por acaso alguma visão de Sam conseguia ultrapassar a barreira, ela apertava o botão da morfina e, por um instante, viajava para um lugar melhor.

Mas no fundo sabia que não a deixariam em paz por muito tempo. Os demônios agora a cercavam, trazendo-a de volta para a morte em vida que deixara para trás. Sabia que a polícia estava lá, esperando para entrar e interrogá-la. Será que não conseguiam entender que ela *não queria* responder àquelas perguntas? Por acaso já não sofrera o bastante?

— Diga a eles que não posso recebê-los.

A enfermeira, ocupada estudando seu prontuário, ergueu os olhos.

— Diga que estou com febre — continuou Amy. — Que estou dormindo...

— Não tenho como detê-los, minha querida — respondeu a enfermeira, sem se alterar. — Melhor acabar logo com isso, não acha?

Seu sofrimento não ia acabar nunca, Amy tinha certeza. Tinha matado o homem que amava — e isso não tinha volta.

7

— Me conte como saiu da piscina, Amy.

— Pela escada.

— Não vi escada nenhuma lá.

Amy fechou a cara e virou para o outro lado. Puxou o cobertor do hospital até o queixo e se fechou novamente para o mundo. Helen olhou para a jovem, intrigada. Se estava mentindo, era de fato uma grande atriz. Trocou um olhar com Mark e tentou mais uma vez.

— Que tipo de escada?

— Uma escada de corda. Foi jogada logo depois que eu...

Lágrimas inundaram os olhos de Amy e sua cabeça pendeu sobre o peito. Tinha as palmas das mãos levemente esfoladas. Isso talvez fosse compatível com o esforço para se firmar numa escada de corda. Helen se deu um tapa mentalmente. Por que considerava aquela possibilidade? A história de Amy era insana. Segundo a jovem, ela e o namorado pegaram uma carona na via expressa; foram sedados, sequestrados, deixados sem comida — e forçados a cometer assassinato. Por que alguém faria uma coisa dessas? Aparentemente, Amy e Sam eram boas pessoas, mas a resposta para aquele crime terrível devia estar em suas próprias vidas.

— Me fale sobre a sua relação com Sam.

Diante dessa pergunta, Amy começou a chorar.

— Talvez seja uma boa hora para dar um tempo, não acha, detetive-inspetora? — A mãe de Amy havia insistido na presença de um advogado.

— Ainda não terminamos — cortou Helen.

— Mas a senhora pode ver que ela está exausta. Com certeza pode...

— Só consigo ver um rapaz morto, chamado Sam Fisher. Que levou um tiro nas costas. A curta distância. E disparado pela sua cliente.

— Minha cliente não nega que puxou o ga...

— Mas não quer nos dizer *por quê*.

— Mas eu *já disse* por quê — retorquiu Amy, em resposta.

— Disse, e é uma ótima história, Amy. *Mas não faz o menor sentido.*

Helen deixou as próprias palavras suspensas no ar. Sem ter recebido qualquer instrução, Mark aproveitou a deixa para pressionar um pouco mais.

— Ninguém viu vocês. Nem a van, Amy, nem os caminhoneiros. A polícia rodoviária não viu nada. Os outros jovens que pegavam carona na mesma estrada também não. Então por que não para de enrolar e diz logo o que levou você a matar seu namorado? Ele batia em você? Estava te ameaçando? Por que te levou para aquele lugar horrível?

Amy não disse nada. Recusou-se sequer a levantar o olhar. Era como se Mark não tivesse falado nada. Helen então assumiu o comando e pegou mais leve.

— Amy, não pense que você é a primeira a se apaixonar por um cara legal que acabou se revelando uma pessoa sádica e violenta. Não é culpa sua; ninguém aqui está te julgando e, se me contar o que aconteceu, prometo ajudar você. Ele te atacou? Tem outras pessoas envolvidas? Por que ele te levou para aquele lugar?

Nada. Pela primeira vez, havia certa impaciência na voz de Helen.

— Há duas horas, tive de contar à mãe de Sam que o filho dela tinha sido morto com um tiro. O que essa mãe precisa, o que os irmãos e as irmãs menores de Sam precisam, é encontrar o responsável pelo crime. E, neste momento, você é a única suspeita. Então, para o seu próprio bem e para o bem da família dele, pare com essa palhaçada e me diga a verdade. Por que fez isso, Amy? Por quê?

Após um longo silêncio, a jovem ergue os olhos, a raiva explodindo em meio às lágrimas:

— *Ela* me obrigou.

8

— Então, chefe, o que acha?

Pela primeira vez na vida, Helen não conseguia responder. Sim ou não, culpado ou inocente, Helen Grace sempre tinha uma resposta. Mas não neste caso. Estava diante de algo diferente. Toda sua experiência lhe dizia que Amy estava mentindo. A história do sequestro em si já era maluca o suficiente, mas a possibilidade de ter sido realizado por uma mulher que agira sozinha era o argumento conclusivo. Mulheres assassinas matam seus maridos, seus filhos ou pessoas sob seus cuidados. Não saem por aí sequestrando estranhos, nem optam por situações de alto risco como a que Amy descrevera, em que as vítimas estão em maior número. E mesmo que esta, especificamente, houvesse agido assim, como teria força física para tirar dois adultos de uma van e colocá-los em uma piscina para salto ornamental? Helen estava mais que tentada a acusar Amy formalmente. Talvez, ao ser acusada de assassinato, ela contasse a verdade.

E, no entanto, por que inventaria uma história daquelas, a menos que *fosse* verdade? Amy era uma garota esperta, bem resolvida, sem histórico de doença mental. Seu depoimento fora claro e consistente o tempo inteiro. E a descrição que fez de sua "sequestradora" havia sido precisa: cabelo curto, louro acinzentado, usava óculos escuros, tinha unhas curtas e sujas. Amy insistiu nisso fervorosamente e relatou nos mínimos detalhes como a mulher acelerou a van logo que deu a partida. E estava claro que Amy amava Sam — *de verdade* — e que estava arrasada com a morte dele. Todos os descreviam como inseparáveis, almas gêmeas. Haviam se conhecido na Universidade de Bristol e depois se inscreveram para um mestrado em ciências em Warwick, adiando o ingresso no mercado de trabalho e uma possível separação. Não tinham muito dinheiro, mas, durante o tempo em que estiveram juntos, percorreram o país inteiro de carona e raramente viajavam com outras pessoas.

A perícia técnica encontrou impressões digitais de Amy na pistola; portanto, não havia dúvida de que havia matado o namorado. Mas também confirmou o relato sobre seu cativeiro. O estado físico dos dois — o cabelo, as unhas — e mais os dejetos no fundo da piscina, tudo sugeria que haviam permanecido no local por duas semanas, pelo menos, antes de Amy puxar o gatilho. Teriam perdido a esperança? Tiraram cara ou coroa? Fizeram um pacto?

— Por que ele e não você?

Amy desmoronou de novo, mas Helen repetiu a pergunta. Por fim, a garota conseguiu responder:

— Porque ele me pediu.

Então tinha sido um ato de amor. Um sacrifício. Um peso e tanto para alguém carregar na consciência... se fosse verdade. E era isso que perturbava Helen: o simples fato de que Amy estava destruída pelo que aconteceu. Não estava apenas traumatizada; estava destruída mesmo, implodindo sob o peso da culpa. Esse era o tipo de comoção que Helen conhecia bem. E, apesar de tudo, percebeu que sofria por Amy. Talvez tivesse sido dura demais com uma jovem tão vulnerável.

Aquilo não podia ser verdade. Afinal, *por que* alguém faria uma coisa dessas? O que, em sã consciência, tinham — no caso, "ela tinha" — a ganhar com isso? E ainda por cima não havia ficado para assistir, de acordo com Amy. Então qual seria o motivo? Não, não podia ser verdade. E, no entanto, ao responder à pergunta direta de Mark, no estilo dele, Helen se pegou dizendo:

— Acho que a garota está falando a verdade.

9

Ben Holland detestava essa viagem semanal a Bournemouth. Para ele aquilo não fazia sentido — era um dia perdido. Mas a empresa fazia questão que os funcionários de seus vários escritórios se encontrassem. Por isso, uma vez por semana, Ben e Peter (Portsmouth) tomavam café e comiam sanduíches com Malcolm e Eleanor (Bournemouth) e Hellie e Sarah (Londres). Discutiam aspectos específicos da legislação marítima, litígios bancários e inventários internacionais — antes de reclamar dos respectivos clientes. Os encontros às vezes eram vagamente informativos, até mesmo divertidos, mas levando em conta o custo da viagem de ida e volta a Portsmouth, tudo se reduzia a um colossal desperdício de tempo.

Esta, em particular, estava sendo ainda pior do que as outras. Como era de costume, Ben dera carona a Peter; com isso, seu colega mais velho podia beber durante o almoço. Peter era um sócio que pensava rápido e tinha um histórico de bons resultados. Mas também era grosseiro, repetitivo e tinha um mau cheiro crônico. E agora Ben ficaria preso num carro com ele durante duas horas. Bom, ficaria, se não tivessem ficado sem gasolina.

Ben pegou o celular, xingando entre os dentes, e arregalou os olhos, sem acreditar.

— Sem sinal.

— O quê? — exclamou Peter.

— Meu celular está sem sinal. E o seu?

Peter verificou o aparelho.

— Nada.

Fez-se um longo silêncio.

Ben tentou conter a raiva. Quantas pedras na cruz teria atirado para merecer a sina de estar aqui, bem no meio de New Forest, com Peter, quando está quase escurecendo? Enchera o tanque no posto Esso que ficava na saída de Bournemouth; a gasolina lá era mais barata. No entanto, em menos de uma hora tinha ficado sem combustível. Não acreditou quando o alerta de baixo nível de combustível acendeu, mas, mesmo assim, estava certo de que tinham o suficiente para chegar pelo menos a Southampton. Mas, poucos minutos depois do primeiro alerta, o carro engasgou e parou.

Às vezes parece que a vida decide dar um golpe atrás do outro. Teriam de andar até um posto de gasolina? Passar a noite juntos!

— Seguro automóvel Platinum e não adianta de nada, hein? — disse Peter, como se servisse de consolo.

Ben inspecionou a estradinha silenciosa em meio ao bosque, nos dois sentidos. Peter não falou nada, mas cortar caminho por New Forest tinha sido ideia do próprio Ben. Sempre fazia isso; evitava a M27 e circundava Southampton por um atalho sinuoso que saía em Calmore, mas hoje o resultado tinha sido outro. Ben tinha a sensação de que esse fato seria lembrado, mas apenas quando a situação estivesse resolvida. Certamente Peter ia aproveitar aquilo ao máximo. Estava apenas ganhando tempo.

— Você pretende andar até um posto ou eu vou? — perguntou Peter.

Era uma pergunta retórica. Havia a questão da idade e, além do mais, Peter tinha um "problema nos joelhos". A tarefa, portanto, cabia a Ben. Ele verificou o mapa e viu que havia algumas casas para aluguel por temporada a 2 ou 3 quilômetros dali. Se fosse rápido, talvez conseguisse chegar lá antes que ficasse escuro demais. Levantou a gola do casaco para se proteger do frio, assentiu e dirigiu-se à estrada.

— A gente se vê por aí... — disse Peter.

Babaca, pensou Ben.

E então, de repente, um golpe de sorte. Em meio à luz do crepúsculo, Ben conseguiu divisar dois pontinhos luminosos. Apertou os olhos; sim, não tinha dúvida de que eram faróis. Pela primeira vez naquele dia, Ben sentiu seu corpo relaxar. Afinal, havia um Deus em algum lugar. Acenou vigorosamente, mas a van já estava diminuindo a velocidade para ajudar...

Graças a Deus, pensou Ben. *Salvação.*

10

Diane Anderson não via a filha havia mais de três semanas. E mesmo agora não a estava vendo, ainda que Amy estivesse agarrada ao seu peito num abraço sufocante. No hospital, eles a limparam, ou seja, ela teve a oportunidade de tomar um banho de chuveiro e lavar o cabelo. Ainda assim, parecia que não era Amy.

Charlie, a policial sexy, acompanhou as duas até a casa delas. Disse que era para ajudar Amy, para que se sentisse mais segura em seu retorno à rotina, mas na verdade era uma espiã. Diana tinha certeza disso. Estava lá à espera para vigiar tudo e relatar à polícia. Sua filha ainda não estava livre de suspeitas. Os dois policiais de guarda em frente à porta deixavam isso bem claro. Estariam lá para protegê-la ou para impedi-la de fugir? Bem, pelo menos afastavam a imprensa. Uma repórter de um jornal local tinha cismado de gritar pela caixa do correio: perguntava, nos termos mais chulos possíveis, por que Amy havia matado o namorado. O fato de a repórter ser uma mulher jovem tornava a coisa ainda pior: por qual tipo de demônio essas pessoas foram possuídas?

— Amy atirou em Sam.

Foi assim que a durona — a detetive-inspetora Grace — colocara as coisas. Não fazia o menor sentido. Amy jamais atiraria em alguém, muito menos em Sam. Nunca sequer segurara uma arma antes. Ali não era os Estados Unidos.

Voltou-se para o marido, Richard, na esperança de que ele corrigisse a polícia, esclarecesse os fatos, mas o rosto dele era o reflexo do seu próprio: choque absoluto. Por um momento, foi dominada pela raiva: Richard nunca ficava do seu lado quando mais precisava. Mas ela logo se recompôs e, mais uma vez, enfrentou aquele presente amargo. Amy *amava* Sam. Mais de uma vez, sozinha com seus pensamentos, Diane refletia sobre como seria *se* — e quando — os dois se casassem. Sempre achou que Amy faria as coisas do jeito moderno e iria viver com o namorado sem casar. Mas a filha a surpreendera ao confessar que com certeza ia querer oficializar a união, no momento certo. No entanto, como era característico de Amy, faria tudo diferente. Vestir branco estava fora de questão e queria que a mãe a entregasse ao noivo no altar, em vez do pai. Será que Richard ia aceitar isso? E as outras pessoas? Iriam gostar da ideia ou achariam estranho? Com um tremor, Diane viu que estava devaneando de novo — com um casamento que jamais iria acontecer.

Nada nessa história fazia o menor sentido. Sam não era violento nem agressivo; então não podia ter sido em legítima defesa. A detetive-inspetora Grace fizera um mistério exasperante sobre o que acontecera: *"É melhor Amy te contar, no tempo dela."* Mas Amy não dissera uma palavra. Estava muda. Diane tentava chegar até ela com milk-shakes maltados, abrindo alguns pacotes de fondants (French Fancies, seus favoritos desde a infância) e enfeitando o quarto que agora as duas dividiam com todos os brinquedos antigos e bugigangas da filha. Mas nada havia funcionado. Então ficaram ali as três, como estacas fincadas. Charlie se equilibrava na beirada do sofá, tentando não derramar o chá; Diane servia bolos que ninguém queria e Amy tinha o olhar perdido no espaço. Era uma pálida lembrança da garota animada que fora um dia.

II

Foi uma emboscada. A mulher estava à espera e, quando Helen saiu do carro, ela atacou.

— Tem um minutinho, inspetora?

Helen sentiu seu coração afundar.

— Bom te ver, Emilia, mas, como pode perceber, estou muito ocupada.

Helen se afastou, mas um braço se adiantou e a deteve. Helen encarou a repórter — *está brincando?* — e a adversária entendeu a mensagem, soltando-a lentamente. Com a maior cara de pau, Emilia Garanita abriu um sorriso. Era uma figura perturbadora: jovial e esbelta, mas ao mesmo tempo alquebrada e desfigurada. Costumava arrasar corações quando adolescente, mas, aos 18 anos, foi vítima de um violento ataque com ácido. Vista de perfil pelo lado esquerdo, era bela e atraente; vista pelo lado direito, causava pena. Traços distorcidos, o olho artificial imóvel. Conhecida na cidade como "Bela e Fera", Emilia era editora-chefe do editorial policial do *Southampton Evening News*.

— É sobre o caso Amy Anderson. Sabemos que a garota matou o cara, mas não temos o motivo. O que foi que *ele fez* com ela?

Helen tentou disfarçar seu desprezo. Teve certeza de que era Emilia gritando em frente à casa dos Anderson mais cedo, mas não seria prudente se indispor com a imprensa tão no início de uma investigação.

— Foi questão sexual? O namorado bateu nela? Está procurando mais alguém? — continuou Emilia.

— Você sabe como funciona, Emilia: assim que tivermos alguma coisa a dizer, a assessoria de imprensa entrará em contato. Agora se me der licen...

— Só estou curiosa porque você a liberou. Não está sequer em prisão domiciliar. Geralmente, costuma fazer os suspeitos suarem um pouquinho mais, não é verdade?

— Não fazemos ninguém "suar", Emilia. Sou uma oficial que segue as regras à risca, e você sabe disso. E é por isso que toda comunicação com a imprensa passa pelos canais oficiais, está certo?

Helen abriu seu melhor sorriso e seguiu seu caminho. Vencera a primeira disputa numa guerra que, sem dúvida, prometia ser longa. Emilia tinha o crime no sangue. A mais velha de seis irmãos, ficou famosa quando o pai, um traficante, foi condenado a 18 anos de prisão por usar os filhos como mulas. Desde bem pequenos, Emilia e os cinco irmãos eram forçados a engolir cápsulas de cocaína quando retornavam ao porto de Southampton, sempre na volta dos infinitos cruzeiros que a família fazia pelo Caribe. Quando seu pai, um português, foi preso, os chefões do tráfico tentaram forçar Emilia a fazer a vida como mula, para pagar o prejuízo. Como ela se recusou, foi punida: dois tornozelos quebrados e meio litro de ácido sulfúrico no rosto. Escreveu um livro sobre isso, o que acabou sendo seu passaporte para o jornalismo. Apesar do fato de ainda mancar, não tinha medo de ninguém e era literalmente incansável na apuração de uma boa história.

— Vê se não some — gritou Emilia, quando Helen entrou depressa no necrotério da polícia.

Helen sabia que sua vida, dali em diante, ficaria um pouco mais difícil. Mas agora não tinha tempo para pensar nisso.

Tinha um encontro marcado com um cadáver.

12

O rapaz parecia um fantasma. O rosto tranquilo e bonito estampado em sua página no Facebook não possuía qualquer semelhança com aquela máscara mortuária encovada que Helen tinha à sua frente. O corpo maltratado de Sam jazia na mesa do necrotério, zombando da pessoa feliz e esperançosa que o jovem fora um dia. Era uma visão profundamente desoladora.

Helen afastou o olhar e procurou desviar a atenção do cadáver, enquanto acompanhava o trabalho do patologista Jim Grieves. Mesmo após trinta anos no ofício, Jim ainda levava horas para fazer a higiene e se preparar para uma necropsia. A interminável cerimônia de higienização das mãos o transformava numa espécie de Lady Macbeth moderna — ainda que um pouco acima do peso. Observar suas desastradas tentativas de enfiar as mãos nas luvas esterilizadas era algo que fazia a pessoa ter vontade de se levantar e ir ajudá-lo. Alguns oficiais faziam isso. Outros achavam que o homem estava ultrapassado, mas Helen o conhecia e não o apressava. Valia a pena esperar por Grieves — e havia algo vagamente miraculoso naquela lenta transformação de um sujeito aparentemente bobo e todo tatuado em um patologista paramentado e confiante, que ajudara Helen a esclarecer tantos casos.

— O que vou dizer agora vem com todas as reservas de praxe, já que estão me apressando mais uma vez...

Helen sorriu, acostumada às rabugices de Jim, e deixou-o em paz para continuar seu trabalho. Na verdade, ela o *estava* apressando, mas era necessário. Contar à mãe de Sam que o filho fora assassinado tinha sido horrível — em parte porque Helen tinha *muito pouco* a lhe dizer sobre as circunstâncias. Olivia Taylor havia ficado viúva fazia alguns anos e não tinha um parceiro para ampará-la nesse momento. De alguma forma, mesmo sozinha, tinha de ajudar os filhos menores a lidar com a morte do amado irmão mais velho. E Helen tinha de lhe oferecer as ferramentas para isso. Então precisava validar ou derrubar o relato de Amy o mais depressa possível.

Jim havia parado de resmungar. Concentrou-se no corpo de Sam e resumiu seu laudo.

— Um único tiro nas costas. A bala entrou debaixo da escápula direita e foi parar na caixa torácica. Estou usando termos técnicos, então me diga se não entender alguma coisa, está bem?

Helen deixou passar. O sarcasmo de Jim era algo presente em todas as necropsias que havia acompanhado. Ele prosseguiu, sem esperar reação:

— Causa da morte: ataque cardíaco. Possivelmente provocado por perda de sangue, porém é mais provável que tenha sido pelo choque do impacto da bala. Mas estava em péssimo estado bem antes de receber o tiro. Evidências de emaciação do dorso, dos membros e do rosto. Observe as cavidades oculares afundadas, o sangue em torno das gengivas, a perda de cabelo. Bexiga e intestinos basicamente vazios. O estômago continha fragmentos de tecido, cabelo, resina de azulejo e também de carne humana.

Jim contornou a mesa e levantou o braço direito de Sam.

— A carne era dele mesmo. Mordeu o braço direito. Pela aparência, eu diria que deu umas três ou quatro mordidas, antes de desistir.

Helen fechou os olhos enquanto absorvia todo o horror dos últimos dias de Sam, mas obrigou-se a abri-los novamente. Jim ergueu o braço destruído de Sam para que ela pudesse ver melhor os ferimentos e, em seguida, o colocou delicadamente sobre a mesa.

— Minha estimativa é que ele não comia adequadamente nem ingeria líquidos havia pelo menos duas semanas, provavelmente mais. Durante esse tempo, seu corpo sobreviveu das reservas de gordura; e, quando as reservas se esgotaram, deve ter começado a extrair nutrientes dos órgãos internos. Estava a um passo da falência completa dos órgãos quando foi morto. E pelas informações que recebi sobre o estado da garota, decerto estava indo pelo mesmo caminho. Mais alguns dias e os dois teriam morrido de causas naturais.

Jim fez outra pausa, desta vez para fazer uma busca em sua papelada.

— Exame de sangue. O que se esperaria de alguém em estado extremo de desidratação, caminhando rapidamente para a falência dos órgãos. O único constituinte incomum encontrado foram traços residuais de benzodiazepina. Imagino que também haja traços no sangue da garota e traços mais fortes nos dejetos dos dois.

Helen assentiu. A perícia técnica já confirmara a presença de resíduos do potente sedativo nos excrementos recolhidos na piscina. Helen reprimiu sua crescente ansiedade, pois tudo isso levava a um único caminho agora. Jim continuou por mais dez minutos, depois a inspetora o interrompeu. Já tinha todas as informações de que precisava.

Contra todas as probabilidades, o depoimento de Amy começava a ganhar solidez. O departamento de investigação criminal encontrara partículas de corda na piscina, o que seria compatível com o uso de uma escada de corda por Amy, como meio de fuga. Além do mais, as roupas dos dois, recuperadas pela polícia, tinham grandes manchas de terra — o que sugeria que Amy e Sam poderiam ter sido arrastados pelo chão, de um veículo até a piscina abandonada. Será que uma mulher poderia ter arrastado Sam sozinha — ele pesava cerca de 80 quilos — ou precisaria da ajuda de um cúmplice?

Enquanto voltava para a Central de Southampton, Helen se deu conta de que aquele caso a consumiria totalmente a partir de agora. Não descansaria até resolver o estranho crime. Ao entrar na sala de inquérito, ficou satisfeita ao ver que Mark tinha colocado a equipe para trabalhar. Inúmeras questões práticas e burocráticas poderiam travar uma investigação como esta, e Helen precisava que tudo funcionasse feito um relógio. Mark era o estereótipo do detetive clássico: um instrumento abrasivo, mas eficiente. Mestre em fazer todo mundo remar na mesma direção. Havia montado uma boa equipe de oficiais — os detetives Bridges, Grounds, Sanderson e

McAndrew, além do pessoal de apoio. A investigação ganhava vida diante de seus olhos. Quando a viu entrar, Mark correu ao seu encontro.

— O que vamos dizer à imprensa, chefe?

Uma boa pergunta — Helen vinha matutando sobre isso desde que deixara Jim Grieves. Emilia Garanita não iria embora, e com ela viriam outros. Uma jovem que assassinara o namorado num local deserto era algo horrível e, consequentemente, daria uma boa manchete.

— O mínimo possível. Até termos esse assunto sob controle, não podemos deixar escapar que há uma terceira pessoa envolvida. Podemos qualificar como violência doméstica, mas vamos devagar com os detalhes. A imprensa vai levantar todo tipo de informação sobre Sam e os motivos que levaram Amy a matá-lo...

— Mas não queremos sujar o nome dele sem necessidade.

— Exato. Sam e a mãe merecem mais que isso.

— Muito bem, seremos bem cuidadosos então.

Mark voltou imediatamente ao trabalho. Era sem dúvida um pouco grosseiro — muito magro, barba por fazer, feições brutas —, mas, quando estava em forma, Mark era um bom policial para se ter na equipe. Helen esperava que continuasse assim.

Satisfeita em ver que tudo estava andando, permitiu-se uns cinco minutos para tomar uma xícara de chá. Estava cansada; o interrogatório com Amy tinha sido exaustivo, e a visita ao necrotério, ainda pior. Queria se desligar por um momento, mas sua mente não deixava. A horrível morte de Sam mexera com ela — e Helen não conseguia tirar da cabeça a imagem de seu rosto sem vida, todo retorcido. Que visão terrível para uma mãe.

Estava tão mergulhada em seus pensamentos que não percebeu a presença de Charlie até a oficial estar praticamente em cima dela.

— Chefe, você tem que ver isso.

O dia já havia trazido muitas surpresas desagradáveis, mas Helen pressentiu que mais uma estava a caminho.

Charlie lhe mostrou um par de fotografias que exibiam dois homens de negócios bem-vestidos: um na casa dos 30 anos, o outro bem mais velho.

— Ben Holland e Peter Brightston. Estavam desaparecidos havia três dias. Regressavam de uma reunião de trabalho em Bournemouth. Não voltaram para suas respectivas casas.

Um mal-estar tomou conta de Helen.

— O carro deles foi encontrado em New Forest. A polícia local e os guardas do parque vasculharam cada canto do bosque, mas não encontraram nenhum sinal deles.

— E? — Helen sentiu que havia mais coisa.

— Os casacos, as pastas e as carteiras ainda permaneciam no carro. Os celulares foram encontrados nas proximidades. Os chips estavam destruídos.

Mais um sequestro, então. E ainda mais estranho que o primeiro. Dois homens adultos, inteligentes, fortes e capazes de se cuidar tinham simplesmente evaporado.

13

Como fazemos para acordar de um sonho? Quando se está no meio de um pesadelo, como escapamos do abismo?

Ben Holland remoía esses pensamentos continuamente. Devia estar sonhando. Ele *está* sonhando. Quem sabe ele e Jennie não passaram numa loja de bebidas, depois do trabalho, e pegaram uma garrafa de Bison Grass? Talvez este sonho seja resultado da vodca... A qualquer momento vai acordar com a cabeça latejando e um sorriso idiota na cara...

Abriu os olhos. Sabia da verdade o tempo todo, é claro — o cheiro lá embaixo era horrível. Como poderia imaginar que estava em qualquer outro lugar? E mesmo que pudesse, o choro constante de Peter o traria de volta à razão. Desde o sequestro, Ben era um poço de raiva e de descrença. Mas Peter optara pelo desespero.

— Peter, cala essa boca pelo amor de Deus...

— Vá se foder. — Foi a resposta.

Onde estão suas habilidades de liderança nesta hora?, pensou Ben, com malícia.

Tinham caído numa armadilha. Não fazia o menor sentido, mas era verdade. Em um momento estavam na van, aliviados e felizes — e, no momento seguinte, acordaram aqui. Grogues, arranhados e cobertos por uma camada grossa e grudenta de poeira. Ben ficou de pé com dificuldade, sem acreditar, esfregando os olhos para tentar enxergar em meio à escuridão e ter uma ideia de onde estavam. O local era uma espécie de silo gigante ou unidade de armazenamento, cujo chão estava coberto de carvão. Era isso que os cobria; pó de carvão, que se entranhava nas orelhas e nos olhos, deixando suas línguas grossas e secas. Por instinto, Ben engatinhou para a lateral. Foi difícil; a superfície era instável sob seus pés, mas, no fim, acabou conseguindo. Aço frio e liso. Usando a parede para se sustentar, seguiu aos tropeções, na esperança de encontrar uma porta, um alçapão, alguma via de escape. Mas as laterais eram lisas e, após dar algumas voltas, desistiu. Olhou para cima e viu que a luz se infiltrava pelas frestas de um grande alçapão. E viu que fora por ali que tinham caído nesse estranho inferno.

Foi então que Ben se deu conta dos cortes e arranhões que cobriam seu rosto e o torso. A distância entre o alçapão e o fundo era de uns 6 metros — e o carvão compactado não fora suficiente para permitir uma aterrissagem suave. De repente, tudo doía.

O choque estava passando e seu corpo esgotado reclamava. Um barulho fez com que se virasse: Peter vinha em sua direção aos tropeções; no rosto, uma expressão de perplexidade e tristeza. Buscava explicações, mas não iria consegui-las com Ben. Foi quando estavam ali, de pé, exaustos e sem esperança, que o telefone tocou. Os dois congelaram por um instante e depois engatinharam ao mesmo tempo na direção do aparelho. Ben chegou na frente e o atendeu.

Depois que receberam seu ultimato mortal, ambos começaram a rir feito loucos, como se tudo aquilo fosse uma brincadeira de mau gosto. Pouco a pouco, porém, as risadas foram morrendo.

— Vamos ligar para o escritório.

De repente, Ben precisava desesperadamente sair daquele buraco.

— Boa ideia. Ligue para a Carol; ela saberá o que fazer — sugeriu Peter, contagiado pela energia do colega.

Ben tentou discar, mas o telefone estava bloqueado para chamadas. Apenas quatro dígitos os separavam da liberdade.

— Qual a combinação que devemos tentar?

Mas Ben já estava de olho no marcador da bateria do celular, no canto direito da tela, que piscava perigosamente.

— Temos algumas tentativas ainda. O que devemos tentar? — A voz de Ben estava tensa, pois começava a se dar conta de que a tarefa era praticamente impossível.

— Não sei. Um, dois, três, quatro.

A expressão de Ben pareceu murchar.

— Ora, não sei, merda — respondeu Peter, com raiva. — Em que ano você nasceu?

Era uma tentativa desesperada, mas tão válida quanto qualquer outra. Ben tentou o ano de nascimento de Peter e depois o dele. Estava tentando uma terceira combinação quando o telefone apagou na mão dele.

— Merda. — A palavra ecoou no enorme vácuo.

— E agora?

Os dois ficaram em silêncio, olhando desconsolados para o alçapão trancado lá em cima. A luz se insinuava pelas fendas, iluminando a pistola no chão, entre eles.

— Nada. Não há nada...

As palavras de Ben se desvaneceram quando ele se recolheu à escuridão. Ao desabar sobre o carvão, foi subitamente dominado pelo desespero. Por que aquilo estava acontecendo com eles? O que *tinham feito* para merecer aquilo?

Arriscou um olhar na direção de Peter, que andava de um lado para o outro, resmungando consigo mesmo. Ben nunca gostara do colega, mas não queria matá-lo, pelo amor de Deus! E se a pistola não fosse de verdade? Chegou a se levantar para verificar isso, mas o olhar que Peter lhe dirigiu o fez voltar a se sentar.

E assim Ben ficou lá, em seu inferno particular. Nunca ficara muito bem em espaços confinados. Sempre se preocupou em identificar uma rota de fuga, em qualquer situação. Mas agora estava preso — pior que isso, preso embaixo do solo. Enterrado vivo. Suas mãos já começavam a tremer. Sentiu uma vertigem. Suava, luzes dançavam na frente de seus olhos. Há anos não tinha um ataque de pânico, mas sentiu que estava prestes a ter um. O mundo se fechava em torno dele.

— Tenho que sair daqui! — Ben tropeçava nos próprios pés. Peter virou-se, surpreso e nervoso. — Por favor, Peter. Eu tenho que sair daqui. SOCORRO! ALGUÉM, POR FAVOR, PRECISAMOS DE AJUDA!

Gritava, berrava para tentar de alguma forma acabar com aquilo, mas sentiu suas forças falharem e teve de parar. Com certeza alguém os encontraria e os resgataria, não é? Alguém *tinha* de fazer isso. Qualquer outra possibilidade era impensável.

14

Mark Fuller deixou a central logo depois de Charlie jogar aquela bomba.

Uma linha de investigação totalmente nova se abrira, mas por ora a tarefa mais pesada cabia aos compiladores de dados e aos patrulheiros. Uma extensa operação de verificação dos fatos — com dupla e tripla checagens — estava em curso. E os agentes do Departamento de Investigação Criminal só seriam acionados se fosse confirmado que o desaparecimento dos dois homens era efetivamente suspeito. O dia seguinte prometia ser longo para Mark, Charlie e para o restante da equipe, então Helen mandou todo mundo para casa descansar. Mas Mark não tinha a menor intenção de dormir.

Em vez disso, cruzou a cidade em direção ao subúrbio de Shirley e estacionou o carro numa rua residencial tranquila. Nunca usava o próprio carro para não chamar atenção. O Golf surrado, com as janelas escuras, tinha sido pensado para camuflar seu verdadeiro propósito. E funcionava. As pessoas que passavam pelo local não davam bola para aquele calhambeque; achavam que era mais um adolescente tentando dar um gás num carro muito velho. Era, portanto, um posto privilegiado para vigiar a área sem ser descoberto.

Uma menina de 7 anos apareceu na janela, e Mark se endireitou no assento, com os olhos grudados nela. A garota examinou a rua e depois puxou as cortinas, como se desligasse o mundo. Mark amaldiçoou sua sorte. Algumas vezes Elsie ficava naquele lugar uns vinte minutos, talvez mais. Olhava para um lado, depois para o outro, e ficava lá observando. Com o tempo, Mark se convenceu de que a menina procurava por ele. Era uma fantasia, mas aquilo alimentava sua alma.

O som de saltos na calçada o fez se abaixar no assento. Bobagem, na verdade; ninguém podia vê-lo. Mas a vergonha leva as pessoas a fazerem coisas estranhas. Não podia deixar que ela o descobrisse naquela posição. Ficou observando enquanto a mulher elegante, de 32 anos, seguia até a casa. Antes que tivesse tempo de enfiar a chave na fechadura, a porta se abriu e a mulher foi recebida pelos braços de um homem alto e musculoso. Os dois se beijaram demorada e intensamente.

E ali estava o resumo da ópera: sua ex-mulher arrebatada por outro homem — e Mark do lado de fora, abandonado ao relento. Uma violenta onda de raiva o percorreu inteiro. Dera *tudo* àquela mulher — e ela pisoteara seu coração. O que foi mesmo que disse quando decretou o fim de seu curto casamento? Que não o amava o bastante. Para Mark, essa era a forma mais debilitante de acabar com uma pessoa. Afinal, ele não fizera nada de errado. Só não fora *o bastante*.

Haviam se casado muito jovens e logo tiveram um bebê. Por algum tempo o caos e a emoção do primeiro filho os mantiveram unidos: aquele medo de que o bebê parasse de respirar a qualquer momento, se ficasse sozinho; o medo constante de estar fazendo um péssimo trabalho, paranoia comum a quem pouco dorme — mas também a imensa alegria de ver sua garotinha crescer e florescer. Mas, com o tempo, Christina foi se cansando dos rigores da maternidade — a rotina pesada, as privações — e concentrou-se novamente em sua carreira. O que tornou absurdos os argumentos que usou durante as penosas audiências de custódia da filha. Christina interpretava a boa mãe ao pé da letra; comparava sua natureza amorosa, a vida organizada e o emprego estável e bem-pago com a vida imprevisível e perigosa de Mark, como policial em Southampton. Sem deixar de fazer algumas piadinhas escolhidas com critério sobre o problema do ex-marido com a bebida. E o que foi que a mãe fez tão logo conseguiu a custódia integral de Elsie? Voltou imediatamente a trabalhar em tempo integral e deixou a criança aos cuidados do amante, que passou a morar com ela. A mulher que um dia afirmara amar Mark com todo o fervor de seu coração acabou se revelando uma merdinha mentirosa e vingativa.

Christina e Stephen já haviam entrado e agora tudo estava em silêncio. Elsie iria tomar banho e se prepararia para dormir. Em sua camisola da Hello Kitty e nas pantufas que Mark lhe comprara, estaria enroladinha escutando a história de ninar dos CBeebies. Elsie já era grandinha demais para esse tipo de coisa, mas gostava muito do programa e nunca o perdia. De repente, a raiva de Mark cedeu e foi substituída por uma terrível tristeza. Ele também havia achado a paternidade difícil: a infindável rotina de banhos, ir para a cama, contar histórias, as brincadeiras e tudo o mais. Mas daria qualquer coisa para ter tudo aquilo de novo agora.

Era bobagem vir até aqui. Mark ligou o motor e arrancou para longe da casa, na esperança de deixar seus problemas ali mesmo na rua. Mas, à medida que se afastava, as preocupações escalavam sua mente e a feriam com seu fracasso, sua insignificância, sua solidão. A caminho de casa, de repente resolveu mudar de rota e foi na direção de Castle Way. Havia um pub perto das docas que funcionava em regime de *confinamento* ilegal; quem chegasse antes de meia-noite podia beber lá a noite inteira. E era exatamente isso que ele pretendia fazer.

15

A residência dos Brightstons era uma imponente casa geminada que ficava em Eastleigh, uma região abastada. Helen andava de um lado para o outro lá fora, zangada e frustrada. Tinha marcado de encontrar Mark ali, às 9h30. Já eram quase 10 horas e nem sinal dele. Deixou a terceira mensagem de voz na caixa postal; em seguida foi em frente e tocou a campainha. Por que Mark tinha de ser tão babaca?

Quem abriu a porta foi Sarah Brightston, uma mulher charmosa, por volta dos 45 anos. Usava roupas caras e extremamente bem-passadas, não demonstrou qualquer emoção por encontrar a polícia à sua porta e convidou Helen a entrar.

— Quando foi que a senhora informou o desaparecimento do seu marido?

Depois de todas as apresentações, Helen foi direto ao assunto.

— Há dois dias.

— Mesmo ele não tendo voltado para casa na noite *anterior*?

— Peter ama os prazeres da vida. Até demais, às vezes. Essas viagens para Bournemouth eram uma festa, e seria bem a cara dele encher o saco da equipe inteira e depois dormir por lá mesmo, em algum hotelzinho. Mas ele não é um homem insensível; teria ligado na manhã seguinte, para falar comigo e com os meninos.

— E a senhora tem alguma ideia de onde seu marido possa estar agora?

— Aquele lesado provavelmente se perdeu. Pode ser que o carro tenha quebrado e que ele tenha ido caminhando até um mecânico. É provável que tenha bebido muito e torcido o pé ou alguma coisa assim. Seria típico dele. Nunca teve muita coordenação.

Sarah falava com total convicção; em sua cabeça não havia dúvida de que o marido estava vivo e bem. Helen admirou sua força, mas também ficou intrigada.

— Quantos policiais estão à procura deles? — continuou Sarah.

— Todos os disponíveis.

Pelo menos isso não era mentira. A busca seguia a todo vapor, mas ainda não haviam encontrado nada e, a cada hora que passava, cresciam os temores de Helen com relação à segurança dos dois. A estrada que os dois homens tomaram os conduziria para fora do bosque, na altura de Calmore. Caminhada longa, mas nada desafiadora. Fazia frio, mas o tempo estava bom, portanto... No fundo Helen sabia que o pesadelo de Amy e o desaparecimento de Peter estavam ligados, mas proibira qualquer pessoa de sugerir isso: oficialmente, ainda era uma investigação sobre pessoas desaparecidas. Helen não contara a Sarah que era do Departamento de Investigação Criminal. Haveria muito tempo para isso.

— Peter andava preocupado ultimamente? Alguma coisa o perturbava? — perguntou Helen.

Sarah balançou a cabeça, negando. Os olhos de Helen percorreram o ambiente finamente decorado. Como advogado, Peter ganhava muito bem; e Sarah trabalhava com antiguidades. Não tinham, portanto, problemas financeiros.

— Por acaso alguém pediu dinheiro a ele recentemente? Notou alguma mudança recente em sua situação financeira? Mais dinheiro? Menos?

— Não, tudo estava... normal. Vivemos de forma confortável. Sempre foi assim.

— E como descreveria seu casamento?

— Amoroso. Fiel. Firme. — Sarah enfatizou a última palavra, como se a pergunta a tivesse constrangido.

— Algum problema no trabalho? — indagou Helen, mudando o rumo da conversa.

Peter e Ben trabalhavam num renomado escritório de advocacia, especializado em legislação marítima. Havia muito dinheiro por trás em seus longos processos, especialmente quando envolviam embarques. O desaparecimento dos dois poderia ter beneficiado alguém.

— Por acaso Peter se sentiu particularmente pressionado em algum caso?

— Não que tenha me contado.

— Vinha trabalhando mais horas que o normal?

Sarah fez um leve movimento negativo com a cabeça.

— Discutiu algum caso específico com você?

Sarah alegou ignorar totalmente a carteira de processos de Peter; Helen, por sua vez, tomou nota mental para verificar essa questão junto à empresa. Mas tinha, o tempo todo, a sensação desagradável de que aquilo não levaria a nada. Ao correr os olhos pelas paredes em busca de inspiração deteve-se numa foto de Peter na praia, num dia ensolarado; era um típico pai de família, sorridente, com um grupo, de férias. Sarah acompanhou seu olhar e forneceu os detalhes, além de informar os futuros planos: uma viagem para Boston em família, na Páscoa. Sarah se mantinha imperturbável em sua crença de que Peter iria reaparecer — e que as coisas, mais uma vez, voltariam ao normal. Helen queria acreditar nisso, mas não conseguia. No fundo, temia que Sarah nunca mais fosse ver o marido.

16

Era madrugada e Peter Brightston estava congelando. Sempre usara ternos leves, mesmo no inverno, porque transpirava muito. Agora lamentava profundamente esse seu hábito. O carro de Ben estava em algum lugar em New Forest e, dentro dele, o casaco forrado que Sarah lhe dera de presente de aniversário. Xingando muito, enrolou-se um pouco mais no paletó.

Respirava pesadamente e seu hálito congelado dançava à sua frente. Era praticamente tudo que conseguia enxergar; a noite estava um breu. Sentia que Ben estava por perto, mas não conseguia vê-lo. O que estaria fazendo? Ben era basicamente um cara legal, mas não era uma boa companhia para ficar em espaços confinados. Quase desmaiara minutos antes, parecia que estava tendo um ataque de pânico. E gritava enquanto dormia, também. As paredes de aço que os prendiam amplificavam seus terrores noturnos e davam a todo o cenário um ar fantasmagórico — e uma sensação desagradável de pânico ia, aos poucos, tomando conta de Peter. Será que alguém os encontraria a tempo? Ou eles morreriam naquele buraco miserável?

Peter arriscou um olhar na provável direção de Ben e então, aproveitando-se do escuro, meteu a mão no bolso. Nunca viajava sem um pacote de balas mentoladas; afinal, não ficava bem chegar em casa cheirando a bebida. Bem devagar e com cuidado, tirou o papel da última bala e a enfiou na boca. Ainda tinha meio pacote no bolso quando foram atirados ali; tinha dado um jeito de comê-las sem contar nada a Ben. Estava convencido de que o colega faria o mesmo, então por que não? Qualquer peso na consciência que pudesse ter tido fora apagado pela fome que consumia seu estômago. Rolou a bala várias vezes na boca, deixando o açúcar se dissolver e escorrer pela garganta. Era quente, doce e reconfortante.

E agora, o que faria? Seus parcos suprimentos tinham se esgotado. E ele não conseguia dormir, o que só lhe dava mais fome. Que diabo iria — iriam, quer dizer — comer agora? Carvão? Soltou uma risada amarga, mas logo a engoliu. O eco soou estranho e ele já estava nervoso demais. *Tinha de manter a calma.* Tivera dois ataques cardíacos nos últimos cinco anos e não queria ter outro; não ali embaixo.

A princípio, ficara chocado com o fato de estarem encarcerados, mas desde então mantivera-se bastante ativo, buscando desesperadamente algum meio de escapar. As laterais do silo estavam enferrujadas em alguns pontos e, depois de muito cutucar, conseguiu arrancar uma lasca de metal de uns 5 centímetros de comprimento. Já era alguma coisa com que trabalhar. Bateu nas laterais, tentou fazer um buraco na parede com o artefato e até tentou usá-lo como uma espécie de gancho para ajudá-lo a escalar as paredes. Mas tudo se revelou inútil e Peter acabou desabando no chão, derrotado.

De repente, lágrimas começaram a escorrer pelo seu rosto. A ideia de morrer num buraco sem ar, longe dos filhos, fez com que ele fosse tomado por um desespero inconsolável. Tivera uma vida boa. Fizera coisas boas — ou tentara, pelo menos. Não merecia *isso*. Ninguém merecia isso. Afastou com raiva o carvão, preparou um cantinho e ajeitou-se para passar a noite. Será que Ben ainda dormia? Estava quieto agora; mas Peter não podia ter certeza. Será que deveria ter confortado o colega durante seus terrores noturnos? Ben o acusaria por não ter feito isso? Será que isso teria afetado sua capacidade de raciocinar, agora que estavam… Peter tentou afastar aquele pensamento; não queria entrar nesse mérito. Mas a verdade é que não tinha a menor ideia do que Ben pensava ou sentia. Conhecia-o como colega de trabalho, mas não como ser humano. Ben sempre fora muito reservado quanto ao seu passado. Por que será? Seria *ele* o motivo de estarem aqui? Inflamado por essa ideia, estava prestes a gritar com Ben, mas mordeu a língua. Melhor não acusá-lo de nada; não havia como saber como o colega iria reagir.

Estirado em sua cama congelante, Peter se culpou por nunca ter se dado ao trabalho de conhecer melhor Ben. Mas a verdade nua e crua é que era impossível conhecer de verdade outra pessoa.

E essa simples ideia o manteria acordado a noite toda.

17

A sala de inquérito fervilhava de atividade. Fotos de Amy e de Sam eram afixadas ao quadro com alfinetes, junto com mapas que mostravam a rota dos dois de Londres até Hampshire, diagramas e fotos que esboçavam o desenho da piscina abandonada, listas de amigos e parentes e por aí vai. Sanderson, McAndrew e Bridges estavam grudados ao telefone, monitorando as potenciais testemunhas, enquanto os técnicos de computação inseriam os detalhes pertinentes no programa HOLMES2, para cruzar as informações desse sequestro com os de centenas de crimes armazenados na vasta base de dados da polícia. O detetive Grounds debruçava-se sobre eles, analisando os resultados com o máximo de atenção.

Mark estava parado à porta, sem conseguir entrar. Sua cabeça estava explodindo; tinha ondas seguidas de enjoo. A própria agitação que reinava na sala já fazia sua cabeça girar. Ficou tentado a dar meia-volta e sair correndo, mas sabia que teria de enfrentar o problema. Entrou e foi direto para a mesa de Charlie.

— Chegou bem na hora — disse ela, animada. — A reunião de orientação da equipe começa em dez minutos. Eu ia dar aquela enrolada, mas agora que você está aqui...

Em dias como este, Mark realmente adorava Charlie. Apesar de seu comportamento lamentável e de sua total falta de profissionalismo, ela jamais o julgava. Era sempre prestativa e leal. Mark sentiu uma pontada de remorso por tê-la deixado na mão.

— Por que não pega um café? Assim você relaxa e se prepara para fazer o pessoal trabalhar por aqui — prosseguiu.

Charlie estava levantando da cadeira quando a voz de Helen se fez ouvir, em alto e bom som.

— Detetive Fuller. Que bom que se juntou a nós.

Mark sentiu o coração apertar. O alívio durara pouco. Girou nos calcanhares e encarou a longa trilha da vergonha até a sala de Helen. A equipe agia como se estivesse ocupada, mas todos observavam o condenado com o canto do olho.

Mark fechou a porta da sala e virou-se para encarar Helen. Ela não lhe ofereceu uma cadeira, portanto ele continuou de pé. Estava claro que queria que o policial ficasse visível para o restante da equipe. A vergonha de Mark crescia a cada segundo.

— Desculpe, chefe.

Helen levantou os olhos de seu trabalho.

— Desculpar por quê?

— Por perder nossa reunião. Pela falta de profissionalismo. Por...

Mark tinha preparado um discurso no caminho até a delegacia, mas não conseguia se lembrar dele. Vasculhava o cérebro, mas as ideias dançavam fora de seu alcance. Sua cabeça latejava mais ainda, a tonteira estava piorando. Tudo que queria era sair correndo dali.

Helen o encarava, mas sua expressão era indecifrável. Raiva? Decepção? Ou apenas tédio?

Após um longo silêncio, Helen finalmente falou.

— Então?

Mark a encarou em silêncio, sem saber exatamente o que a chefe esperava dele.

— Vai me contar o que está acontecendo? Você está atrasado. E bêbado. Para um homem jovem, você parece péssimo.

Não havia como contestar aqueles argumentos, então Mark permaneceu calado. Sabia, por experiências anteriores, que não devia interromper Helen quando ela soltava o verbo.

— Sei que você está numa fase difícil, Mark; mas quero que saiba que está a um passo de estragar tudo por aqui. Whittaker iria adorar ter uma desculpa para se livrar de você, acredite. Não quero que isso aconteça; então é bom me dizer o que está rolando. Temos uma parada complicada pela frente, e eu quero o subchefe cem por cento nisso, de corpo e alma.

— Saí e tomei uns drinques...

— Não me convenceu.

A cabeça de Mark latejava intensamente.

— Está bem, vários drinques, mas eu estava com uns colegas e...

— Ainda não me convenceu. E se mentir para mim mais uma vez, eu mesma pego esse telefone e ligo agora para o Whittaker.

Mark baixou os olhos e fitou o chão. Odiava essa exposição direta de seu problema com a bebida e sentiu de cara a censura. Todo mundo sabia que Helen nunca havia bebido. Como admitir que entornava toda noite sem parecer totalmente patético?

— Aonde você foi?

— Ao Unicorn.

— Meu Deus! E aí?

— Fiquei lá bebendo das 8 da noite às 8 da manhã. Cerveja, uísque, vodca.

Pronto. Tudo bem claro, cartas na mesa.

— Há quanto tempo?

— Dois meses... três, talvez.

— Toda noite?

Mark deu de ombros. Na verdade, não conseguia dizer "sim" com todas as letras, embora estivesse óbvio que era essa a resposta. Agora estava bem claro, tanto para Helen quanto para ele próprio, que Mark estava a um passo do alcoolismo. Viu seu reflexo na parede de vidro, atrás de Helen. Em sua cabeça, ainda era o homem atraente de um ano atrás; alto, magro, cabelos cheios e encaracolados. Mas agora estava profundamente deprimido, e isso era visível — com a pele sem vida, os olhos turvos. Um frangalho humano, barbado e caótico.

— Acho que não consigo mais continuar.

As palavras simplesmente saíram; ele não teve a intenção de dizê-las. Não queria dizer aquilo, mas precisava desesperadamente falar com alguém. Helen sempre fora justa com ele. Para ser honesto, Mark devia isso a ela.

— Acho que não é justo, nem para você nem para a equipe, aturar isso...

Helen o encarou. Pela primeira vez naquele dia, Mark notou a expressão dela abrandar-se.

— Sei como se sente, Mark, e, se quiser tirar alguns dias de folga, tudo bem. Mas você *não* vai me deixar na mão.

Havia uma determinação ferina em sua voz.

— Você é bom demais para jogar tudo fora. É o melhor detetive com quem já trabalhei.

Mark não sabia o que dizer. Esperava ser ridicularizado, mas o tom de voz dela era suave, e sua oferta de ajuda lhe pareceu genuína. É verdade que haviam passado por poucas e boas juntos; o caso dos assassinatos da Paget Street, no ano anterior, tinha sido o ponto alto de sua carreira. Com o tempo, uma forte ligação profissional cresceu entre os dois. E, de muitas formas, a ternura dela era pior que um chute no saco.

— Quero ajudar você, Mark — afirmou ela. — Mas você vai ter que trabalhar diretamente comigo aqui. Estamos no meio de uma investigação de assassinato; então, quando eu disser que quero você em tal lugar às 9h30, é bom que esteja nesse lugar às 9h30. Se não consegue, ou não quer fazer isso, então vou ter que te transferir ou te suspender. Está claro?

Mark assentiu.

— E nada de vodca no café da manhã — continuou Helen. — Nada de escapadas ao pub na hora do almoço. Nada de mentiras. Se confiar em mim, podemos vencer essa batalha juntos. Mas preciso que confie em mim. Mark, você confia em mim?

— É claro que confio.

— Ótimo, então ao trabalho. Reunião de orientação da equipe em cinco minutos.

Dito isso, Helen retomou seu trabalho. Mark saiu da sala dela trocando os pés, mas aliviado. Helen Grace nunca deixava de surpreendê-lo.

18

Enquanto seguia de moto para seu apartamento no centro da cidade, Helen repassou mentalmente a conversa com Mark. Teria sido dura demais? Complacente demais? Estaria repetindo os erros que cometera antes? Ainda estava remoendo aquilo tudo quando entrou em casa e fechou a porta. Colocou a tranca e foi direto para o chuveiro. Estava acordada há 48 horas e precisava urgentemente se sentir limpa de novo.

Ergueu o rosto e deixou a água bater no pescoço e nos seios, antes de se virar. Quando a água escaldante atingiu as costas, um espasmo de dor percorreu seu corpo todo. No início foi um sofrimento, mas a dor foi cedendo lentamente e, mais uma vez, Helen se sentiu mais calma.

Enquanto se enxugava, voltou para o quarto. Uma vez seca, deixou a toalha cair no chão e olhou-se no espelho de corpo inteiro. Nua, era bastante atraente, mas poucos a haviam visto assim. Avessa à intimidade e para evitar perguntas inevitáveis, seus encontros, em sua maioria, eram aleatórios e fugazes. Não que os homens se importassem; de modo geral, pareciam extremamente satisfeitos por encontrar uma mulher que ia para a cama com eles e não ficava enchendo o saco depois.

Abriu o guarda-roupa e desprezou a infinidade de calças jeans e camisas; escolheu calças de ginástica e um top. Tinha aula de Box Combat mais tarde e não via razão para trocar de roupa duas vezes. Fez uma breve pausa diante dos uniformes da polícia que costumava usar na época que trabalhava nas ruas, cuidadosamente acondicionados em imaculadas embalagens para ternos. Foi aquele período que a formou para a vida. O primeiro dia em que prendeu o cabelo para trás, vestiu o colete à prova de balas e saiu para a rua foi um dos mais felizes de sua vida. Pela primeira vez, sentiu que fazia parte de alguma coisa. Que era importante. Deleitou-se ao ver como o uniforme mudou sua aparência e o modo como se sentia: o anonimato assexuado da vestimenta, aliado à segurança e ao poder que inspirava, era como um disfarce, mas um que todos reconheciam e apreciavam. Ainda existia uma pequena parte dela que gostaria de voltar no tempo, mas Helen era ambiciosa e inquieta demais para ficar muito tempo na função de patrulheira.

Deixou a nostalgia de lado, preparou uma xícara de chá e foi para a sala. Era um cômodo amplo e espartano, sem muitos quadros na parede, nenhuma revista espalhada pelo local. Organizado e arrumado, com tudo em seu devido lugar.

Escolheu um livro e começou a ler. Suas estantes eram lotadas de livros. Em geral sobre comportamento criminoso, serial killers, uma história de Quântico. Todos aparentavam ter sido lidos mais de uma vez. Helen não ligava muito para ficção porque não acreditava em finais felizes, mas valorizava o conhecimento. Enquanto folheava uma de suas obras favoritas sobre psicologia criminal, acendeu um cigarro. Já havia tentado parar de fumar várias vezes, mas sempre voltava, até que desistiu. Conseguia lidar com a autocensura por causa do barato que o cigarro ainda lhe dava. Todo mundo tem algum hábito ruim, dizia a si mesma.

De repente, pensou em Mark. Será que suas palavras haviam tido o efeito desejado ou ele estaria afogando as mágoas no Unicorn, neste momento? O mau hábito de Mark poderia lhe custar o emprego ou mesmo a vida. Helen esperava, do fundo do coração, que o colega conseguisse sair do fundo do poço. Não queria perdê-lo.

Tentou se concentrar no livro, mas lia as palavras sem atentar para o significado e tinha de ler novamente para pegar o fio da meada. Nunca fora muito boa em ficar parada; esse era um dos motivos pelos quais trabalhava tanto. Deu uma tragada mais forte no cigarro; percebia que aqueles sentimentos desagradáveis, seus velhos conhecidos, estavam de volta. Apagou o cigarro, largou o livro na mesa, pegou sua mochila de ginástica e correu até a moto, lá embaixo. Na volta, talvez desse uma passada na sala de inquérito; talvez houvesse alguma novidade. De qualquer modo, ficaria ocupada por umas duas horas; assim, a escuridão não ganharia a batalha.

19

Não consigo me lembrar de quando foi a primeira vez que vi meu pai bater em minha mãe. Bem, de qualquer maneira, na verdade não me lembro das coisas que vejo. Lembro-me com mais clareza dos sons. O som de um punho batendo num rosto. De um corpo desabando sobre a mesa da cozinha. De um crânio batendo numa parede. Choro. Gritos. Abuso sem fim.

A gente nunca se acostuma a uma coisa dessas. Mas acaba entendendo que vai acontecer de novo. E a cada vez que acontece, a raiva aumenta. E a gente se sente um pouco mais impotente.

Minha mãe nunca reagiu. Isso acabava comigo. Simplesmente apanhava. Como se merecesse aquilo. Será que era isso que pensava? Seja como for, não iria enfrentá-lo. Eu, sim. Da próxima vez que começasse a bater nela, eu iria interferir.

Não precisei esperar muito. Johnno, o melhor amigo do meu pai, morreu de overdose de heroína. Depois do enterro, meu pai bebeu por 36 horas sem parar. Quando minha mãe tentou fazê-lo parar, levou uma cabeçada — o desgraçado quebrou a porra do nariz dela! Eu não ia tolerar aquilo. Então dei um chute no saco do filho da mãe.

Ele quebrou meu braço, meus dentes da frente e me estrangulou com o cinto. Juro, achei que ele ia me matar.

Uma vez, uma terapeuta sugeriu que essa era a principal causa da minha incapacidade de estabelecer vínculos significativos com homens. Apenas assenti, mas o que eu queria mesmo era cuspir na cara dela.

20

É possível morrer de medo? Peter não se mexia havia horas.

— Peter?

Nenhuma resposta. Um fio de esperança penetrou na alma de Ben. Talvez o coração do colega tivesse parado, esmagado por um ataque teatral de autopiedade. É, deve ter sido isso mesmo. E não seria fantástico? A solução perfeita. A sobrevivência dos mais adaptados.

Mas imediatamente ele se sentiu péssimo. Desejar a morte de alguém. Arrependeu-se de chegar a esse ponto, depois de tudo que tinha passado. E, mesmo assim, se Peter estivesse morto, adiantaria alguma coisa? Seria libertado? Afinal, não tinha matado o colega.

Pensou novamente em sua sequestradora. Ben não a reconhecera: era atraente, com seus longos cachos negros e lábios grossos e rosados. Por que, então, teria escolhido os dois? Seria possível que isso fosse um *reality show* doentio? Será que a qualquer momento alguém apareceria ali e revelaria que a pistola estava carregada com balas de festim? O tom de voz dela, ao telefone, sugeria o contrário. A moça queria sangue.

Ben começou a chorar. Já houvera tanto derramamento de sangue em sua vida que a ideia de terminar seus dias assim lhe parecia o máximo da crueldade.

Agora. Por que não? Só para ver se Peter está ou não morto. Parece morto, então que mal faria?

— Peter!... Peter!

Ficou de pé. Era impossível fazer as coisas em silêncio, então fez o máximo de barulho possível. Espreguiçou-se e bocejou. Então disse:

— Desculpa, Peter, mas tenho que dar uma cagada.

Nada.

Deu um passo em direção à pistola. Depois, mais um passo.

— Você me ouviu, Peter?

Ben abaixou-se devagar. A junta de seu tornozelo estalou e o barulho ecoou pelo silo inteiro, que droga. Deu uma parada. Em seguida, muito lentamente, e em silêncio, pegou a arma. Olhou imediatamente para Peter, esperando que o colega se levantasse assustado, mas Peter não fez isso. Seria melhor que o fizesse; pelo menos haveria uma luta.

A trava de segurança estava visível, então a soltou. Em seguida apontou a arma para as costas de Peter. Não, assim não. Poderia errar — ou apenas feri-lo. Sabe-se lá que estrago uma bala ricocheteando poderia fazer dentro dessa lata de metal? Matar os dois? É, não deixaria de ser uma boa piada.

Pare de enrolar. Ben deu mais um passo, aproximando-se do colega.

— Peter?

Está morto mesmo. Ainda assim, é melhor fazer isso logo, para ter certeza. Garantir que iria mesmo sair dali.

De repente, Jennie surgiu em sua mente, muito rápido. Sua noiva. Que vai ficar arrasada. Ben logo a reencontrará. E ela irá perdoá-lo. É claro que irá! Afinal, só fizera o que tinha de ser feito. O que qualquer um teria feito.

Mais um passo. Agora mais perto.

Ben baixou a pistola, que agora quase encostava na parte de trás da cabeça de Peter. É isso, pensou, e encostou o dedo no gatilho. Foi quando Peter levantou de repente e enfiou o pedaço de metal bem em seu olho esquerdo.

21

Helen nunca chegou à academia. Assim que entrou na sala de inquérito, Charlie grudou nela. A detetive, sempre tão alegre, estava bastante séria. Após uma conversa breve e apressada, as duas saíram imediatamente.

— Noitada lésbica na academia — brincou o detetive Bridges. Ele bem que tentou, mas não conseguiu disfarçar que era louco para ter uma chance com Charlie, que por sua vez era cem por cento heterossexual.

Helen e Charlie seguiram apressadamente até a Unidade de Perícia, em meio ao trânsito do centro da cidade. A viagem de cinco minutos podia durar até 25, na hora do rush; como era época de Natal e uma grande quantidade de gente inundava Southampton, para compras e festejos, o dia de hoje tinha tudo para ser um caos. A temporada de confraternizações corria solta. Frustrada, Helen amaldiçoou os carros que atravancavam as faixas seletivas. Acabou apelando para a sirene e finalmente o caminho se abriu, não sem alguma relutância. Acelerou e passou sobre uma poça de vômito fresquinho, que espirrou no culpado, deixando-o atônito. Charlie reprimiu um sorriso.

O Silver Lexus de Ben Holland estava sobre uma plataforma elevada, aguardando inspeção, quando Helen e Charlie entraram na Unidade de Perícia. Sally Stewart, a representante da unidade, estava à espera das duas.

— Charlie já te adiantou o básico, mas achei que deveria ver isto com seus próprios olhos.

Entraram debaixo do carro e olharam para cima. Sally apontou para o arco da roda direita traseira com sua caneta-lanterna.

— Muito sujo, como seria de esperar. Ele dirigia vários quilômetros toda semana. Mas o arco desta roda parece mais sujo que todos os outros. E o cheiro também é pior. Por quê? Porque foi marinado em gasolina.

Ela fez um gesto para que saíssem dali e, quando as três estavam em local seguro, Sally baixou o carro.

— Aqui vocês podem ver por quê.

Com a ajuda de sua assistente, Sally soltou com cuidado a capota do lado direito do veículo. As entranhas do carro de luxo ficaram inteiramente expostas, e Sally apontou sua lanterna para o tanque de combustível. Helen arregalou os olhos.

— O tanque de combustível foi perfurado. Não é um buraco grande, mas em função de sua posição na parte inferior, o tanque ia esvaziando aos poucos. A julgar pelos vestígios de gasolina encontrados no arco da roda, eu diria que o tanque estava bem cheio quando os dois saíram de Bournemouth. O tanque esvaziava lentamente e a um ritmo regular, estimo que 1,5 litro por minuto. Isso significa que o motorista ficaria sem combustível mais ou menos no meio de New Forest. Agora, por que os dois tomaram esse caminho é o que mais me intriga.

Helen não disse nada. Sua mente já estava zunindo na tentativa de processar aquele fato novo.

— A próxima pergunta então é: isso foi acidental? Bem, tudo é possível, mas eu diria que não. O buraco da perfuração é bem-feito demais, redondo demais. É como se alguém, com a ajuda de um martelo, tivesse usado um prego pequeno e perfurado o tanque por baixo do carro. Se *foi* sabotagem, é simples e eficiente.

Dito isso, saiu. Não cabia a Sally discutir as razões; estava ali para apresentar os fatos. Helen e Charlie se entreolharam. Era óbvio que estavam pensando a mesma coisa. Como tinha acabado de encher o tanque, Ben não ia ficar vigiando o mostrador e provavelmente não percebeu que estava quase sem gasolina até ser tarde demais. E mesmo quando o aviso de baixo nível de combustível finalmente acendeu, Ben teria apenas um minuto ou dois, antes de o tanque ficar completamente vazio.

— *Ela devia saber* — Helen pensou em voz alta. — Devia *saber* que Ben e Peter faziam aquela viagem toda semana. Que Ben sempre abastecia naquele posto. Deve ter feito seu dever de casa: tamanho do tanque, média de consumo, tamanho do buraco necessário...

— ...Para que fossem obrigados a parar no lugar onde queria. — Charlie completou o pensamento de Helen.

— Estava seguindo os dois. Esse é o nosso ponto de partida. Vamos checar com a família de Amy se houve qualquer sinal estranho, invasão suspeita, qualquer coisa. O mesmo vale para os Hollands e para os Brightstons.

Era sua primeira jogada. Helen esperava que rendesse alguma coisa, mas tinha a sensação de que esse seria um jogo longo, difícil e mortal. Ficou claro que estavam lidando com uma pessoa organizada, inteligente e precisa. A motivação para esses crimes permanecia um mistério, mas não havia dúvida quanto ao calibre dessa assassina. A grande pergunta, agora, era onde estavam Ben e Peter. Será que um dos dois ainda seria encontrado com vida?

22

Horas depois do acontecido, a adrenalina ainda estava alta. A raiva não cedera lugar à culpa — e Peter Brightston andava para lá e para cá, afrontando sua vítima. Então o cara ia *atirar* nele! Atirar na cabeça. Por trás! O que, afinal, esperava que acontecesse?

Riu amargamente quando lembrou que dera o emprego a Ben — passando por cima de candidatos mais qualificados — porque havia gostado de sua coragem, de sua energia. Então era assim que retribuía? O cara não havia pensado duas vezes; estava pronto para explodir a cabeça dele. Filho da puta. Mas, afinal, teve o que merecia: gritava em agonia, enquanto Peter afundava o artefato de metal em seu crânio.

Peter agarrou com força a arma sobre a qual o sangue de Ben coagulava lentamente. Mesmo agora, que o pior já estava feito, não conseguia, não podia largar o objeto.

Foi legítima defesa, claro que foi. Precisava continuar repetindo isso para si mesmo. No entanto, pensara tanto naquela arma, em silêncio e na surdina... com certeza estava tentando se enganar; como assim não tinha planejado tudo? Sabia que Ben não gostava dele. Que não o respeitava. Que fazia troça dele pelas costas. Tinha alguma dúvida de que Ben pensaria primeiro em si? Peter sabia disso e planejou tudo levando em conta essa possibilidade. Era a única coisa sensata a fazer. Peter tinha mulher e filhos. E Ben, o que ele tinha? Uma noiva que todo mundo considerava desmiolada e chata. O casamento deles prometia rivalizar com de Katie Price, em termos de vulgaridade: carruagem cor-de-rosa, vestidos em tom de merengue, pôneis e pajens, uma nota de rodapé para a revista *Hello!* que seria comen...

Ben está morto. O sangue escorre pelo buraco em seu rosto. Não vai haver casamento.

Silêncio. O mais horrível e solitário que Peter já experimentara. Um assassino a sós com sua vítima. Oh, Deus.

E então, uma luz o cegou. O alçapão se abriu completamente e o sol do meio-dia inundou o cativeiro, fazendo seus olhos arderem. Uma coisa pesada bateu em sua cabeça.

Uma escada de corda.

Seus pulmões se encheram de ar fresco, com o oxigênio, e o corpo todo se agitou numa sensação de euforia. Estava livre, estava vivo. Havia *sobrevivido*.

Seguiu mancando pela estradinha rural e deserta. Ninguém mais passava por ali, então quais seriam suas chances de encontrar alguém que o resgatasse? Embora tivesse ganhado a liberdade, ainda suspeitava que tudo aquilo era uma cilada. Que a mulher estava rindo dele, enquanto ele arrastava o corpo todo dolorido pela estrada. Achava que ia ser caçado. Tinha aceitado a ideia de que ia morrer naquele buraco. Será que aquela mulher iria mesmo honrar o trato que fizeram? Mais à frente, Peter divisou sinais de vida e apertou o passo.

Ele riu quando viu a palavra "Bem-vindo", escrita em garranchos, na porta da loja de conveniência. Aquilo era tão acolhedor que Peter chorou. Explodiu porta adentro e foi recebido por um mar de rostos assustados — aposentados, crianças de uniforme escolar, todos chocados com aquela visão medonha. Com o rosto todo respingado de sangue e cheirando a mijo, Peter disparou em direção ao balcão. Mas desmaiou antes de chegar até lá, ao bater numa gôndola promocional de Doritos. Ninguém se mexeu para ajudá-lo. Parecia um cadáver.

23

A Usina Elétrica de Dunston erguia-se altaneira na ponta oeste de Southampton Water. Em seus tempos de glória, a usina agora carbonizada fornecera energia elétrica para toda a Costa Sul e mais além. Mas tinha sido desativada em 2012, consequência de uma decisão do governo de renovar o sistema de fornecimento de energia na Inglaterra. Dunston era uma usina antiga, ineficiente e não tinha condições de competir com as alternativas de baixos níveis de emissão de carbono que estavam sendo construídas em outros pontos do país. Os empregados foram realocados, e o prédio, interditado. Não, não havia previsão de demolição nos próximos dois anos; por ora, era apenas um monumento vazio a um passado glorioso. A imensa chaminé central projetava uma longa sombra sobre a cena do crime e fez Helen estremecer enquanto seguia em direção ao cordão de isolamento da polícia, que se agitava violentamente sob a brisa do mar.

Mark acertou o passo com Helen e os dois se apressaram em direção ao local. Havia insistido em levá-la de carro até lá. Não estava bebendo ultimamente e parecia um pouco mais descansado. Talvez as palavras de Helen tivessem feito alguma diferença, afinal. Enquanto caminhavam lado a lado, Helen perscrutava os arredores, processando as possibilidades.

O edifício possuía alarme, mas, depois que os ladrões de cobre destruíram o sistema pela enésima vez, resolveram deixar como estava. De qualquer forma, tudo que valia alguma coisa já tinha sido levado. O que significava que tudo que "ela" tivera de fazer fora remover a corrente do portão principal e entrar com o carro. Será que haveria marcas de pneus? Pegadas? O alçapão que ficava na parte superior do silo subterrâneo era de fácil acesso a partir do prédio e, ainda que pesado demais para ser erguido por uma só pessoa, poderia ser aberto com facilidade por correntes puxadas por uma van. E os sulcos profundos de pneu próximos ao silo sugeriam que tinha acontecido exatamente isso. Faltava esclarecer como as vítimas tinham sido transportadas.

— Como será que a mulher os levou da van até o buraco? — perguntou Mark, como se lesse a mente de Helen.

— Ben devia ter um metro e oitenta, mas era magro. O que você acha? Uns 75 quilos?

— Com certeza. É possível que uma mulher consiga arrastar esse peso morto sozinha, mas Peter...

— Deve pesar uns 90 quilos, talvez mais.

A detetive se abaixou para ter uma visão melhor. O terreno perto da abertura do alçapão, sem dúvida, estava bastante danificado. Seria consequência do ato de alguém arrastar as vítimas para dentro ou da difícil escalada de Peter, aterrorizado, para sair daquele lugar?

Esse tipo de raciocínio, obviamente, era pouco profissional. Um policial experiente sabe que jamais deve fazer julgamentos precipitados, instintivos, sobre a natureza de um crime ou a identidade de seu autor. Mas Helen *sabia* que aquele era o segundo assassinato. E mesmo sem levar em conta as evidências de sabotagem no carro de Ben, a história contada por Peter Brightston era tão parecida com a de Amy que a conexão entre as duas era inegável. A dor, a culpa e o horror estampados no rosto de Peter quando foram buscá-lo eram iguais aos observados no rosto de Amy. Essas pessoas eram as marcas vivas deixadas pela criminosa, provas de carne e osso do sadismo de uma pessoa. Qual seria a razão disso tudo?

Agora ficou óbvio que estavam lidando com uma serial killer. Helen tinha sido treinada, lera estudos de casos, mas ainda assim nada a preparara para isso. Na maioria dos casos era fácil decifrar a motivação, a conexão com a vítima, mas não neste. Não era algo misógino, não era crime sexual — e, aparentemente, não havia qualquer correlação entre as vítimas envolvendo idade, gênero ou classe. Helen se sentia como se estivesse sendo sugada para dentro de um túnel comprido e muito escuro. Uma onda de tristeza a invadiu e ela teve de se beliscar para não se deixar levar. Haveria de prender quem fosse o responsável por isso. Era isso que iria fazer, com toda certeza.

Helen e Mark se aproximaram da entrada do silo. Helen pediu que trouxessem uma escada; estava ansiosa para chegar logo lá embaixo e constatar o pior. O alçapão já estava aberto, e a policial deu uma espiada pelo buraco. Lá, entre as sombras, jazia o corpo do homem que Peter matara. Ben Holland.

— Quer descer ou eu vou? — A pergunta de Mark era bem-intencionada, e ele tomou todos os cuidados para não parecer superprotetor. Mas Helen bateu pé: tinha de ver aquilo com os próprios olhos.

— Estou bem. Isso não vai demorar.

Com todo cuidado, desceu a escada até o silo propriamente dito. O cheiro era forte lá embaixo: gasolina misturada com pó de carvão e excrementos. A perícia havia encontrado fortes traços de um potente sedativo, a benzodiazepina, nos excrementos de Sam e de Amy. Provavelmente os encontrariam aqui também. Helen voltou sua atenção para o corpo. Estava estirado com o rosto para baixo, com uma poça de sangue coagulado em torno da cabeça. Tomando muito cuidado para não tocá-lo, Helen se ajoelhou e esticou o pescoço para olhar para o rosto da vítima.

Primeiro a repugnância e depois a surpresa. Repugnância diante do buraco sanguinolento no lugar onde antes estava o olho esquerdo. E surpresa diante da constatação de que aquele corpo não era de Ben Holland.

24

Jake ficou chocado em vê-la de novo em tão pouco tempo. Até então, estava sendo razoavelmente previsível: uma sessão de uma hora por mês. Ficara tentado a não atender o interfone quando tocou; passava das onze da noite e todos os encontros tinham de ser pré-agendados, por razões de segurança. Mas, quando viu o rosto dela na tela do interfone, ficou preocupado. Preocupado e intrigado.

Alguma coisa estava acontecendo. Helen não o olhou quando entrou no apartamento e não mencionou o horário. Normalmente, ganhava um breve sorriso ou um "olá", pelo menos. Mas não essa noite. Ela estava distraída, focada em si mesma, ainda menos comunicativa do que normalmente era. Pôs o dinheiro na mesa e tirou a roupa sem fitá-lo. Depois tirou o sutiã e a calcinha e ficou nua na frente dele. As coisas não funcionavam dessa forma: esse tipo de atitude, em geral, levava a certas propostas. Jake era um dominador, não um gigolô. Prestava um serviço, mas não esse tipo de serviço.

Já tinha o discurso pronto quando a mulher caminhou em sua direção, mas ela passou direto por ele e foi até o arsenal de brinquedinhos. Outra regra quebrada: somente ele tinha direito a escolher o método de punição. Era parte do jogo: os submissos não sabiam exatamente como iriam ser punidos. Mas Jake não disse nada. Alguma coisa nas atitudes dela indicava que não toleraria qualquer argumentação essa noite. Jake sentiu um leve frisson de medo e excitação. Era como se a mesa tivesse sido virada e, uma vez na vida, ele não estivesse mais no comando.

Ela ignorou as chibatas e foi direto para os chicotes com pinos. Correu os dedos em todos até escolher o mais sórdido — reservado somente aos masoquistas mais barra pesada. Não curtia aquilo, mas entregou-lhe o chicote e seguiu direto para a parede.

Jake se sentiu estranhamente hesitante, como se não soubesse mais que tipo de jogo estava jogando. Então bateu devagar.

— Mais forte.

O homem atendeu, mas ainda não foi suficiente.

— MAIS FORTE.

Muito bem, então que seja. Fez o que lhe foi pedido. E, dessa vez, tirou sangue. O corpo dela recuou com a dor, mas logo depois pareceu relaxar, enquanto um fio de sangue corria por suas costas.

— De novo.

Aonde tudo isso iria levar? Não saberia dizer. A única coisa que Jake sabia, com toda certeza, é que a mulher queria sangrar.

25

— Me conte novamente o que aconteceu.

Amy fechou os olhos e deixou a cabeça pender. Charlie parecia ser uma pessoa legal, que a tratava com luvas de pelica, mas por que tinha de fazer isso? Desde que a polícia a liberara, Amy vinha tentando de tudo para *deixar* de pensar no assunto. Sua mãe a seguira por toda parte como um cão fiel desde o começo, mas tomou alguma distância depois que Amy surtou. Temporariamente livre de sua sombra, virou a casa de cabeça para baixo atrás de restos de bebida e do estoque "secreto" de Valium da mãe. E como nada disso funcionou, recorreu aos comprimidos para dormir do pai. Grande erro. Em seus sonhos — aliás, pesadelos —, Sam estava sempre presente. Sorria para ela. Gargalhava. Aquilo era insuportável, e Amy acordou gritando, colada à porta de casa, brigando com a tranca numa tentativa desesperada de escapar. Naquele instante, decidiu que ficaria acordada para o resto da vida, sem jamais ceder ao sono, e resolveu evitar qualquer tipo de contato humano. Mas lá estava a polícia de novo, para lembrá-la de sua horripilante traição.

— Vocês estavam pedindo carona e uma van parou.

Amy assentiu sem dizer uma palavra.

— Descreva a van, por favor.

— Mas eu já dei meu depoimento, eu...

— Por favor.

Uma respiração pesada, ofegante. Sensação de sufocamento. E de repente as lágrimas espreitaram de novo. Amy se obrigou a reprimi-las.

— Era um furgão.

— De que marca?

— Ford? Vauxhall? Alguma coisa assim. Era branco.

— O que a mulher falou com vocês? Quero as palavras exatas, por favor.

Amy fez uma pausa e, contra a própria vontade, mergulhou novamente nas lembranças.

— "Precisam de ajuda?" Foi o que ela perguntou. "Precisam de ajuda?" Depois abriu a porta do carona; tinha espaço suficiente para os três, então entramos. Hoje eu daria qualquer merda para que não tivéssemos entrado.

Dessa vez, chorou. Charlie lhe deu algum tempo e, em seguida, ofereceu um lenço de papel.

— A mulher tinha algum sotaque?

— Do sul.

— Algo mais específico que isso?

Amy fez que não com a cabeça.

— E o que falou depois?

Amy repassou tudo, ponto por ponto. A mulher dissera que trabalhava com aquecimento e que estava voltando para casa depois de atender uma chamada de emergência. Amy não se lembrava de ter visto uma logomarca ou nome na van. Talvez tivesse, mas a garota não percebeu. A mulher falou do marido — que era inútil para qualquer questão prática — e dos filhos. Tinha dois. E perguntou para onde Amy e o noivo estavam indo numa noite fria de inverno como aquela. Em seguida, ofereceu-lhes algo para beber.

— Que palavras ela falou?

— Ela percebeu que eu estava tremendo um pouco e disse: "Você precisa se aquecer." Foi isso. E em seguida nos ofereceu uma garrafa.

— A bebida estava quente? Tinha cheiro de quê?

— Tinha cheiro do que era: café.

— E o gosto?

— Bom.

— E como era essa mulher?

Quando aquilo iria terminar?

— Tinha cabelo curto e louro. Óculos espelhados na cabeça. Usava jaleco. Brincos de metal, acho. Unhas curtas, sujas. Observei suas mãos ao volante. Mãos sujas. Só vi o rosto de perfil. Nariz grande, lábios carnudos. Sem maquiagem. Estatura mediana. Parecia normal. Completamente normal, entende?

Com isso, Amy deixou a sala de estar e subiu correndo as escadas, sacudida por um choro aos soluços, respirando com dificuldade. Assaltada pela pior das culpas, permitiu-se um instante de raiva. Para Sam, fora fácil: estava morto. O sofrimento *dele* terminara. Mas o dela iria durar muito. Nunca seria capaz de esquecer o que fizera. Ao olhar para baixo, da janela do seu quarto no sótão, e contemplar as pedras do calçamento, perguntou-se se Sam a receberia bem, caso decidisse ir se encontrar com ele. De repente foi tomada por essa ideia e agarrou a maçaneta, mas a janela estava trancada com cadeado, e a chave tinha sumido. Até sua família a torturava agora.

26

— E como era a mulher?

Peter Brightston sentiu um arrepio. Aliás, estava sentindo arrepios desde o momento que foi socorrido. Seu corpo inteiro tremia, traduzindo o ritmo de seu trauma de um jeito estranho, primal. Helen tinha certeza de que o homem iria desabar a qualquer minuto. Mas os médicos do hospital lhes deram carta branca para conversar com ele, então...

Peter não olhava para Helen. Tinha os olhos fixos nas mãos e puxava os tubos intravenosos que saíam dele como se fossem tentáculos.

— Como ela era, Peter?

Demorou um pouco até que ele falasse, entre os dentes trincados:

— Era um mulherão de parar o trânsito.

Helen não esperava por isso.

— Pode descrevê-la?

Depois de um longo suspiro, começou:

— Alta, musculosa... cabelos negros... bem negros. E longos, quase na cintura. Camiseta branca colada ao corpo. Peitos bacanas.

— Rosto?

— Maquiado. Lábios carnudos. Não consegui ver os olhos. Óculos escuros. Prada.

— Prada? Tem certeza?

— Gostei deles. Anotei mentalmente para procurar depois. Pensei em talvez dar um igual a Sarah em nossas bod...

Em seguida, começou a chorar.

Acabaram conseguindo mais informações com ele. A mulher dirigia um Vauxhall Movano vermelho, que pertencia ao marido. Vivia com o sujeito e três filhos em Thornhill. Estavam no meio de uma mudança para Bournemouth e, para economizar, transportavam tudo sozinhos, por isso a van. A mulher era falante, alegre e maliciosa; por isso ofereceu a garrafinha do marido, mal escondida como sempre debaixo do guia rodoviário, no porta-luvas. Peter aceitou, naturalmente, e depois deslizou a garrafa na direção de Ben. Nesse ponto do depoimento, Peter congelou de novo.

Helen deixou Charlie tomando conta dele. Charlie era boa em lidar com homens; além de ter uma beleza mais convencional que a de Helen, sua postura não era nada ameaçadora. Não era à toa que os homens viviam atrás dela. Em seus piores momentos, Helen a considerava sem sal, mas certamente Charlie tinha seus talentos e se tornaria uma boa policial, no devido tempo. Mas Mark era seu ouvinte oficial — e era dele que precisava agora.

O White Bear ficava escondido numa rua atrás do hospital. Helen tinha escolhido o local de propósito — como um teste. E até agora Mark estava indo bem; sorvia devagar uma água tônica zero. Era estranho marcar num pub. Tinha mais cara de encontro romântico. Os dois, aliás, achavam isso. Mas havia coisas mais importantes para mantê-los ocupados.

— Então — começou Mark. — Com o que estamos lidando?

Podia jurar que a mente de Helen estava a mil, tentando compreender as últimas e inesperadas revelações.

— Ben Holland não é Ben Holland. Seu verdadeiro nome é James Hawker.

Toda vez que pensava em James, Helen sempre via a mesma imagem: um jovem todo sujo de sangue, que parecia literalmente perdido. Catatônico, devido ao choque.

— O pai era um homem de negócios. E também um fantasista e fraudador. Joel Hawker perdeu tudo em uma negociata e decidiu eliminar a si próprio e a família, em vez de encarar o problema... Matou os cavalos primeiro e depois o cachorro da família, antes de atear fogo nos estábulos. Os vizinhos ligaram para a emergência, mas eu cheguei lá primeiro.

A voz de Helen falhou ao relembrar a cena. Mark a observava atentamente.

— Na época eu era patrulheira. Vi a fumaça e ouvi gritos vindos de dentro da casa, então corri para o local. A mulher estava morta, assim como a filha mais velha e o namorado. Quando cheguei, o pai estava indo na direção de James com uma faca de esculpir madeira.

Fez uma pausa antes de prosseguir.

— Peguei o cara. Bati nele por mais tempo e com mais força do que precisava. Ganhei uma comenda por isso, mas também uma advertência quanto à minha conduta no futuro.

Esboçou um sorriso triste, que Mark correspondeu.

— Mas não dei a mínima. Queria ter batido mais.

— Então James mudou de nome?

— E você não teria feito o mesmo? Ele não queria carregar aquilo pelo resto da vida. Fez terapia durante um tempo, tentou lidar com o problema, mas na verdade queria mesmo fingir que aquilo não tinha acontecido. Tentei manter contato com ele, mas, um ou dois anos depois dos assassinatos, James me dispensou. Não queria saber de nada que lembrasse o fato. Fiquei triste, mas entendi, pois queria que ele ficasse bem. E ficou mesmo.

Era verdade. James conseguiu estudar, arranjou um bom emprego e acabou encontrando uma garota — do bem, inofensiva — que quis casar com ele. Mesmo com um começo tão triste e lamentável, James deu um jeito de conquistar uma vida legal — até que alguém forçou seu colega de trabalho a matá-lo. Com certeza fora em legítima defesa, mas era justamente isso que tornava a coisa ainda pior. James, ou Ben, odiava violência. O que Ben não devia estar sofrendo para chegar ao ponto de tentar matar Peter?

Tudo era cruel demais, injusto demais para ser descrito em palavras. E, no entanto, era com esse tipo de situação que estavam lidando.

— Acha que os fatos estão ligados? Os assassinatos cometidos por Joel Hawker e a morte de Be... quer dizer, de James? — perguntou Mark, interrompendo os pensamentos de Helen.

— Talvez, mas Amy e Sam não faziam parte disso. Onde eles se encaixam?

O silêncio se abateu sobre eles. Talvez houvesse outras conexões a serem feitas, mas estava difícil enxergá-las agora.

Então, o que tinham de concreto até o momento? Dois assassinatos com requintes de sadismo e sem motivo aparente, que pareciam não ter qualquer relação entre si, e uma mentora intelectual que tanto podia ser uma trabalhadora loura e desleixada ou uma dona de casa peituda e cheia de malícia, com madeixas longas e negras. As informações de que dispunham eram uma confusão só — e os dois sabiam disso perfeitamente.

Enquanto observava cada detalhe do pub, Mark sentia a vontade crescer dentro dele. À volta, homens e mulheres riam, conversavam e bebiam — vinho, cerveja, destilados, coquetéis, goles —, tudo despejado garganta abaixo sem qualquer restrição.

— Está se comportando muito bem, Mark.

As palavras de Helen de repente o tiraram de seu torpor. Ele olhou para ela, desconfiado. A última coisa de que precisava era que ela sentisse pena dele.

— Sei que é difícil, mas isso é o começo do fim. Vamos fazer com que você melhore. Vamos fazer isso juntos, está bem?

Mark assentiu, agradecido.

— Você pode querer me mandar para aquele lugar e dizer que vai procurar os Alcoólicos Anônimos, eu vou entender. Mas acho que lá eles não te conhecem. Não sabem o que a gente enfrenta dia após dia. Não sabem como nossa profissão nos afeta. E é por isso que *eu* vou te ajudar. Sempre que quiser companhia, sempre que precisar de ajuda, estarei do seu lado. Haverá momentos, muitos mesmo, em que você vai querer muito beber, mas muito mesmo. Isso é normal; vai acontecer quer você queira, quer não. Mas a gente faz um trato: em qualquer circunstância, você só bebe na minha presença. E quando eu mandar você parar, você para. Combinado?

Mark não discordou.

— É assim que vamos vencer. Mas se eu descobrir que você quebrou essa regra, que mentiu para mim, largo você na hora. Combinado? Ótimo.

Helen levantou-se para buscar mais uma rodada e voltou trazendo uma garrafa de cerveja lager. Empurrou-a sobre a mesa até Mark, cujas mãos tremiam ligeiramente ao segurar a garrafa. Levou-a aos lábios. A cerveja gelada escorregou por sua garganta. Mas, no momento seguinte, Helen a tirou de suas mãos. Por um segundo desejou bater nela; mas, em seguida, o álcool chegou ao seu estômago e, naquele instante, tudo melhorou. Percebeu que Helen ainda estava segurando sua mão; instintivamente, começou a acariciar a dela com o polegar. Helen tirou a mão imediatamente.

— Quero deixar uma coisa bem clara, Mark: essa situação não tem nada a ver com "nós dois". Tem a ver com você.

Equivocado na leitura dos sinais, ele sentiu-se um idiota. Acariciar a mão de sua chefe... Que babaca! Saíram logo em seguida. Helen esperou enquanto Mark se afastava, dirigindo seu carro, provavelmente para ter certeza de que o colega não voltaria para o bar. O otimismo caloroso e reconfortante da tarde começava a se dissipar agora, e Mark se sentiu vazio e solitário.

Quando começou a escurecer, Mark parou seu Golf diante de sua antiga casa. Elsie estaria em seu quarto agora, lá em cima, abraçada à ovelhinha Sheepy, banhada pela luz verde de seu abajur. Não podia vê-la, mas sabia que estava lá — e esse simples pensamento o encheu de amor. Não era o bastante, mas teria de ser assim — por enquanto, pelo menos.

27

O detetive-superintendente Michael Whittaker estava à espera de Helen na Central de Southampton. Whittaker tinha 45 anos e era carismático. Bronzeado, esbelto, amante da vida ao ar livre, fazia sucesso com as mulheres de sua equipe; a maioria sonhava em conquistar aquele solteirão poderoso e bem-sucedido. Era também perspicaz e tinha um olhar clínico para qualquer coisa que pudesse ajudar, ou alavancar, sua carreira. Em seus tempos áureos, era ótimo em prender ladrões, até que um tiroteio, durante um assalto frustrado a um banco, deixou-o com um pulmão a menos. Agora ele ficava apenas em sua mesa. Impossibilitado de atuar em campo, estava sempre disposto a botar banca quando achava que as coisas estavam andando muito devagar, ou que começavam a sair do controle. Sobrevivera — e prosperara — por tanto tempo porque estava sempre atento aos menores detalhes.

— Como essa mulher consegue? — rugiu na direção de Helen. — Age sozinha ou tem ajuda de alguém?

— Não dá para afirmar nada ainda — respondeu a policial. — Trabalha na surdina e nunca deixa uma pista sequer, o que sugere que age sozinha. É meticulosa, precisa e, penso eu, pouco propensa a envolver qualquer outra pessoa nessas operações meticulosamente planejadas. Usa drogas, não a força, para subjugar suas vítimas; isso também indica que não quer nem precisa de ajuda. A próxima pergunta, obviamente, é: como movimenta as vítimas? Sabe-se que são transportadas numa van que fazia fretes, onde é fácil ocultá-las, enquanto estão dopadas, até chegar ao destino. Para prender as vítimas, escolhe locais remotos e esquecidos; portanto, há poucas chances de ser vista ao retirá-las da van. Se precisa de ajuda para arrastá-las? É possível, embora todas as quatro tivessem ferimentos causados por pressão na área dos tornozelos, o que pode sugerir que tenham sido amarradas pelos tornozelos e depois arrastadas. Apresentam abrasões nas pernas, no dorso e na cabeça, o que bate com a ideia de que tenham sido, de fato, arrastadas por terrenos acidentados, embora seja difícil fazer isso. Mesmo que alguém amarrasse uma corda ou fios nos tornozelos de Peter Brightston, por exemplo, ainda assim são 90 quilos de peso morto para arrastar. Possível, porém difícil.

— E o que sabemos sobre as vans? — O homem apressou-se a perguntar, mal dando a Helen chance de respirar.

— Nada de concreto. Amy não tem certeza da marca da van que a levou, e não há câmeras na região onde aconteceu o sequestro, o que nos ajudaria muito. Peter tem certeza de que a sequestradora estava numa Vauxhall Movano, mas dezenas dessas vans são roubadas todos os meses, só em Hampshire. É vermelha, o que já ajuda, mas a mulher poderia tê-la pintado. Como os dois foram apanhados em New Forest e transportados até a Usina Elétrica de Dunston por estradas vicinais, não temos imagens de nenhuma câmera de trânsito ou de segurança da cidade que possam nos ajudar.

Whittaker suspirou.

— Espero que eu não tenha sido precipitado ao te promover, Helen — disse, em tom monocórdio. — Esperava que pudesse assumir na minha ausência algum dia... mas casos como este podem prejudicar carreiras. Precisamos prender o responsável, Helen.

— Entendido, senhor.

— Aquela vaca da Garanita tem estado praticamente acampada na porcaria da entrada, e com isso atrai o restante da imprensa local. Alguns jornais nacionais grandes entraram na dança esta manhã. Os idiotas da assessoria têm um ataque toda vez que o *Times* telefona e vêm direto falar comigo. O que estamos dizendo à imprensa?

— A morte de Sam está sendo tratada como violência doméstica. Não estamos procurando ninguém mais, e por aí vai. E a morte de Ben, como acidente. O discurso é que ele e Peter Brightston estavam

77

em Dunston numa viagem de trabalho e que ocorreu um trágico acidente. Até o momento, a imprensa parece estar engolindo essa versão.

Whittaker ficou em silêncio. Jamais admitiria que *seus* superiores estavam fritando seus miolos, mas Helen sabia como funcionava. A merda sobe e depois desce com muito mais força, em casos como esses.

— Pode vazar em algum momento, então devemos ir a público se sentirmos que é a coisa certa a fazer. Dizer à imprensa que há uma terceira pessoa envolvida. Pedir a ajuda da população...

— Muito cedo — interrompeu Whittaker. — Não temos base suficiente. Íamos parecer imbecis.

— Sim, senhor.

Helen sentia a ansiedade do chefe, assim como seu desprazer, e estava surpresa. Whittaker, em geral, era bem mais frio. Gostaria de tranquilizá-lo; sempre conseguira fazer isso. Agora, porém, não tinha nada a oferecer. Whittaker tinha tendência a reagir por impulso sob qualquer pressão. E não era disso que Helen precisava agora. Então fez o máximo que pôde para lhe passar confiança, falando dos incríveis esforços que a equipe estava fazendo para localizar a assassina. Pouco a pouco, o superintendente começou a relaxar. Sempre confiara em Helen e, se alguém era capaz de manter as coisas nos trilhos, esse alguém era ela. Ainda que Whittaker não fosse capaz de admitir, Helen era exatamente o tipo de agente que as altas patentes adoram. Mulher, abstêmia, viciada em trabalho e sem qualquer interesse em ter filhos. Nenhum perigo de alcoolismo, suborno, licença-maternidade ou outros aborrecimentos. Não com Helen. Trabalhava como uma máquina e, por si só, conseguia elevar o percentual de solução de casos da equipe. Então, mesmo que fizesse uma ou outra bobagem ocasionalmente, eles relevariam, porque sabiam que ela sempre dava o melhor de si.

Helen falara de um jeito tão otimista que, por um segundo, chegou a se sentir animada com as próprias palavras. Mas enquanto seguia para casa de moto, aquela falsa confiança começou a evaporar. O dia seguinte seria véspera de Natal, e toda Southampton estava tomada pelo espírito festivo. Era como se fosse uma decisão coletiva, ignorar as manchetes sensacionalistas do *Evening News* e mergulhar num clima de celebração total. As bandinhas do Exército de Salvação tocavam canções natalinas; luzes vibrantes piscavam alegres sobre as placas das lojas, enquanto os sorrisos cheios de expectativa tomavam conta dos rostos das crianças em toda parte. Mas Helen não sentia nem um pouco o espírito do Natal. Aos seus olhos, tudo aquilo parecia uma comemoração exagerada e inadequada. Em algum lugar daquela cidade havia uma assassina à solta, que matava suas vítimas sem deixar pistas. Estaria ocupada exterminando suas próximas vítimas naquele exato momento? Será que já estavam presas, implorando por misericórdia? Helen nunca se sentira tão perdida. Não parecia haver qualquer terreno firme neste caso, nenhum pressuposto seguro. Mais sangue seria derramado e, naquele momento, tudo que Helen podia fazer era esperar para ver quem seriam os próximos.

28

Às vezes nos lembramos de coisas estranhas, não? Por que aquela rena ficou na minha mente assim? Era bem mal-ajambrada, mesmo naquela época; tinha uma aparência sarnenta, um olhar cansado. Era como se estivesse morta. Mas eu não conseguia tirar os olhos dela, enquanto esperávamos na longa fila. Talvez coisas que não tenham jeito me atraiam. Ou talvez não. Às vezes, a gente analisa demais essas coisas.

Era Natal e, pelo menos daquela vez, a vida ia bem. Meu pai tinha sumido. Será que tinha outra família com quem passar o Natal? Nunca descobri. E assim só nós, as meninas, estávamos em casa. Mamãe estava bebendo, mas eu tinha bolado um plano para evitar que ela ficasse acabada. Me ofereci para ir, eu mesma, comprar a bebida. Dei um pulo na loja da esquina e peguei algumas latinhas de cerveja, mas levei alguma coisa para comer também. Pão, torradas, algo assim. Quando voltei, sentei ao lado de mamãe enquanto ela bebia. Acho que ela se sentiu um pouco estranha por beber na minha frente e sem o meu pai para dar uma força; então foi diminuindo a bebida pouco a pouco, até não beber quase mais nada. Nunca fui muito próxima dela, mas estávamos bem naquele Natal. E foi por isso que ela nos levou ao shopping.

Música ambiente, decoração barata e um clima de medo no ar. Até onde o olhar alcançava, víamos pais em pânico, encurralados num canto por uma festa que, mais uma vez, acontecia rápido demais. Nossa lista de compras era curta — muito curta, aliás —, mas, ainda assim, nos tomou um tempão. Depois de se certificar de que o segurança da loja BHS estava ocupado com outra coisa, mamãe enfiou algumas roupas e um colar cafona dentro de nossas jardineiras. Nosso "presente" era ver o Papai Noel logo depois. Levando em conta que o cara que se vestia de Papai Noel era um professor da escola católica local, ele é que se sentiria presenteado.

Tenho uma lembrança muito nítida do rosto dele quando me colocou em seu colo e, com o melhor "ho, ho, ho" que pôde fazer, perguntou-me o que eu mais queria de Natal. Sorri, olhei bem nos olhos dele e disse:

— Gostaria que meu pai morresse.

Depois disso, saímos um tanto apressadamente. Papai Noel ficou fofocando com as mães atônitas — piranhas que adoravam insultar a ralé branca, como nós. Enquanto corríamos dali, dei àquela rena nojenta um gancho de direita caprichado. Não cheguei a ver o estrago; cruzamos a porta de entrada antes que o segurança conseguisse nos alcançar.

Esperava que mamãe fosse me bater, ou ao menos gritar comigo. Mas ela não fez nada disso. Só chorou. Sentou-se no ponto de ônibus, debaixo da cobertura, e chorou. Era de dar pena, de verdade. Essa é uma das minhas melhores lembranças.

29

A visita foi uma surpresa boa. As duas praticamente não recebiam ninguém (quem, em sã consciência, visitaria aquele lugar?). E os que efetivamente vinham, em geral, não eram boa coisa. Ladrões ou assassinos. Era muito raro ver um policial por ali. Quanto ao Serviço Social, esquece. Que piada, aquela gente.

A mãe deu um pulo quando a campainha tocou. Marie estava tão entretida assistindo a *Strictly* na TV que não ouvira os passos no corredor, mas Anna havia percebido. E, sempre que escutava qualquer barulho do lado de fora, seu coração batia um pouco mais depressa. Nenhum dos outros apartamentos estava ocupado, de modo que, a menos que fosse um bando de drogados procurando um cômodo vazio, ou ciganos cheirando cocaína, o toque da campainha significava que estavam atrás *delas*. Os passos diminuíram o ritmo e pararam definitivamente em frente à porta. Ela queria alertar a mãe e grunhiu o mais alto que pôde, mas Marie estava concentrada em uma mulher que dançava foxtrote na TV. Em seguida a campainha tocou, em alto e bom som. Marie lançou um olhar em direção a Anna e, após um momento de hesitação, decidiu ignorá-la.

Anna ficou contente. Não gostava de visitas, nem de surpresas; no entanto estava curiosa, porque os passos que ouvira no corredor eram leves e faziam *tac-tac*, como se fossem de alguém que usasse saltos altos. Teve vontade de rir; não ouvia um som como aquele desde que as prostitutas tinham se mudado de lá.

A campainha tocou novamente. Uma vez só; de modo educado, porém insistente. Em seguida ouviram uma voz da mulher, dizendo seus nomes e perguntando se podia falar com elas. Marie desligou a TV; quem sabe se não ouvisse nada, pensaria que não estavam em casa e iria embora? Esforço inútil, na verdade; a luz e o barulho vindos do apartamento eram como um farol na escuridão. Anna a viu afastar-se; odiava ser deixada sozinha. E se alguma coisa tivesse acontecido lá fora?

Mas, em seguida, Marie voltou, acompanhada por uma bela mulher que carregava algumas sacolas de plástico. Tinha certo jeito de assistente social, só que não parecia deprimida e estava bem-vestida. Olhou à sua volta, depois foi até Anna e se ajoelhou para ficar na mesma altura que ela.

— Oi, Anna. Meu nome é Ella.

Tinha um sorriso tão acolhedor! Anna gostou dela na hora.

— Estava dizendo à sua mãe que trabalho para uma organização chamada Estrelas Cadentes. Você deve ter visto nossos anúncios no jornal local. Sei que sua mãe gosta de ler esse jornal para você.

Tinha um cheiro incrível. Como rosas.

— Todo ano entregamos cestas de Natal para famílias como a sua, que têm dificuldade de sair de casa. O que você acha? Bom?

— Não aceitamos esmola nesta casa — cortou Marie, imediatamente.

— Não é esmola, Marie — disse Ella, levantando-se. — É só uma ajuda. Mas você não precisa aceitar. Há várias outras famílias que adorariam pôr as mãos nessas delícias, pode acreditar!

A palavra "delícias" pareceu funcionar. Marie ficou em silêncio enquanto Ella tirava as latas e os pacotes da sacola. Era realmente um tesouro; peru fatiado e gengibre com chocolate, além dos produtos típicos de Natal, além de sopas, milk-shakes e bebidas refrescantes para Anna. Tudo preparado com muito esmero. Anna ficou surpresa pelo fato de alguém se dar a tanto trabalho. Ella não poderia ter sido mais atenciosa; fez um monte de perguntas a Marie sobre Anna. O que gostava que lessem para ela? Era fã de Tracy Beaker? O que costumava ver na TV? Anna ficou encantada com tanto carinho.

Este ano tiveram sorte. Este ano alguém as havia notado. Marie ficou contente e o espírito festivo se instalou por um breve instante, quando se levantou para buscar uma bebida. Anna olhou para a visitante. Sorria e meneava a cabeça, mas agora parecia tensa. Anna pensou que talvez estivesse com pressa, mas não poderia ser, pois quando Marie voltou, Ella fez questão de abrir as tortas de carne moída. Ela própria não aceitou, mas parecia ansiosa para que Marie experimentasse. Estavam fresquinhas. Uma padaria na St. Mary Road havia preparado dezenas delas para doação, em nome do espírito natalino.

Ella pareceu relaxar depois que Marie deu cabo de uma das tortas. E foi aí que as coisas começaram a ficar estranhas. Marie se sentiu mal imediatamente; teve náuseas e quase desmaiou. Tentou se levantar, mas não conseguiu. Ella correu até Marie para ajudar, mas, de repente, empurrou-a para o chão. O que a mulher estava fazendo? Anna queria gritar, berrar e lutar, mas tudo que conseguia era grunhir e chorar. Agora Ella prendia sua mãe e amarrava as mãos delas de qualquer jeito, atrás das costas, com um fio horrível. Pare, por favor, pare. Então começou a enfiar algo em sua boca e gritava com ela também. Por quê? O que Marie tinha feito de errado? Então "Ella" olhou para Anna. Era como se fosse outra pessoa. Os olhos estavam frios agora. E o sorriso, mais ainda. Caminhou na direção de Anna, que resistia internamente com todas as suas forças, mas seu corpo inútil estava paralisado e impotente. Em seguida a mulher enfiou um saco na cabeça da jovem e tudo escureceu de repente.

30

Sandra Lawton. Idade: 33. Assédio.

Helen verificou o arquivo. Sandra Lawton era uma romântica obsessiva que, quando rejeitada, tornava-se insuportável. Tinha três condenações por intimidação. Podia-se dizer com segurança que o tratamento a que vinha sendo submetida não parecia estar dando resultado e que sua crença de que homens inteligentes e educados, em posições de autoridade, desejavam secretamente dormir com ela mostrava-se mais forte do que nunca.

Helen passou para o arquivo seguinte. Sandra era doida, mas não era violenta.

Isobel Screed. Idade: 18. Assédio na internet. Mais uma vez, Helen a rejeitou como suspeita. A garota era muito frágil e passava a vida ameaçando atrizes de novela via mensagem de texto e Twitter. Ameaçava extrair-lhes o útero e por aí vai, mas, ao que parece, nunca deixava seu quartinho mobiliado, portanto podia ser excluída. Era a clássica cibercovarde.

Alison Stedwell. Idade: 37. Posse de arma letal. Assalto com lesão corporal. Múltiplas acusações de assédio. Essa era mais promissora. Agressora em série e experiente, tentou atirar com uma besta em um colega de trabalho a quem andava perseguindo, antes de ser presa e, mais tarde, colocada em isolamento. Agora estava novamente inserida na sociedade, aparentemente sob supervisão, e não praticava agressões havia vários meses. Seria, por acaso, capaz de elaborar um plano desse porte? Helen afundou em sua cadeira. A quem estava tentando enganar? Alison podia ser uma pessoa sórdida, mas não era exatamente sutil em suas técnicas. E também não era bonita. A descrição de Peter Brightston — de uma mulher belíssima, de cabelos negros — nunca podia bater com a criatura amorfa e desdentada que olhava para ela da tela. Mais uma para riscar da lista.

Estava no sistema HOLMES2 havia horas, esquadrinhando cada agressora britânica condenada nos últimos dez anos. Mas a busca era infrutífera. A pessoa que estavam caçando era uma exceção, anos-luz à frente daquelas agressoras atrapalhadas que via agora à sua frente. A assassina que buscavam devia ter seguido suas vítimas por várias semanas para descobrir, por exemplo, o hábito que Amy e Sam tinham de pegar carona, assim como as idas e vindas de Ben e Peter semanalmente a Bournemouth. O fato de ter planejado os sequestros de forma que pudessem ser levados a cabo em estradas remotas, passando por trechos onde os celulares não pegam, era algo impressionante. Da mesma forma, a capacidade de encontrar locais onde pudesse manter as vítimas sem que fossem encontradas ou ouvidas, onde fossem enlouquecendo aos poucos de inanição e de terror, era algo inacreditável. Uma pessoa assim não estaria enterrada nas entranhas do sistema HOLMES2; já seria uma lenda viva, tema regular de seminários e da literatura policial.

Após a descoberta do carro de Ben, Helen e Charlie novamente conversaram com Amy, Peter e suas respectivas famílias, em busca de alguma evidência de assédio. Amy e Sam eram alvos fáceis, nada cuidadosos, que viviam num campus agitado. Nada, nem ninguém, lhes pareceu estranho. Peter Brightston disse que teria percebido se uma mulher atraente o estivesse seguindo, mas aquilo soou exagerado — não teria motivo para suspeitar, ou para se manter alerta. Ben era outro tipo de pessoa; era cauteloso e cuidadoso por natureza, mas não estava mais aqui para responder, e sua noiva insistia em dizer que o rapaz não expressara qualquer tipo de pressentimento no período que antecedeu o sequestro.

A única e pequeníssima pista que de fato tinham apareceu no carro de Ben. A assassina tivera muito pouco tempo para perfurar o tanque de combustível; uma questão de três a quatro horas no máximo, já que o encontro da equipe no escritório de Bournemouth foi mais curto que o normal naquele dia. Ben costumava deixar o carro no estacionamento do escritório; mas, naquele dia, não havia vaga, estava lotado por causa de um almoço promovido por um cliente.

Então ele deixou o carro num estacionamento particular na outra esquina. O instinto dizia a Helen que qualquer coisa fora da rotina normal de Ben poderia ter criado um problema para a assassina — e que, portanto, valia a pena investigar. As câmeras de segurança mostraram Ben e Peter estacionando no quarto andar, não muito longe dos elevadores. Os dois saíram e, cinco minutos depois, uma figura feminina vestida com uma jaqueta acolchoada verde-limão e um boné Kappa branco passou pelo local. Estaria analisando o cenário? É provável, porque momentos depois uma mão enluvada apareceu subitamente na frente da câmera de segurança e cobriu a lente com tinta spray. Helen solicitara as imagens para serem analisadas e melhoradas, se possível, além de confiar a Sanderson a tarefa de verificar os registros de câmeras de segurança das áreas vizinhas ao estacionamento, a fim de tentar recuperar a rota da suspeita para entrar no prédio. Agora, porém, tinham de trabalhar com o que estava disponível. O que não era muito, mas agora tinham uma visão fugaz da assassina, que parecia confirmar tudo o que Amy e Peter tinham dito sobre ela. Inclusive o fato de ser efetivamente uma mulher. Algumas pessoas da equipe — Grounds e Bridges, mais especificamente — questionavam se poderia ser mesmo uma mulher por trás daquilo tudo. Pois bem, agora tinham a resposta.

Helen saiu do HOLMES2, deixou o escritório, dobrou a esquina e foi direto para o pub Parrot and Two Chairmen. Hoje era a festa de Natal da central. Apesar de considerar aquele evento totalmente inadequado, dadas as circunstâncias, Helen tinha de comparecer. Os oficiais superiores não tinham a opção de faltar — o que era irônico, na verdade, já que a última coisa que a equipe quer, quando pretende barbarizar, é ter os chefes por perto.

Helen avistou sua equipe e abriu caminho até os oficiais superiores em meio àquele mundo de gente. Todos se sentiam mal por não estarem mergulhados no caso quando ainda havia tanta coisa a ser resolvida, mas faziam o possível para se distrair. Mark, particularmente, estava com ótimo humor, exibindo orgulhosamente sua água tônica zero como atestado de sobriedade. Ainda assim, parecia muito bem — seu rosto magro tinha mais cor, os olhos, mais brilho. Cumprimentou Helen efusivamente e parecia louco para incluí-la na conversa debochada do grupo sobre o pesadelo do Ano-Novo. Helen achou que Mark estava exagerando um pouco e, mais de uma vez, captou um olhar cúmplice de Charlie.

— Então, quem quer um beijo debaixo do visco?

Whittaker, fora do escritório, era outro homem. A ansiedade e a politicagem ficavam de fora e davam lugar a uma simpatia natural.

— Tantas garotas lindas, tão pouco tempo — disse, lançando olhares lascivos e brincalhões para as mulheres reunidas.

— Já fiz isso — respondeu Helen secamente. — Não é o tipo de história que eu contaria aos meus pais.

— Então, Charlie — continuou Whittaker —, faça o meu Natal mais feliz.

Charlie corou, sem saber como administrar os avanços bem-humorados do detetive-superintendente ligeiramente alegre.

— A moça é casada, senhor. Ou quase — disparou Helen.

— Ouvi dizer que ainda vivia em pecado, o que deve significar que tenho chance — retrucou Whittaker, descaradamente.

— No seu lugar, eu não insistiria, senhor. Tem muito mais peixe no mar.

— Uma pena. Bem, a gente tem que saber perder — respondeu ele, com o olhar fixo na detetive McAndrew, jovem e atraente.

— Se estiver desesperado, fico feliz em ajudar — disse Mark.

Helen riu, assim como os outros, mas Whittaker não achou graça nenhuma. Nunca pareceu gostar muito de seus oficiais do sexo masculino; eram as mulheres que lhe interessavam.

— Acho que vou recusar. Se me dão licença...

Ele saiu em busca de outras pessoas para perturbar. O detetive Sanderson continuou falando e perguntou onde cada um ia passar o Natal. Helen aproveitou esse momento para deixar o grupo.

Ficou surpresa ao ver que tinha passado bem mais de uma hora no pub. Na verdade, tinha sido uma boa pausa — um momento para que seu cérebro se desligasse. Mas, agora, enquanto retornava à central, no frio da noite, sua mente estava novamente mergulhada no caso. Queria seguir a pista da benzodiazepina. Onde a assassina conseguira a substância? Será que o fornecedor podia ser um caminho até ela?

Helen retornou à sala de inquérito, agora vazia, e continuou sua caçada à assassina que ninguém conseguia pegar.

31

Ela estava furiosa; queria gritar até estourar os pulmões. Os últimos dias tinham sido aterrorizantes e confusos para Anna, mas a recusa de sua mãe em falar com ela agora tornava tudo um milhão de vezes pior.

Quando Ella colocou o saco plástico em sua cabeça, a primeira coisa que Anna pensou foi que iria morrer sufocada. Não conseguia mexer a cabeça de forma alguma, e, se suas vias respiratórias estavam cobertas, teria uma morte lenta e inexorável. Mas por sorte o saco plástico estava frouxo e era feito de algum tipo de fibra natural; então, conseguia respirar. Mais aliviada, ficou atenta aos ruídos, lutando para entender o que estava acontecendo. Estavam sendo roubadas? A mãe ia ser assassinada? Mas não ouviu nada. Nenhum som, a não ser o da porta sendo fechada e da grade sendo trancada. Seria Ella indo embora? Ou a mãe indo embora? Deus, por favor, não me deixe aqui sozinha assim, rezava. Mas ninguém respondia às suas preces e então ela ficou ali: uma garotinha sozinha, mergulhada numa escuridão terrível.

Ficou ali durante horas, até que de repente uma luz a cegou, quando o saco plástico foi arrancado de sua cabeça. Fechou os olhos, sofrendo com a claridade, mas foi abrindo-os aos poucos, num esforço para se adaptar à liberdade. Enquanto estivera encapuzada, imaginara todo tipo de cenas horríveis — o apartamento revirado, a mãe assassinada —, mas, agora, ao olhar em volta, tudo lhe parecia relativamente... normal. Nada tinha sido roubado e, mais uma vez, lá estavam ela e a mãe no apartamento. No início ficou aliviada, à espera de que Marie lhe explicasse que a mulher louca tinha roubado alguma coisa e ido embora, e que agora estava tudo bem. Mas a mãe não disse nada. Anna grunhiu e engasgou para chamar atenção, enquanto os olhos reviravam, numa tentativa desesperada de fazer contato olho no olho. Mas Marie não olhava para ela. Por que não? O que acontecera para que a mãe tivesse tanta vergonha de olhar para a própria filha?

Anna começou a chorar de novo. Tinha apenas 14 anos, não sabia o que estava acontecendo. No entanto, a mãe não olhou para ela nem tentou confortá-la. Em vez disso, deixou a sala. Já fazia uns três, quatro dias que Ella tinha estado ali e, nesse período, a mãe não disse nada que fizesse sentido. Lia para a filha, levava-a ao banheiro, fazia tudo para que dormisse, mas não *falava* com ela. Anna nunca sentira tanta falta de amor. E nunca se vira numa escuridão tão profunda. Sabia que sempre fora um fardo para a mãe, e sempre a amara incondicionalmente pela paciência, pelo amor e pela ternura que constantemente lhe dedicava. Agora, porém, passara a odiá-la. Odiava Marie com todas as forças pela crueldade que lhe infligia.

A fome era terrível. Seu estômago doía constantemente; a cabeça girava. Sua boca estava tão seca que podia sentir o gosto do sangue. Mas a mãe se recusava a lhe dar qualquer tipo de alimento. Por quê? E por que Marie também não comia? Que diabo estava acontecendo?

De repente, um som no corredor. Socos e gritos terríveis. A mãe gemendo e gritando. De repente, Marie estava de volta à sala. Passou direto por Anna; parecia louca e debilitada.

Estava abrindo a janela. Como o apartamento ficava num andar alto, as janelas eram articuladas no meio e só abriam um pouquinho, para que ninguém se atirasse de lá. Ideia inteligente, dado o desespero em que viviam os moradores. Mas pelo menos dava para tomar ar, se a pessoa quisesse.

Agora Marie gritava, implorando ajuda. Gritando para que alguém — qualquer pessoa — viesse resgatá-las. Foi aí que Anna entendeu. Tinham sido aprisionadas. Era isso que a mãe não queria lhe dizer. Ella trancara as duas; estavam presas. Não tinham escapatória.

Era por isso que a mãe gritava à noite. Sempre na esperança de que alguém passasse e ouvisse. Que alguém se importasse com elas. Mas Anna sabia, por experiência própria, que não devia contar com a bondade de estranhos. Quando a mãe desabou ao chão, derrotada, Anna finalmente entendeu que as duas tinham sido enterradas vivas na própria casa.

32

Será que deviam cancelar a festa de Natal?

Foi a primeira pergunta que Sarah fez a Peter, logo que o marido chegou do hospital. Não perguntou nada sobre sua saúde; podia ver que o homem estava fazendo progressos lentos mas regulares. Nem quis falar sobre o que tinha acontecido. Ninguém queria falar sobre *aquilo*. Mas Sarah queria saber o que fazer em relação ao Natal. Será que Peter ia querer uma festa na casa deles, como já era de praxe, com todos os primos e parentes? Um Natal tipo "a vida continua, estamos felizes por você estar vivo". Ou era melhor reconhecer que a vida de repente se tornara muito pesada e que não havia motivo para comemorar?

Por fim, decidiram seguir em frente como se tudo estivesse normal. Cada fibra do corpo de Peter desejava evitar amigos e parentes. Não conseguia suportar toda aquela bajulação, nem as perguntas não formuladas que pululavam na cabeça de cada um. Mas a ideia de ficar sozinho com Sarah no Natal o aterrorizava ainda mais. Cada segundo que passava sozinho era um instante no qual os pensamentos sombrios e as piores lembranças podiam voltar. Tinha de manter sua mente ocupada, com foco nas coisas boas, ainda que tudo aquilo não passasse de hipocrisia, tédio e ansiedade.

No início ficara tentado a odiar a esposa. Sarah estava claramente perdida, sem saber como lidar com o marido assassino. Não conseguia processar o que ocorrera e andava de um lado para o outro fazendo milhares de pequenas coisas para demonstrar que se importava com ele. No entanto, com o passar dos dias, Peter se deu conta de que a amava por todos aqueles pequenos gestos e porque ela com certeza *não o culpava* pelo que havia acontecido. Apesar de não ter noção do que ocorrera naquele buraco dos infernos, ela sentia que o marido preferia uma comemoração pequena naquele Natal. E estava certa — e por isso, além de muitas outras coisas, Peter se sentia grato.

Todos compareceram, como de costume — e, meu Deus, como estavam animados. Passaram pelos policiais uniformizados de guarda na entrada da casa como se eles não estivessem ali, desmanchando-se em alegria natalina de um jeito tão estranho quanto forçado. Uma grande quantidade de bebida foi trocada como presente, como se todos, coletivamente, tivessem decidido que precisavam de um drinque. Os presentes continuavam a brotar, como se qualquer momento de pausa nas festividades pudesse ser fatal. As pilhas de embrulhos cresciam a cada minuto, a ponto de tomar a sala inteira.

De repente, Peter sentiu uma espécie de claustrofobia. Levantou-se abruptamente e saiu da sala. Foi até a cozinha e tentou destrancar a porta dos fundos, mas se atrapalhou todo. Xingando, acabou dando um jeito de abri-la e saiu para o jardim congelante. O ar frio o deixou calmo, e Peter decidiu fumar um cigarro.

Desde que voltara do hospital, abandonara o hábito que tivera durante tantos anos e, é claro, ninguém ousou comentar o fato. Uma pequena vitória.

De repente, viu Ash, seu sobrinho mais velho, atrás de si.

— Precisava dar um tempo. Será que posso pedir um? — perguntou, apontando para os cigarros de Peter.

— Claro que sim, Ash. Pode se matar à vontade — respondeu Peter, passando o maço e o isqueiro para ele.

Peter observou o sobrinho acendendo o cigarro, totalmente desajeitado. Ash não era exatamente um fumante, e um ator ainda pior. Soube de cara que o jovem tinha sido mandado para ficar de olho nele. No hospital, os médicos passaram mais de uma hora discutindo o estado mental dele e encheram a mente já excessivamente ansiosa de Sarah com os piores cenários possíveis. O que significava que Peter era considerado um suicida em potencial, embora ninguém quisesse colocar as coisas nesses termos. Bobagem, na verdade; não tinha energia para tanto naquele momento, embora só Deus soubesse quantas vezes a ideia passara por sua cabeça. Ash continuou tentando puxar conversa, enquanto Peter só assentia e sorria, sem dar a mínima para o que o pobre rapaz falava.

— Então, que tal a gente entrar?

Na verdade, Ash não parecia estar gostando muito daquele encargo, então Peter pôs fim ao sofrimento do sobrinho. Voltaram para a festa. A mesa do jantar tinha sido desfeita, dando lugar aos jogos de tabuleiro. Não havia como escapar deles, então Peter se acomodou para mais um pouco de tortura. Fez o possível para ser agradável, mas sua mente estava muito longe. Em algum lugar do outro lado da cidade, a noiva de Ben Holland estava passando um Natal negro, odiando a vida — quer dizer, odiando o homem que matara seu amor a poucas semanas do casamento. Como será que ela conseguiria viver dali para a frente? Como qualquer pessoa conseguiria nessa situação?

Peter sorriu e jogou o dado, mas por dentro estava morrendo. É difícil aproveitar o Natal quando se tem as mãos manchadas de sangue.

33

O cheiro de tempero era intoxicante, e Helen o absorvia profundamente. O único elemento do Natal que ela com certeza gostava era sua desafiante postura de nadar contra a corrente. Nunca havia gostado de peru e considerava o pudim de Natal uma das coisas mais desagradáveis que já havia provado na vida. Seu ponto de vista era que, quando não se gosta da época festiva, deve-se respeitar os próprios sentimentos e fazer tudo diferente. Então, enquanto outras pessoas se acotovelavam em lojas de brinquedos e gastavam 80 libras num peru, Helen escolhia um caminho diferente — na direção oposta. E seu pedido para viagem do Mumraj Tandoori, no dia de Natal, era o ponto alto de sua rebelião anual.

— *Murgh Zafrani, Peshwari Naan, Aloo Gobi*, arroz Pilau e dois *poppadoms* com uma porção extra de coentro à parte — gritou Zameer Khan, enquanto embalava o pedido de Helen. Era uma figura característica do lugar, que comandava seu popular restaurante fazia mais de vinte anos.

— Perfeito — disse Helen.

— Quer saber? Só porque é Natal e tudo o mais, vou colocar alguns chocolates com menta como brinde. Que tal?

— Meu herói — respondeu Helen, pegando logo seu pedido e sorrindo.

Era um pedido grande, e Helen sempre acabava comendo as sobras no dia seguinte, mas uma das alegrias do dia de Natal era espalhar aquele banquete indiano sobre a mesa da cozinha e encher seu prato devagar e deliberadamente com tantas delícias. Agarrada ao pacote, voltou para o apartamento. Em sua casa não havia decoração de Natal, nem cartões; na verdade, os únicos acréscimos eram os arquivos sobre os sequestros de Amy e de Peter, que tinha trazido para reler. Passara a maior parte da noite mergulhada neles sem fazer uma pausa e, de repente, se deu conta de que estava faminta. Ligou o micro-ondas e se virou para pegar um prato e esquentar a comida. Ao fazer isso, seu braço esbarrou na comida embalada, derrubando-a. O pacote bateu no chão de azulejos com toda força, e as frágeis embalagens de papelão se abriram, espalhando a comida cheirosa por toda parte.

— Merda, merda, merda!

Helen limpara o chão da cozinha naquela manhã — e o perfume de limão do desinfetante se misturou aos óleos indianos, gerando um odor acre e desagradável. Por um momento, ficou olhando para aquilo tudo em estado de choque; em seguida, lágrimas afloraram em seus olhos. Estava furiosa, irritada, e queria pisotear aquela merda toda, mas, de alguma forma, conseguiu refrear sua violência e voar para o banheiro.

Acendeu um cigarro e sentou-se na borda fria da banheira. Estava irritada consigo mesma pela reação exagerada e deu um trago violento no cigarro. Normalmente, a nicotina era reconfortante, mas hoje só amargava. Atirou o cigarro no vaso sanitário, aborrecida, e ficou vendo as brasas se apagarem na água. Uma imagem, aliás, que combinava com seu estado de espírito. Todo ano ela mostrava o dedo do meio para o Natal e todo ano tomava um soco na cara. Sentimentos pesados pairavam à sua volta como malignos flocos de neve, para lembrá-la de que não era amada e que não tinha valor para ninguém. Pouco a pouco, esses pensamentos foram tomando conta dela e, quando a depressão começou a devorar sua mente, correu o olhar pelo armário do banheiro e viu as lâminas de barbear lá dentro.

A lâmina penetrou no peru, fazendo o caldo escorrer. Charlie estava à vontade, com um chapéu de papelão na cabeça. Adorava tudo o que tinha a ver com o Natal. Assim que as primeiras folhas caíam das árvores, seu entusiasmo começava a crescer. Sempre fora muito organizada; comprava todos os presentes em outubro e encomendava o peru em novembro, de modo que, quando dezembro finalmente chegava, podia curtir cada segundo do mês.

As comemorações, os cânticos natalinos, embrulhar os presentes ao lado da lareira, enrolar-se num cobertor para assistir a um filme de Natal — dezembro era o ponto alto de seu ano.

— A gente já pode abrir os presentes?

Era sua sobrinha, Mimi. Impaciente como sempre.

— Não até acabar de comer. Você conhece as regras.

— Mas vai demorar *séculos*!

— Isso só vai deixar a festa mais gostosa quando acontecer.

Charlie não ia ceder; o Natal era um ritual de família.

— A quem você quer enganar? — interveio Steve. — Só está adiando o inevitável anticlímax.

— Fale por si mesmo — respondeu Charlie, dando um tapinha no namorado. — Eu me esforço muito em minhas compras de Natal. Se você não faz o mesmo, o problema é seu.

— Um dia você vai engolir essas palavras. Ah, se vai — decretou Steve, em tom condescendente.

Charlie já sabia o que ia ganhar de Steve: lingerie. O rapaz dera várias pistas. Além do mais, a vida sexual do casal era extremamente ativa no momento. Mais do que qualquer outra coisa, Charlie queria ter um filho. Sentiu que chegara o momento. Era o único presente que realmente queria. Ainda não tinha acontecido, embora os dois estivessem tentando há algum tempo. Pela primeira vez, Charlie estava ansiosa. Será que havia algo de errado com ela? A ideia de não ter uma família era impensável. Queria ter pelo menos dois ou três filhos.

Ainda assim, era Natal; não era o momento para pensamentos desagradáveis. Charlie, então, empurrou suas preocupações para o fundo da mente. Era Natal, o melhor dia do ano! Enquanto cortava o peru, abriu seu melhor sorriso e fez o máximo para deixar todos felizes.

* * *

Agora não teria de esperar muito. O ânimo de Mark já começava a melhorar diante da perspectiva de ver Elsie novamente. Este ano, Christina lhe concedera o dia 25 de dezembro; amanhã, na primeira hora, portanto, iria pegar sua garotinha para um dia de festa e diversão. Tinha sido um ano terrível, mas pelo menos terminaria bem. Tinha ingressos para patinação no gelo, para cinema, tinha uma reserva no Byron's para comer cheeseburgers — ia ser o maior banquete de todos.

A expectativa de passar um dia fora com Elsie fora suficiente para mantê-lo sóbrio nas últimas 36 horas. Como sempre, deixou seus presentes para a filha na casa de Christina, na véspera de Natal. Elsie não estava em casa; tinha ido a uma celebração natalina com a mãe, na igreja local. Steven estava sozinho em casa. Recebeu educadamente os presentes e convidou Mark para entrar e tomar um drinque. Mark queria dar um soco nele (que audácia, bancar o anfitrião na casa que tinha sido *dele*!). Iam falar de quê? Dos presentes que iam ganhar do Papai Noel? Não sabia ao certo se Steven tinha feito aquilo de propósito; parecia sincero, mas poderia estar sendo falso. Mas Mark não quis saber. Quando a raiva passou, ele soube, por experiência, que o melhor a fazer era ir embora. Seu sangue fervia e xingara mais de uma vez os ponteiros do relógio por andarem tão devagar, mas, finalmente, sua hora estava chegando. Quem espera sempre alcança todas as coisas boas.

E o Natal terminara, pelo menos este ano.

34

Marie deitou-se em sua cama e olhou para o teto. Será que isso seria a última coisa que veria? Esse arremedo desbotado e irregular de teto? Aquilo nunca a incomodara antes. Agora, porém, vinha olhando para aquele teto havia mais de uma semana — e isso lhe despertava uma raiva tão grande quanto absurda. Na verdade, não deveria estar ali dentro; deveria, sim, estar na sala com Anna. A partir do momento em que aconteceu, sabia que tinha de contar a verdade à filha, mas como encontrar as palavras? Era tudo tão horrível, tão inacreditável! O que poderia lhe dizer? Então mergulhou no silêncio, dia após dia, todos horríveis. Sua filha não sabia nada sobre o ultimato mortal ou sobre a arma que Marie escondera na mesinha de cabeceira. Anna era um poço de desespero e confusão — e teria de continuar assim, porque Marie não iria — não podia — lhe contar a verdade.

Era uma péssima mãe. Uma péssima pessoa. Tinha de ser, por fazer tamanha tragédia cair sobre elas. Escolhera o homem errado para se casar e concebera uma criança que não se virava sozinha. Sem dar motivo para agressão, provocara infindáveis abusos e incontáveis atos de violência aleatória. E agora este, o mais cruel de todos os golpes, que acabaria de vez com a triste história das duas. Desistira de se perguntar por que tudo aquilo estava acontecendo; era o que tinha de ser, pronto. Desistira de lutar também. O telefone estava mudo desde que Ella deixara a casa; as portas estavam trancadas pelo lado de fora, e ninguém respondia aos seus gritos. Uma vez pensou ter visto uma figura — uma criança, talvez — enquanto berrava na janela. Mas a figura correu. Talvez fosse sua imaginação. Quando se está presa num pesadelo perpétuo, é difícil distinguir o que é real do que não é.

Anna estava chorando de novo. Era uma das poucas coisas que conseguia fazer, e aquilo cortava o coração de Marie. Sua filha estava sozinha e assustada — justamente o que Marie jurara que nunca deixaria acontecer.

Marie se levantou de repente. Começou a caminhar em direção à porta, mas parou. Não faça isto. Mas é preciso. Ela sabia que as únicas armas que as duas tinham para se defender do mundo eram o amor e a solidariedade — e Marie destruíra isso de modo estúpido, por causa de seu próprio medo e de sua covardia. Era lamentável, patético. Antes estava determinada a não revelar a Anna a verdade sobre a condição em que se encontravam, agora sabia que tinha de contar. Era sua única arma e a única esperança para as duas.

Ainda assim, Marie parou, tentando encontrar palavras que justificassem sua crueldade e seu silêncio. Mas era impossível encontrá-las. Então, reunindo toda a sua coragem, deixou o quarto e foi para a sala. Esperava ser recebida pelo olhar acusador de Anna, mas — milagre dos milagres! — a garota estava dormindo. O choro finalmente exaurira a adolescente e, por um breve momento, ela estava livre daquele pesadelo. Anna estava em paz.

E se Anna nunca mais acordasse? Maria se alegrou subitamente diante dessa ideia. Sabia que jamais mataria a própria filha; isso era impossível. Mas havia outras maneiras. Ao longo dos anos, desde que Anna recebeu seu diagnóstico, Marie lera sobre inúmeros casos em que as mães que não conseguiam lidar com as deficiências graves de seus filhos tiravam as vidas deles. Diziam que era para acabar com o sofrimento deles, mas era para acabar com o próprio sofrimento também. A sociedade era solidária com essas mães — então por que não poderia ser assim com ela também? Qualquer coisa seria melhor do que morrer lentamente de inanição aqui. Seus corpos logo se rebelariam contra elas, então que escolha tinham?

Marie voltou ao quarto. Foi direto para a cama, pegou o travesseiro fino e ficou rodando-o nas mãos. Teria coragem para tanto? Ou seus nervos falhariam? De repente, vomitou. Caiu de joelhos e sentiu um forte mal-estar. Quando conseguiu se recompor, viu que ainda apertava o travesseiro.

Melhor não hesitar. Melhor não vacilar. Então Marie saiu rapidamente do quarto e voltou à sala, onde sua filha cochilava em paz.

35

Eu não devia ter feito aquilo, mas não consegui resistir. Tinha buscado, em vão, uma maneira de feri-lo. Nunca consegui. E, de repente, a oportunidade caiu bem no meu colo...

Minha mãe o encontrara vasculhando latas de lixo, na calçada do prédio. Um vira-lata engraçadinho, com uma mancha branca em cima de um olho, feito um tapa-olho. Bonitinho, ainda que um pouco sarnento. Deu-o ao meu pai como presente de aniversário. Acho que pensou que o velho talvez ficasse em casa, se tivesse de quem cuidar. Um plano simples, mas até que funcionou. Está bem, ele ainda sumia por vários dias de vez em quando para beber, brigar e comer as piranhas da área, mas adorava aquele bichinho. Estava sempre fazendo carinho no vira-lata, enquanto nós, sempre ignoradas, só olhávamos.

É engraçado, mas, quando a pessoa decide fazer uma coisa ruim, tudo imediatamente parece melhor. Você se sente leve, eufórica, livre. Ninguém mais sabe o que está planejando. E ninguém pode te deter. É seu próprio segredinho sujo. Os dias que antecederam aquele feito foram os mais felizes da minha vida.

No final, optei por veneno. O zelador do nosso bloco vivia reclamando dos ratos: por mais veneno que pusesse, nunca conseguia se livrar deles. Então não foi difícil surrupiar um tubinho da coisa. Achei que era a melhor maneira. O vira-lata era um pedinte esfomeado, não podia ver comida. Então eu preparei uma refeição especial para ele. A ração mais barata, mais vagabunda, recheada com veneno de rato. O bicho meteu a cara e limpou o prato.

Mais tarde eu ri quando vi a bagunça. Cocô e vômito de cachorro por todo o chão da cozinha. A vida se esvaía dele pelas duas extremidades e, em poucas horas, estava morto. Mamãe ficou aterrorizada e queria se livrar do bicho antes que meu pai voltasse — fingir que o vira-lata tinha fugido ou algo assim. Só que ele chegou mais cedo e a pegou no flagra.

Ficou louco, bateu nela, gritou com ela. Mas mamãe estava tão confusa quanto ele. No final, papai encontrou o tubo vazio de veneno de rato no lixo lá fora. Foi um erro estúpido, na verdade, mas eu ainda era jovem. Voltou explodindo de raiva, com o tubo na mão, e eu, idiota que sou, sorri. Foi o bastante para ele perder o juízo.

Bateu na minha cabeça, me deu um soco no estômago, me chutou entre as pernas. Depois agarrou meu pescoço e pressionou minha cabeça no nosso aquecedor com três resistências. Colocava e tirava; colocava e tirava. Não sei por quanto tempo fez isso. Desmaiei após uns vinte minutos.

36

Os enfeites estavam sendo retirados e a vida voltava ao normal. Há algo particularmente triste e deprimente num escritório que ainda está cheio de enfeites, mesmo depois de passadas as comemorações de Natal. Algumas pessoas gostam de manter a decoração até meados de janeiro, mas Helen não era uma delas; encarregou um guarda muito prestativo de remover até a última bugiganga, fita ou bola. Queria sua sala de inquérito exatamente do jeito que estava antes. Queria retomar o foco.

Como era de se esperar, Whittaker queria uma atualização sobre o caso; Helen foi então direto ao escritório dele. A cobertura do assassinato de Sam pela imprensa parecia ter arrefecido um pouco; uma grande carga de cocaína apreendida no porto de Portsmouth distraíra os repórteres por um tempo. Isso deixou Whittaker satisfeito e, dessa vez, a reunião foi rápida.

Ao retornar à sala de inquérito, Helen logo percebeu que alguma coisa tinha acontecido; o ambiente estava tenso. Ninguém se atrevia a olhá-la nos olhos. Charlie correu e depois parou, sem saber como começar. Era a primeira vez que Helen a via hesitar.

— O que houve? — perguntou, exigindo uma resposta.

— Sanderson acaba de receber um telefonema do pessoal de ronda.

— E aí?

— Estão em Melbourne Tower.

Meu Deus, não.

— Mãe e filha encontradas mortas em seu apartamento. Marie e Anna Storey. Sinto muito mesmo.

Helen olhou para Charlie como se ela estivesse louca. Como se a colega estivesse fazendo uma brincadeira de mau gosto. Mas o semblante de Charlie estava tão solene e triste que Helen soube, de cara, que estava dizendo a verdade.

— Quando?

— Telefonaram há meia hora. Mas você estava com o chefe e...

— Devia ter interrompido. Pelo amor de Deus, Charlie, por que não foi me chamar lá?

— Queria ter mais detalhes primeiro.

— Que detalhes? Por quê?

— Acho... a gente acha que este pode ser o terceiro sequestro.

Com toda a equipe olhando para ela, Helen fez tudo que pôde para manter a compostura. Acionou os procedimentos de praxe, mas sua mente já estava praticamente do outro lado da cidade. Tinha de chegar logo lá para ver, por si mesma, se aquilo era realmente verdade. Enquanto seguia para Melbourne Tower em sua moto, pensou em todas as coisas, boas e ruins, que as duas tinham passado juntas. Era mesmo este o final que as esperava desde sempre? Era esta a recompensa por anos e anos de luta?

Certas vezes a vida realmente nos dá um soco na boca do estômago. Helen sentiu-se enjoada assim que Charlie lhe deu a notícia. Queria desesperadamente que fosse um engano e desejava, de todo o coração, poder voltar no tempo e, de alguma forma, fazer com que aquilo *não fosse verdade*. Mas não podia. Marie e Anna estavam mortas. Uma equipe de especialistas em demolição que fazia o reconhecimento do imóvel tinha visto um estranho SOS rabiscado num lençol pendurado numa janela do quarto andar. Investigaram, mas não conseguiram ver ninguém, apesar do fato de as luzes e a TV estarem ligadas. Então telefonaram para a polícia. Os guardas que atenderam não ficaram nada felizes. Levaram séculos para conseguir retirar a grade de ferro, e a porta estava tão bem trancada que foram necessárias várias tentativas para derrubá-la. Estavam convencidos de que aquilo tudo era perda de tempo; que os moradores estavam se escondendo deliberadamente, ou então eram drogados ou coisa assim. Mas, ao entrar, encontraram mãe e filha estendidas no chão da sala de estar.

A primeira suspeita foi de suicídio: teriam se trancado para morrer. Só que, após uma investigação mais minuciosa, não encontraram nenhuma chave — nem das trancas, nem dos cadeados das grades. Mais estranho ainda era o fato de as vítimas terem uma arma carregada. Estava no chão, ao lado delas, e não fora usada. Não havia ataduras, nenhum frasco vazio de pílulas ou soda cáustica. Nenhum sinal visível de suicídio em parte alguma. Um exame na área externa revelou que não havia sinais de que alguém tivesse forçado a entrada e, aparentemente, nada havia sido roubado. Tudo era muito estranho. As duas só estavam... mortas. As moscas que rodeavam seus corpos indicavam que deviam estar mortas fazia algum tempo.

Helen pediu à patrulha para vasculhar a quadra e os arredores — "Estamos procurando um telefone celular" —, enquanto se juntava à equipe da perícia criminal no exame dos corpos. Nunca tinha perdido o controle na frente de seus colegas oficiais, mas, naquele momento, não conseguiu segurar. Era horrível demais ver as duas daquele jeito. Haviam passado por tanta coisa, sofrido tanto — e apesar de tudo sempre houvera amor naquele lar. Sempre houvera sorrisos e risadas, mesmo em meio à degradação diária e aos abusos. Helen estava convencida de que não tinha sido suicídio, e a presença da pistola não deixava dúvidas.

Entrou na minúscula cozinha para se recompor. Abriu então os armários e a geladeira. Nada de comida. Nem mesmo alimentos enlatados ou em conserva. Não havia nada comestível e, no entanto, a lixeira estava vazia. Não havia embalagens ou garrafas em lugar algum. À medida que a ideia se instalava em sua mente, Helen sentia enjoo. Controlou a ânsia de vômito e foi direto para a pia. Abriu a torneira e nada. Como esperava. Tirou o telefone do gancho: a linha estava muda. Helen afundou na cadeira mais próxima.

— Acha que foi ela? — perguntou Mark ao entrar na sala.

Helen fez que sim.

— Trancou as duas. Levou toda a comida, cortou a água e o telefone, deixou a arma. Não vamos encontrar nenhuma chave das trancas ou dos cadeados porque ela as levou...

Mãe e filha presas em sua própria casa, sem poder sair, sem ter acesso a qualquer pessoa que se importasse com elas. Aquela era a forma mais solitária de morrer. Se havia algum consolo no fato de que "ela" não vencera — não tivera sucesso em fazer com que Marie matasse a própria filha e conviver com isso —, Helen não percebia isso agora.

37

Hoje foi o dia mais difícil. O pior, desde que aquilo aconteceu. Hoje foi o enterro de Ben. No início, Peter Brightston tinha evitado sua vítima como se fosse o diabo. Também não quis saber se a noiva e os amigos dele estavam sofrendo ou o que pensavam. Mas, à medida que os dias foram passando, ficava cada vez mais tempo on-line, visitando a página em memória de Ben e vendo as mensagens em seu Facebook — assim penetrava na vida que destruíra.

Há três dias, tinha visto a notícia do enterro, postada pelo melhor amigo de Ben. Não parecia que ia ser um grande evento, e Peter começou a se perguntar quem iria representar a empresa. Todos os sócios iam comparecer e, naturalmente, a maior parte da equipe de Ben. Mas e os assistentes, será que também estariam lá? Seria Peter o único a não comparecer? Por um momento de loucura, perguntou-se se *deveria ir*, antes de descartar totalmente a ideia. Se os amigos de Ben o vissem, iriam cortá-lo em pedacinhos. E quem poderia condená-los por isso? No entanto, uma parte de Peter desejava estar lá. Para dizer adeus. Para dizer "me perdoe".

Pensou em escrever uma carta à noiva de Ben, mas Sarah o convenceu a desistir da ideia. Estava certa, naturalmente.

Em um ataque de irritação, desafiou a mulher e sentou-se para escrever a Jennie. Mas não conseguiu colocar palavra alguma no papel. Tudo que queria dizer — *Eu não queria fazer aquilo, gostaria de voltar no tempo* — lhe pareceu vazio e inútil. O que ele queria não importava para Jennie. O que importava era o fato de que ele, Peter, havia apunhalado o rosto do noivo dela para salvar a própria pele.

E tinha valido a pena? Peter já não tinha certeza. Depois que a adrenalina e o choque passaram, não sentiu nada além de um vazio esmagador, como se tivesse perdido todos os sentidos — paladar, olfato, tato — e agora apenas existisse, em vez de viver.

O que faria de sua vida agora? Poderia voltar ao trabalho? Seria aceito na empresa? Qualquer coisa era melhor que enlouquecer aos poucos dentro de casa.

Se ao menos Ben tivesse puxado o gatilho... podia ter feito isso. Teve tempo. Será que hesitou por ser covarde ou por razões morais? Se tivesse puxado o gatilho, seria *ele* agora a se afogar num mar de culpa, enquanto Peter estaria são e salvo debaixo da terra.

Filho da puta egoísta.

38

Todo mundo tem de colocar um limite numa situação, em algum momento da vida. E, para Jake, esse momento havia chegado. Aquilo não era nem agradável nem divertido, nem mesmo profissional, a essa altura; era uma situação inconveniente que estava ficando fora de controle. Estava atendendo um cliente quando a mulher surgiu do nada, mas ela não pareceu se importar. Ficou sentada do lado de fora do apartamento, olhando para o chão, enquanto Jake terminava sua sessão. Mas o clima tinha sido quebrado — e ele teve de prometer ao seu decepcionado cliente uma sessão grátis, só para que ele saísse. Esse tipo de coisa não era bom para o negócio; o mercado sadomasoquista na Costa Sul é pequeno, e as fofocas logo se espalham.

Ela se desculpou, mas não foi sincera. Soava incoerente e emotiva. Jake ficou imaginando se teria bebido — e lhe perguntou isso diretamente. Ela não gostou e fez questão de lembrar que Jake era um dominador, não médico. Deixou passar essa, pois não queria deixá-la irritada, e sugeriu uma sessão rápida e leve, para acalmar os ânimos. Depois, então, poderiam conversar.

Mas ela não quis nem saber. Queria uma sessão completa de uma hora, sem restrições. Queria o máximo de dor que ele pudesse causar. Mais do que isso: queria abuso. Queria que Jake lhe dissesse que era má e feia, uma merdinha inútil, que devia ser morta ou coisa pior. Queria que ele a *destruísse*.

Quando Jake se recusou a fazer isso, ela ficou furiosa, mas o rapaz tinha de ser honesto. Degradaria algumas pessoas de boa vontade — o cliente tem sempre razão —, mas ela, não. E não apenas porque gostava dela, mas porque sabia, instintivamente, que não era disso que ela precisava. Muitas vezes se perguntou se ela buscava algum tipo de terapia em outro lugar. E, se não, Jake se sentia tentado a sugerir que procurasse ajuda médica. Em vez de elevar as sessões a um nível mais extremo, Jake sentiu que era hora de estabelecer um limite e sugerir alguns caminhos complementares que ela poderia explorar.

— Você só pode estar de sacanagem com a minha cara! — explodiu Helen. — Como se atreve a me dizer o que devo fazer?

Jake ficou assustado com a reação dela.

— É só uma sugestão; se a ideia não te agrada, tudo bem. Mas eu não me sinto confortável em ir nessa dire...

— Você não se sente *confortável*! Você é uma porra de um michê, pelo amor de Deus! Está confortável com qualquer coisa que eu te pague para fazer!

Ela partiu para cima dele e, por um instante, Jake pensou que fosse atacá-lo, tamanha sua fúria. Sempre tinha uma arma de choque por perto, escondida, mas nunca precisou usá-la. Quão irônico seria se precisasse usá-la agora, justamente *nela*! Mas, felizmente, justo quando Jake se aproximava do aparelho, ela girou nos saltos e saiu do apartamento, batendo a porta com toda força.

Jake lutou contra o impulso de ir atrás dela. Não eram amigos; Helen era apenas uma cliente. Tinha confundido tudo uma vez e se arrependera. Melhor cortá-la agora e não olhar para trás. Ele gostava dela, mas não precisava abusar dela. Estava há muito tempo no mercado para precisar aturar esse tipo de coisa. Com um suspiro, baixou as cortinas e riscou-a definitivamente de sua vida.

39

Helen aumentou a velocidade para 160 quilômetros por hora e entrou na pista de alta velocidade com o motor rugindo. Era tarde agora e o anel rodoviário estava praticamente vazio. Aproveitou a liberdade e pisou mais fundo no acelerador. A velocidade a aliviava; por um momento, os eventos horríveis e dolorosos dos últimos dias sumiram da sua mente.

Apenas mais alguns quilômetros. A ideia do que viria pela frente fazia com que ela se concentrasse. Tinha um trabalho a fazer e precisava executá-lo muito bem; havia vidas a contabilizar. Três das vítimas — Ben, Marie e Anna — eram pessoas que ela conhecia. Com certeza aquilo era coincidência demais. O fato de Helen conhecer as vítimas era relevante? Ou havia algo nos traumas do passado dessas pessoas que atraíra a atenção da assassina?

Amy era a peça que não se encaixava. Helen nunca a havia encontrado antes e, até onde sabia, a garota não tinha antecedentes criminais. O mesmo valia para Sam. Então, se a conexão com Helen era importante, por que *os dois* tinham sido escolhidos? Era tarde, e a mãe de Amy não ia ficar nem um pouco feliz em recebê-la para mais um interrogatório, mas não tinha outro jeito.

O pai da menina abriu a porta, pronto para desferir uma saraivada de insultos. Emilia Garanita e seus colegas eram presença constante em suas vidas desde que Amy voltara para casa, e os Andersons já estavam fartos daquilo. Ao ver que era Helen, Richard Anderson engoliu os insultos e convidou-a para entrar.

Foi conduzida à sala de estar e aguardou, enquanto Diane Anderson ia chamar a filha no quarto. Helen observou atentamente as paredes, em busca de inspiração. Algumas fotos de família — a mãe, o pai, a filha querida — olhavam para ela, zombando de sua ignorância.

Amy era o retrato da truculência. Não escondia que estava descontente por ser forçada a retornar ao seu maior pesadelo. Na verdade, estava dormindo — coisa rara —, e Helen teve de dar um duro danado para fazê-la despertar completamente. Pouco a pouco, à medida que Amy começou a compreender que talvez não estivesse sendo considerada a vilã da história, começou a colaborar, respondendo com honestidade às perguntas da detetive. Alguma vez Sam se metera em encrenca? Não que ela soubesse. Queria ser advogado e sempre tivera plena consciência que qualquer problema com a lei poderia inviabilizar a carreira escolhida. Algumas pessoas achavam que o rapaz era um pouco sem graça em função disso, mas Amy valorizava sua segurança e confiabilidade. Sempre esteve ao seu lado — até o momento em que ela própria atirou nele pelas costas.

Amy começou a se fechar de novo; a culpa mais uma vez forçava passagem até sua consciência, arrastando-a para o fundo. A mãe queria acompanhar a filha de volta até o quarto, mas Helen insistiu para que ela e o marido ficassem para responder às suas perguntas. Diane Anderson começou a responder laconicamente e, pela primeira vez, Helen perdeu a paciência. Ameaçou prendê-la, caso não se sentasse e procedesse conforme sua orientação. A mãe obedeceu e, nos trinta minutos seguintes, Helen fez perguntas ao casal. Em algum momento tiveram problemas com a lei? Teriam cruzado com Helen em alguma situação? Não havia nada, com exceção de uma situação de desacato, por parte do marido, por dirigir bêbado. Alguma ligação com Ben? Ou com Anna e Marie? Helen sondou, mas sabia que era inútil. Ela e a família de Amy vinham de ambientes totalmente distintos e transitavam em mundos diferentes.

Richard Anderson a levou até a porta. Fora à casa dos Andersons tarde da noite e acabara se indispondo com eles. E não conseguira nada. Tinha de haver uma conexão, Helen estava convencida disso. Mas, por ora, essa ligação continuava mais obscura do que nunca.

40

Ela estava travando sua moto no estacionamento da central quando ouviu passos atrás de si. Recuou instintivamente quando sentiu alguém tocar seu ombro, mas não havia necessidade; percebeu logo quem era.

Mark deixara incontáveis mensagens na caixa postal de seu celular. Estava preocupado com ela.

— Você está bem?

Pergunta difícil de responder. Helen limitou-se a assentir com um movimento de cabeça.

— Saiu tão apressada do apartamento de Marie que não tive chance de falar com você.

— Estou bem, Mark. Fiquei abalada na hora, mas agora estou melhor. Eu só precisava de um tempo para mim.

— Claro, claro.

Mas Mark não estava convencido. Helen parecia tão sensível e, no entanto, tão distante. Desfez-se em lágrimas no apartamento, deixando todos chocados, mas agora voltara ao jeito esquivo de sempre. Mark não achava que Helen praticava terapia primal, despejando tudo de uma forma catártica; também nunca a vira na academia. Não tinha namorado, marido ou filhos. Qual seria sua válvula de escape? Pelo menos a dele era óbvia: extravasava tudo na bebida. Helen era um grande enigma; recusava-se a revelar qualquer coisa sobre si mesma. Aquilo deixava Mark muito frustrado.

— Obrigada, Mark.

Helen pousou a mão sobre o braço do colega, apertou-o de leve e depois entrou na central. Por um momento, Mark se sentiu como um adolescente de novo, todo alegre por causa de algo bobo.

— Vamos examinar de novo o que temos até agora.

Helen reunira a equipe inteira na sala de inquérito para analisar as evidências.

— Testemunhas?

— Nenhuma até agora — respondeu o detetive Bridges. — Ainda estamos fazendo buscas na área, mas o que mais encontramos foram drogados em busca de recompensas ou pessoas querendo chamar atenção. Alguém viu um carro preto, alguém reparou em uma moto, outra pessoa viu um óvni... a linha direta anda bem movimentada, mas a maioria é de senhoras idosas ou crianças fazendo graça.

O que Helen esperava? Marie e Anna devem ter ficado lá, mortas, por quase duas semanas. Por que alguém se lembraria de algum detalhe importante depois de tanto tempo?

— Certo, e o relatório do Departamento de Patologia?

Charlie entrou em cena; não havia motivo para dourar a pílula.

— Ambas as vítimas estavam emaciadas e profundamente desidratadas. Anna Storey morreu por asfixia. Um travesseiro com traços de saliva e muco nasal foi encontrado ao lado do corpo.

Helen fez um esforço para não reagir. Marie matara a filha, afinal — ainda que com ternura. Este fato, de certa forma, piorou as coisas.

— Marie Storey morreu de um ataque cardíaco em sequência à falência múltipla dos órgãos. Por causa da inanição e dos efeitos da desidratação.

Mark viu o impacto que aquelas poucas palavras tiveram sobre Helen e sobre todos da equipe. Então entrou com sua migalhinha de notícia boa.

— Não há câmeras nas proximidades do prédio. Foram destruídas por vândalos há séculos. A perícia vasculhou o apartamento inteiro, mas não teve sucesso. Porém encontraram indícios de uma pegada na beirada de um dos canteiros, na entrada da torre; é de um sapato de salto alto, tamanho presumido: 35. Os guardas estão fazendo a ronda com uma imagem da mulher de jaqueta verde-limão e boné Kappa, para ver se alguém se lembra dela.

— Bom. E quanto à pistola? — perguntou Helen.

— Ainda estava carregada quando a encontraram. Nenhum sinal de que tenha sido usada — disse a detetive McAndrew. — É uma Smith and Wesson, provavelmente do início da década de noventa. A pistola de Ben Holland era uma Glock, e a que matou Sam Taylor era uma Taurus modificada.

— E onde ela consegue essas armas? — contrapôs Helen. — É ex-militar? Policial? Vamos verificar se deram falta de alguma das armas coletadas na anistia do ano passado.

McAndrew saiu correndo para atender ao pedido de Helen. Sem nenhuma prova concreta em que se basear — os sedativos usados eram vendidos sem receita; os telefones, pré-pagos — e pouco sucesso na obtenção de declarações de testemunhas que descrevessem essa camaleoa assassina, não tinham quase nada em que trabalhar, salvo o padrão dos crimes e o motivo. Por que a assassina agia dessa forma? Fazia suas vítimas participarem de um diabólico jogo de uni-duni-tê, certa de que, quem puxasse o gatilho, em última análise, sofreria muito mais do que sua vítima. A questão, a graça do negócio, seria então o trauma permanente do sobrevivente? Helen colocou essa questão abertamente para toda a equipe. Se assim fosse, a assassina então voltaria para observar o sofrimento dessas pessoas, para saborear sua vitória sobre elas? Será que deveriam aumentar o número de agentes que estão monitorando Amy e Peter? O custo da operação iria às alturas, mas poderia valer a pena.

— Como será que ela escolhe quem vai ser morto? — perguntou Charlie.

— Boa pergunta. Será que conhece tão bem as duplas que pode prever quem vai ser a vítima? — comentou Helen.

— Não pode, certo? — respondeu o detetive Sanderson, e Helen concordou.

— Parece improvável. Não poderia prever como as pessoas iriam reagir a esse tipo de pressão. O que nos leva a outra pergunta: a escolha das vítimas é completamente aleatória?

Isso era o mais provável. Alguns serial killers seduzem e atacam, mas a maioria escolhe as vítimas em função da oportunidade, não da identidade. Fred West pegava pessoas que pediam carona; Ian Brady sequestrava crianças que estavam matando aula; o Estripador de Yorkshire atacava aleatoriamente...

A não ser... Helen conhecia duas das vítimas.

Comunicou este fato à equipe, mas a reação foi o silêncio. O que esperava? Uma teoria da conspiração que jogava a culpa em sua porta ou esperava ouvir que o fato de conhecer as vítimas não era importante. Não obteve nenhuma das duas coisas porque, como Mark destacou, Helen nunca vira Amy antes. Mark estava certo, é claro; era uma teoria interessante, mas não se encaixava adequadamente. Amy não se encaixava; não havia um padrão.

— E se ela os escolheu por serem alvos fáceis? — interveio Charlie novamente. — Porque estavam isolados e vulneráveis?

Houve um burburinho de concordância pela sala.

— Amy e Sam eram um casal tranquilo. Não eram lá muito de festa; eram reservados e tinham apenas alguns amigos íntimos. Ben Holland também ficava na dele. Ganhou confiança ao longo do tempo e ficou noivo, mas ainda assim morava sozinho, embora fosse se casar em poucas semanas. Anna e Marie eram absolutamente sozinhas no mundo. Talvez a assassina escolha essas pessoas porque *pode*?

Quando Helen deu por si, estava concordando, mas ainda assim não era uma teoria totalmente válida. Não era como se ninguém fosse sentir falta dessas pessoas. Amy era muito próxima da mãe, e a mãe de Sam participava ativamente da vida do filho. Ben estava noivo e ia se casar em breve; certamente faria falta. Anna e Marie não tinham praticamente ninguém, mas o Serviço Social fatalmente as encontraria.

A chave da questão era encontrar uma conexão entre as vítimas — ou então provar que haviam sido sequestradas simplesmente porque formavam uma dupla.

Helen deu por encerrada a reunião. As tarefas tinham sido distribuídas: verificar os bancos de dados em busca de qualquer pessoa condenada que pudesse ter ressentimentos em relação a Helen, ou assassinas com tendência ao sadismo sofisticado ou à prática de jogos. No fundo, porém, Helen não esperava que tais buscas mostrassem qualquer resultado.

Era um enigma, puro e simples.

41

Todos ficaram surpresos quando Peter Brightston de repente anunciou que ia voltar ao trabalho. Seus sócios tinham insistido muito para que tirasse três meses de licença — até seis, se quisesse. Fizeram isso em parte por preocupação com o próprio Peter, mas muito mais por medo da reação das pessoas ao saber que teriam de recebê-lo novamente. Peter era grosseiro, mas de modo geral os colegas gostavam dele, ainda que fosse porque conhecia a legislação de cor e salteado.

Mas tinha apunhalado Ben. Matara um colega. E não havia nada no manual de Recursos Humanos que dissesse como se lida com um fato desses. Aparentemente Peter não iria ser acusado. A polícia ainda não divulgara nada, mas sugerira que tinha sido algo como um acidente terrível. E Peter repetia o discurso, sem confidenciar a ninguém os detalhes que todos desejavam — mas ao mesmo tempo temiam — saber.

Quando Peter apareceu, após algumas semanas de descanso para se recuperar, agiu contrariando a opinião dos médicos e terapeutas. Mas ele estava determinado; janeiro sempre fora um mês agitado na empresa. Além do mais, o que podiam fazer? Expulsá-lo, mesmo não tendo sido acusado de nada? Encerrar sua sociedade de vinte anos no escritório e descartá-lo por causa de um acidente? A verdade é que ninguém sabia direito o que fazer — e então, como era de se esperar, ninguém fez nada.

Chegou na primeira hora de uma segunda-feira, ativo como sempre. O escritório estava estranhamente silencioso naquele dia. Peter respondeu alguns e-mails e serviu-se de uma xícara de café. Mas ninguém marcou reuniões com ele. *Vai se ambientando novamente com calma, Peter.* E seus colegas logo encontraram desculpas para fugir para o escritório de Bournemouth, ou para marcar almoços demorados com clientes. Depois de todos os preparativos para seu retorno, as perguntas educadas sobre sua saúde e seu bem-estar duraram apenas meia hora. Em seguida, tudo voltou ao normal.

Com exceção da cadeira vazia. A vaga de Ben não havia sido preenchida. Afinal, ele tinha acabado de ser enterrado. Portanto, sua mesa e sua cadeira continuavam lá. Os objetos pessoais tinham sido embalados e devolvidos à sua noiva; isso fazia a estação de trabalho dele parecer nua. Um buraco vazio onde antes havia uma vida.

Estava ali, diante dos olhos de Peter. Diante dos olhos de todo mundo. Um lembrete insistente do que acontecera. Todo mundo — da diretoria aos funcionários da cantina — esperava que o retorno fosse ser difícil para ele. O que ninguém esperava era que, às 15h30 do seu primeiro dia de trabalho, Peter fosse subir até o terraço do edifício, gritar o nome de sua esposa e em seguida saltar para a morte, por cima da grade de segurança.

42

Japão? Austrália? México?

Tínhamos um globo terrestre quando éramos crianças. Um globo que acendia. Sabe-se Deus por que estava conosco, ou de onde viera. Não tínhamos muito estudo, e o conhecimento de geografia da minha mãe se estendia até a localização do boteco mais próximo. Mas eu adorava aquele globo. Era o centro de todas as minhas fantasias. Quando corria a mão sobre sua superfície lisa, pulando de um continente para outro em questão de segundos, era fácil imaginar que era livre.

Eu me imaginava pegando carona até o porto, com uma mochila cheia de provisões (biscoitos recheados Jammie Dodgers não podiam faltar), preparada para uma longa viagem. Escalaria a escorregadia corrente da âncora, cujos elos eram maiores que meu corpo inteiro; uma vez a bordo, entraria sorrateiramente no bote salva-vidas e ficaria lá, escondida. Meu corpo ia vibrar quando eu sentisse o movimento das grandes velas se afastando da terra firme e, ao cruzar oceanos e continentes, estaria segura e aninhada em meu pequeno esconderijo.

Por fim, atracaríamos em algum lugar distante e exótico. Eu escorregaria de novo pela corrente e colocaria os pés no chão. Meu novo chão. O começo de toda uma nova aventura.

Às vezes a fantasia chegava perigosamente perto da realidade. Eu pegava alguns sacos plásticos e enchia de pedacinhos de queijinhos, biscoitos salgados e um saco de dormir muito velho.

E saía para a rua, fechando a porta com cuidado atrás de mim. Cruzava a calçada que cheirava a mijo e seguia meu rumo. Liberdade.

Mas alguma coisa — ou alguém — sempre me trazia de volta antes que eu saísse da propriedade.

Você sempre me trazia de volta.

43

Os curiosos são alvos fáceis, não são? São espíritos inferiores, que se alimentam da desgraça alheia. Mas quem de nós pode dizer que não olharia? Que nunca espiou ao passar por um acidente de moto ou por uma área isolada pela polícia? O que procuramos ao olhar? Sinais de vida? Ou sinais de morte?

Peter Brightston certamente atraíra uma grande multidão, ávida para ver no que 90 quilos de carne e osso haviam se transformado, ao colidir com o asfalto. Helen e sua equipe chegaram poucos minutos depois dos paramédicos. Mas, ao contrário das pobres almas cujo trabalho era recolher os restos do corpo, Helen, Charlie e Mark não estavam interessados em Peter. Os colegas o viram pular; não havia possibilidade de coerção. Era um caso claro de suicídio. Não, Helen estava interessada nos curiosos. Naqueles que vieram apreciar a carniça.

Algo lhe dizia que a partir do momento em que as colocava naquela situação, a assassina não abandonava suas vítimas. O suicídio de Peter certamente foi o clímax de todos os seus sonhos e suas esperanças. Um cartão de visita vivo, incapaz de lidar com a culpa que sua sequestradora lhe impôs. Aliás, desta vez ela não precisou fazer nada; foi só esperar e admirar seu trabalho artesanal. Certamente gostaria de ver o resultado, não?

Foi por isso que trouxeram câmeras. Colocadas em vários ângulos — alguns elevados, outros no nível da rua — elas registraram o mórbido interesse dos curiosos na atitude desesperada de um homem de meia-idade.

Rever as imagens mais tarde foi algo deprimente. Haviam registrado o momento em que a mulher, Sarah, chegara ao local. Estava enfurecida, fora de si. Ainda não havia se recuperado do sequestro de Peter e de sua bizarra reaparição. Desde então, não tinha conseguido penetrar na total escuridão que o cercava. Tentara o aconselhamento profissional, mas as defesas do marido eram fortes demais. E agora isso. Todo o seu mundo — e o lugar dela naquele mundo — fora destruído em questão de semanas. Antes de tudo acontecer, levava uma vida confortável, seus filhos estudavam em escolas particulares, viajavam bastante. A família vivia bem e era feliz. Agora o mundo lhe parecia um lugar escuro, cheio de maldade, sadismo e perigo.

— Vamos adiantar um pouco isso — sugeriu Helen. E ninguém discordou.

A gravação foi adiantada, e um desfile interminável de paramédicos e curiosos era exibido na tela.

— Procuramos uma mulher de altura mediana, entre 1,64m e 1,76m, de constituição magra. Nariz marcante, lábios cheios. Busto entre médio e grande. Orelhas furadas.

Era Mark, descrevendo a pessoa que procuravam.

Mas, ao se dirigir ao grupo, ficou pensando se não estariam perdendo tempo. Se vissem a assassina, iriam mesmo reconhecê-la? Em cima da mesa havia retratos falados eletrônicos compilados por Amy e Charlie; mas esses retratos eram relativamente toscos, com cabelos de cores diferentes e outras características duvidosas. Seria possível olhar a assassina nos olhos e não reconhecê-la?

Logo depois, a gravação acabou.

— O que quer fazer agora, chefe? — perguntou Charlie.

Já tinham visto todas as imagens duas vezes e ninguém encontrara nada de suspeito. Mas era difícil checar as pessoas uma por uma, pois havia muita gente na gravação. Então, após um momento de hesitação, Helen disse:

— Vamos assistir mais uma vez.

O grupo se acomodou para mais uma sessão. Mark ofereceu seus biscoitos Oreo; todos precisavam de uma dose de glicose e ficaram gratos por partilhar de seu estoque secreto de guloseimas. O grupo manteve os olhos fixos na tela mais uma vez, todos tentavam manter o máximo de foco.

— Ali!

Charlie falou tão alto que Mark e Helen pularam da cadeira. Charlie voltou um pouco a gravação antes de passá-la de novo. De repente, pausou.

— Olhem. Ali.

Ela apontava para uma mulher no meio da multidão, que observava enquanto os paramédicos colocavam o corpo embalado num carrinho.

— Se eu conseguir aumentar um pouco a imagem, conseguimos ver melhor...

— Quem é ela? — interrompeu Helen.

— Já a vi antes. No enterro de Ben Holland. Estava sozinha e desapareceu assim que a cerimônia terminou. Não me liguei naquele momento, mas acho que não a vi falar com ninguém lá.

O rosto da mulher tomava a tela toda agora. Seria esta a primeira visão que tinham da serial killer? Estudaram minuciosamente o rosto. Era magro, com nariz proeminente, cabelos louros, bem-vestida, respeitável. *Podia* ser a mulher dos retratos falados. Era tão difícil dizer, dadas as expectativas... A gente quer tanto que as coisas se encaixem que, muitas vezes, nossos olhos nos enganam.

Enquanto seguiam para a casa dos Andersons, Helen experimentou uma profunda sensação de alívio. E mais: de esperança, também... Finalmente tinha algo com que trabalhar. Estudava a imagem impressa da suspeita, enquanto Mark dirigia. Quem era essa mulher?

Na casa dos Andersons, foram recebidos com a costumeira relutância. É engraçado como as vítimas começam a se ressentir da intromissão da polícia, mesmo quando precisam de sua ajuda. Sentada na sala, Helen não perdeu tempo e foi direto ao assunto.

— Temos uma imagem da suspeita, Amy. E gostaríamos que você desse uma olhada.

Agora estavam interessados na presença da polícia. Helen viu os pais de Amy trocarem olhares; será que também começavam a ter esperança? Helen mostrou a folha impressa a Amy. A garota examinou-a atentamente; depois fechou os olhos, permitindo que a lembrança da sequestradora retornasse à sua mente. Depois abriu-os de novo e estudou a imagem novamente.

Depois de um longo silêncio, disse:

— Pode ser ela.

Pode?

— Até que ponto você tem certeza, Amy?

— Difícil dizer. Para isso eu teria que estar cara a cara com a pessoa. Mas são grandes as chances de ser ela. O cabelo, o nariz... sim, pode ser ela.

Não era uma identificação perfeita, mas bastava por enquanto. Amy mostrou a foto aos pais, que estavam ansiosos para ver quem fora a filha da puta que sequestrara sua garota. Helen queria arrancar a imagem das mãos deles. Eles não tinham tempo a perder.

— Eu conheço essa mulher. — A voz de Diane Anderson ressoou pela sala, clara e nítida.

Por um momento, ninguém disse nada. Depois de um tempo, Helen perguntou:

— Está dizendo que já a viu antes?

— Não, eu a conheci. Falei com ela. *Sei* quem ela é.

Helen olhou para Mark. Enfim uma conexão entre as vítimas. Levou muito tempo — tempo demais, por sinal — para chegar até aquele ponto. Mas agora tinham uma suspeita em potencial. Helen sentiu uma onda de adrenalina atravessá-la e, por um breve momento, lembrou-se da razão que a levara a se tornar policial, desde o começo.

44

O entusiasmo dela durou pouco. Ao sair da casa dos Andersons, viu o manjado Fiat vermelho de Emilia Garanita estacionado de lado em frente à calçada, bloqueando sua passagem. E lá vinha Emilia, com seu sorriso de plástico colado ao rosto.

— Sabe o que pode acontecer com você por obstruir o trabalho da polícia, Emilia?

— Mas eu não tenho outro jeito de falar com você, tenho? — respondeu Emilia, com ar inocente. — Nunca retorna os meus telefonemas, e o pessoal da sua assessoria de imprensa sabe menos do que eu sobre o caso. Então, o que uma repórter pode fazer?

— Tire o carro do caminho.

Mark estava ficando impaciente, mas sua recompensa foi um olhar de puro deboche.

— Quero falar sobre Peter Brightston — continuou Emilia.

— Trágico.

— Estranho ele ter se matado logo depois do acidente de Ben. Foi acidente, não foi?

— Acreditamos que sim.

— Só que alguns colegas da empresa estão espalhando rumores de que Peter *matou* Ben. Quer comentar isso, detetive?

— As pessoas sempre especulam, Emilia. Você sabe disso.

Helen se recusava a entrar no jogo dela.

— Se alguma coisa mudar eu falo com você, mas não é uma linha ativa de...

— O que aconteceu com eles? Foi amor? Dinheiro? Os dois eram gays?

Helen forçou a passagem.

— Está tomando meu tempo, Emilia. E, até onde eu sei, isso *é* um crime punível por lei.

Helen e Mark entraram no carro sem identificação. Mark imediatamente ligou o veículo, fuzilando Emilia com o olhar. A repórter olhou para ele de cima a baixo e depois entrou bem devagar em seu carro. Helen ficou aliviada e satisfeita por Anna e Marie não terem sido mencionadas na conversa. O caso delas fora classificado como "causas naturais", e ninguém contestara isso — pelo menos até agora.

Enquanto se afastavam, Helen olhou pelo retrovisor para ter certeza de que Emilia não os seguia. Pelo menos dessa vez a repórter decidiu que a discrição valia mais e desistiu de persegui-los. Helen respirou aliviada. Era impensável ter qualquer plateia para o que estava prestes a fazer.

45

Hannah Mickery estava em meio aos preparativos de um jantar quando Helen bateu à sua porta. Parecia tão respeitável e atraente quanto a imagem exibida em seu site. Um bom exemplo do bem que o dinheiro pode fazer. As garrafas de Clos Vougeot, que tinham sido decantadas antes de os convidados chegarem, reforçavam a impressão geral de riqueza.

Tinha muito dinheiro, e Helen teria pensado que Hannah Mickery tinha todo direito de tê-lo. No entanto, vivia só. Esse foi o primeiro aspecto curioso aos olhos da detetive. Mais tarde, na sala de interrogatório, reforçou que era por causa do trabalho. Que se dedicava tanto aos clientes que raramente tinha tempo para a vida social ou para namorar. O jantar que Helen atrapalhara já tinha sido adiado duas vezes por causa dos imprevisíveis horários de Hannah. O ressentimento dirigido a Helen pela interrupção era visível.

Hannah estava acompanhada de seu advogado — que também era caro. A cliente sempre esperava por ele e só respondia às perguntas quando o advogado não o fazia. Formavam uma dupla imbatível, consistente e verossímil. Seria difícil desacreditá-los se o caso fosse levado a julgamento.

Insistiu que só estivera no local onde Peter se suicidara por causa de sua ligação com Ben. Era terapeuta e tinha passado muito tempo com Ben, após os acontecimentos horrendos que o rapaz enfrentou na infância. Assassinato, para ela, era o pior tipo de caso. Pior que suicídio — que pelo menos tem uma dimensão trágica, em sua absoluta futilidade e desespero. Mas como ajudamos um rapaz depois que o pai destrói a família inteira? Como lidar com o fato de que alguém que você amava ferrou com a sua vida e deixou você sozinho no mundo?

Hannah sentiu que fizera progressos com o jovem Ben — ou James, como se chamava na época. Quando as sessões acabaram, três anos depois, estava praticamente centrado.

— Continuaram em contato? — interveio Helen, já um tanto irritada pelo tom amoroso das lembranças de Hannah.

— Não, mas sempre me mantive atualizada em relação à vida dele. Pelo Facebook, essas coisas.

— Por quê?

— Porque gostava dele. Queria que sobrevivesse. Fiquei encantada quando soube que ia se casar.

— E como se sentiu quando "descobriu" que Ben tinha sido assassinado?

— Fiquei arrasada. Obviamente.

No entanto, Helen sentiu que não havia pesar algum naquelas palavras.

— E quando soube por um amigo que o assassino dele tinha cometido suicídio, eu... bem, não consegui acreditar.

— E então foi ver com seus próprios olhos?

— Sim, creio que sim. Não é uma coisa legal, nem muito louvável, mas eu quis ver, sim.

— É verdade que ofereceu seus serviços a Peter Brightston depois que ele fugiu do cativeiro?

Houve uma pausa, um olhar de soslaio para o advogado e depois a resposta.

— Sim.

— Apesar do fato de ele ter matado seu amigo Ben?

— Peter realmente estava muito mal. E ia ser liberado sem ser acusa...

Desta vez a pausa foi mais longa. Bem longa, por sinal.

— Fui à casa dele uma vez. Toquei a campainha e pedi para falar com ele. Ofereci meus serviços, mas Peter não estava interessado.

— Como você sabia onde ele morava?

— Não foi difícil descobrir, pelo que os jornais divulgaram.

— Então você o assediou em casa?

— Não sei se esse termo me agrada, detetive — interveio o advogado.

— Me desculpe, Sandy. Não tinha ideia de que você era tão sensível — disse Helen voltando novamente sua atenção para a suspeita. — Por quanto tempo você tratou de Diane Anderson?

— Por alguns meses. Fui recomendada por um colega. A melhor amiga dela morreu de repente e Diana precisava de ajuda. Mas, na verdade, ela não gostava muito do tratamento. Acho que considerava "fraqueza" fazer terapia.

— Conheceu Amy?

— Não, embora obviamente soubesse de sua existência.

— Então não haveria motivo para Amy te reconhecer?

— Detetive — interveio o advogado, que estava prevendo aonde aquilo ia dar. Mas Helen a obrigou a responder à pergunta de qualquer maneira.

— Não, nunca nos encontramos.

Dito isso, passaram aos álibis. Hannah estava em casa na noite em que Amy fora sequestrada. Não havia testemunhas; estava trabalhando sozinha em sua papelada. Mas alegou que estava atendendo um cliente na hora que Ben foi sequestrado. Não tinha secretária nem assistente, de modo que o álibi só poderia ser confirmado ou negado pelo cliente.

— Me conte sobre Marie Storey.

Por essa os dois não esperavam.

— Você atendeu Marie há alguns anos, depois que o marido dela se matou.

Mark havia descoberto essa informação. Interessante como a equipe estava aos poucos chegando às mesmas conclusões.

Após trocar uma ideia com o advogado, Hannah respondeu.

— Fui destacada para atender o caso dela pelo Serviço Social de Hampshire. O marido se suicidou com soda cáustica, se bem me lembro. Não conseguiu lidar com a vida que tinha. Mas Marie era mais forte. Tinha de ser, por causa de Anna.

— Você se lembra bem de seus nomes.

— Tenho boa memória.

Helen deixou essa passar.

— Viu as duas recentemente?

— Não.

— Falou com elas?

— Não. Li sobre a morte das duas, obviamente. Presumi que, no fim, as coisas deveriam ter ficado muito pesadas para Marie. Os jornais não deram muitos detalhes.

— Por que deixou de tratar de Marie?

— Cortes no serviço social. A decisão não foi minha.

— Como vê seus clientes? Apenas como "clientes"? Ou como pacientes? Amigos?

— Vejo-os como clientes. Pessoas que posso ajudar.

— Já aconteceu de não gostar de algum?

— Nunca. Podem ser frustrantes, mas isso é esperado.

— Nunca aconteceu de você não gostar das fraquezas, da autopiedade, ou de alguém que banca o coitadinho, "pobre de mim"?

— Nunca.

Hannah era durona; uma profissional. Logo em seguida, seu advogado solicitou o fim do interrogatório. Tinham de liberá-la; não podia ser acusada de nada. Mas Helen não se importou. Durante o tempo da conversa, Mark solicitara — e obtivera — um mandado de busca na casa e no consultório dela. Havia mais de uma maneira de se chegar ao xis da questão.

Uma suspeita do sexo feminino, que tinha ligações com três vítimas diferentes. Alguém que conhecia intimamente essas pessoas, assim como suas vulnerabilidades. Agora só precisavam de provas. Pela primeira vez desde que a investigação começara, Helen sentia que finalmente estavam chegando a algum lugar.

46

Era uma estranha celebração: ela com uma garrafa de refrigerante, ele segurando uma água tônica que começava a esquentar. Nada muito rock'n'roll, porém agradável. Nenhum dos dois havia enfrentado um caso como este antes. Múltiplos assassinatos eram coisa rara e, quando ocorriam, em geral era em bebedeiras — uma explosão de raiva que acabava com tudo, mas era rápido. O cuidado e o planejamento que envolviam esses assassinatos era algo fora do comum. Embora nenhum policial jamais admitisse, crimes desse porte eram profundamente enervantes. Faziam qualquer policial achar que a experiência não lhe servia de nada, que seus instintos estavam errados e que o treinamento era lamentavelmente inadequado. Eram crimes que desestruturavam o sistema que mantinha intacta a fé dos policiais.

Mas agora tinham uma pista. Nada muito objetivo ainda, mas um policial sempre fica feliz quando tem um forte indício para seguir — algo ou alguém para investigar. Mark observava sua chefe enquanto conversavam animadamente sobre o caso. Sempre fora atraente, mas agora havia algo mais. Um calor, uma sensação de otimismo e de esperança que ela geralmente não demonstrava. O sorriso era a maior revelação. Raríssimo de se ver, mas difícil de esquecer.

Mark sentia-se mais atraído por ela, mas estava determinado a resistir. Nunca mais permitiria que qualquer mulher tivesse esse tipo de poder sobre ele. Mas o que realmente desejava era ir além e descobrir mais a respeito dela. Com o que sonhava quando era pequena? Era popular? Rica? Os garotos gostavam dela?

— Você cresceu por aqui? — Um início fraco, mas Mark nunca fora muito bom em puxar assunto. Helen fez que não com a cabeça.

— Sul de Londres. O sotaque não entrega?

Estaria flertando com ele?

— Mas você não tem sotaque.

— Fiz um esforço para eliminá-lo. Uma amiga na polícia me disse, logo no início da minha carreira, que falar de forma elegante ajudava a subir de cargo. Na verdade, isso é apenas preconceito, mas todo mundo acha que a gente é mais inteligente.

— Deve ter sido aí que eu errei.

— Ora, você não é tão ruim assim.

Estava flertando com ele, sim.

— Não tinha ideia de que você era tão ardilosa.

— Você não me conhece tão bem, não é?

Isso era um convite ou um fora? *Estou realmente enferrujado*, pensou Mark. Helen foi até o bar e voltou com uma caneca de cerveja. Mark a observava, excitado, desperto, dividido; seu desejo por ela se chocava com seu desejo pelo álcool. Helen lhe ofereceu a bebida.

— Hoje foi um bom dia. Pode beber um pouco. Sabe as regras: enquanto eu estiver aqui, tudo bem.

Mark pegou a caneca de cerveja da mão dela e bebeu. Mas tomou só um gole; queria mostrar que estava no controle, que não era fraco. Vinha odiando a si mesmo e sua vida há tanto tempo e, agora que começava a se afastar do abismo, ia mostrar que era forte. Devolveu-lhe a bebida. Helen sorriu para ele.

— Por que entrou para a polícia, Mark?

Agora era a vez de Helen fazer as perguntas.

— Porque nenhum outro lugar me queria.

Helen riu da resposta.

— Sério, estraguei tudo na escola. E olha que era uma boa escola! Tinha aula de latim e tudo o mais. Mas não conseguia acompanhar o ritmo. Não conseguia prestar atenção em nada. Tudo o que queria era sair da sala.

— Para correr atrás das garotas?

— E todo o resto. Depois de dois anos cheirando cola e colocando fogo em cabines telefônicas, meu velho me botou para fora de casa. Passei três noites no apartamento da minha irmã e depois pensei: "Pro inferno com tudo isso." Então entrei para a polícia.

— Meu herói.

— Meu pai quase teve um ataque do coração. Achou que era alguma brincadeira. Mas acabei surpreendendo todo mundo, pois gostei daquilo. Gostava do fato de que cada dia era diferente. A gente nunca sabia o que ia enfrentar. E gostava da farra com os colegas. Naquele tempo não tínhamos chefes mulheres.

Helen ergueu a sobrancelha. Em seguida foi até o bar pegar outra rodada. Então, afinal, não era apenas um drinque após o trabalho. Mark pensava em como deveria agir, mas estava mais confuso ainda quando Helen voltou. Seu decote parecia acenar para ele, expondo mais pele, quando ela colocou as bebidas na mesa. Se fora acidental ou não, era impossível dizer.

— E você, por que entrou para a polícia?

Após uma breve pausa, ela respondeu:

— Para ajudar as pessoas.

Direto ao ponto. Isso era tudo?

— Quando entrei na casa de Ben e vi aquela carnificina, ajudei a salvar aquele garoto de ter o mesmo destino dos outros. Foi ali. Não consegui mais parar. E nunca mais consegui me afastar disso.

— Você é boa nisso. Em salvar pessoas, quero dizer.

Helen o encarou. Mark hesitou, mas continuou:

— Eu teria pedido demissão, se não fosse por você. Não falei nada, mas já tinha escrito a carta. Estava pronto para entregá-la. Ia desistir. Mas você me salvou. Me salvou de mim mesmo.

Ele falou isso com paixão e do fundo do coração. Por um momento, Mark sentiu vergonha de ter sido tão sincero. Mas era verdade. Sem ela, sabe-se Deus onde estaria. Helen olhou para Mark, de repente tão exposto. Será que tinha estragado tudo? Em seguida, ela se debruçou na mesa e o beijou.

Lá fora, ele sorriu ao soltar a cantada mais cafona de que conseguiu se lembrar.

— No seu apartamento ou no...

— No seu.

47

O apartamento de Mark estava um lixo. Não planejara seduzir sua chefe naquele dia, então os vestígios da refeição da noite anterior ainda estavam por ali. Mas, por sorte, havia trocado a roupa de cama naquela manhã. Os lençóis estavam limpos e cheirosos quando afundaram neles.

Helen nunca fora de muita conversa fiada. E agora muito menos. Em geral é o homem quem determina o ritmo dessas coisas — ou pelo menos tenta. Mas com eles não foi o caso. Mark ficou tão surpreso quanto atraído pela firmeza com que Helen assumiu a liderança.

A corrida de táxi até o apartamento foi silenciosa — a expectativa pelo que viria tornava qualquer conversa irrelevante. Eles não se tocaram ou se deram as mãos, mas algo entre eles continuava denso. Tão logo entraram no apartamento, ele tentou, como sempre (sempre? E quando havia sido a última vez?), quebrar a tensão com uma dose de humor:

— Eu te ofereceria um drinque, mas...

Helen nem se deu ao trabalho de responder. Apenas cruzou a sala e o beijou. Depois jogou o casaco no chão e perguntou onde ficava o quarto. Uma vez lá, atirou-o na cama e partiu logo para o cinto dele.

Mark havia tido muitas noites de sexo, mas deu-se conta de que aquela era a primeira vez que se via como passivo na situação. Irritado por ser forçado a se submeter a isso, tentou ficar por cima. Agora que estava excitado, de repente teve vontade de dominá-la — fodê-la, intimidá-la —, mas Helen o empurrou de novo e montou nele à força.

Ela estava fazendo amor ou apenas tendo prazer com ele? Mark de repente se deu conta de que isso, para ele, era importante. Que mesmo agora, com Helen provocando um doce arrepio nele com seus movimentos, queria que aquilo significasse alguma coisa, que não fosse apenas diversão. Os homens supostamente separam amor do sexo. São capazes de desligar suas emoções e pensar com a cabeça de baixo. Mas Mark nunca fora assim.

Mais uma vez tentou manobrá-la para ficar por cima, mas Helen o empurrou de novo, agressivamente. Como ficou claro que ela ainda não estava pronta para gozar, Mark decidiu se submeter. Finda a batalha, o sexo ficou mais tranquilo, mais terno. Helen desacelerou e finalmente eles sincronizaram seus movimentos. Para surpresa de Mark, Helen parecia estar gostando. Gostando *dele*. Esfregou os mamilos nos lábios dele e escorregou a mão para entre as próprias pernas, dando prazer a si mesma enquanto ia e vinha, para a frente e para trás, em cima dele.

Agora Mark lutava desesperadamente para conter seu orgasmo. Uma coisa é foder sua chefe; outra bem diferente é fodê-la mal. Ou muito rápido. Então se segurou, buscando na mente todas as imagens que pudessem ajudar a suprimir a excitação em que se encontrava, mas, quando Helen retomou o ritmo, pressentindo seu orgasmo, só podia mesmo acabar de um jeito. Mark quis se desculpar. Mas não tinha certeza de como tinha sido. Helen, então, deu uma mãozinha.

— Foi bom, isso.

Mais uma vez, Mark viu todas as suas dúvidas desaparecerem. Abraçou-a forte, com carinho e, para sua surpresa, Helen não resistiu. Aninhou-se ao seu lado para descansar na mais perfeita felicidade pós-coito.

Enquanto estavam ali estirados, o lençol mal os cobria. Mark correu os olhos pelo corpo de Helen. No auge da paixão, sentiu arranhões nas costas dela, mas não prestou muita atenção. Agora, mais atento e curioso, observou-os com mais atenção. E ficou chocado. O restante do corpo dela era tão macio, tão delicado, tão... perfeito.

Helen deve ter adivinhado os pensamentos dele, pois puxou o lençol para se cobrir. A conversa terminou antes de começar. Ficaram juntos em silêncio por algum tempo. Depois Helen virou-se para ele e disse:

— Isso fica entre nós e mais ninguém, está bem?

Não era uma ordem, nem uma ameaça. Era mais um pedido, quase uma tentativa de pacto. Mais uma vez, Mark se surpreendia, no mais inesperado de todos os seus dias até então.

— Claro, com certeza.

Em seguida Helen foi para o chuveiro, deixando Mark cheio de dúvidas.

48

Helen atravessou a rua com passos firmes para pegar sua moto. Sabia que Mark a observava pela janela, mas não quis olhar para não encorajá-lo. Não era um joguinho; só não estava pronta, ainda, para despedidas carinhosas ou beijos atirados pela janela. Ainda assim, foi agradável saber que Mark tinha os olhos nela, então diminuiu o ritmo deliberadamente, só para curtir aquilo por mais alguns segundos.

Subiu na Kawasaki e girou a chave na ignição. A roupa de couro e o capacete eram outras armaduras para Helen; um espaço onde podia existir por si mesma, sem ser perturbada. Mas hoje, pela primeira vez em séculos, sentiu que não precisava de nada daquilo. Que não precisava se esconder do mundo. O que acontecera entre os dois não tinha sido planejado, nem esperado — e, talvez por isso mesmo, tenha dado tão certo. Quando tinha tempo para pensar, as coisas em geral se complicavam tanto que terminavam não acontecendo. Mas hoje tudo havia corrido de forma perfeita. Queria saber o que Mark estava pensando. Talvez achasse que era velha — e não seria o primeiro. Ou talvez a considerasse um mistério. Era o melhor que podia esperar, a essa altura, e certamente se daria por satisfeita com isso.

Era hora de ir. O louco ainda estava olhando; a cortina escondia apenas vagamente suas formas nuas. Para o bem dele e dela própria, era melhor ir embora logo. Então acelerou a moto e partiu. Enquanto o vento alvejava seu corpo feito um chicote, percebeu que, naquele momento, sentia-se decididamente diferente.

Estava feliz.

49

Martina tirou o sutiã e esfregou seus seios nus na outra garota. Caroline — era esse o nome dela? — reagiu lambendo seus mamilos com desejo teatral e ardente. Martina jogou a cabeça para trás, gemendo. E seu olhar imediatamente se fixou num remendo no teto da van. Como aquilo tinha sido feito?

Fizera seu showzinho tantas vezes que era impossível se concentrar no trabalho. Enquanto o corpo dava pulos e se contorcia para o prazer de outra pessoa, o cérebro se desligava, e Martina ficava pensando se conseguiria chegar ao pub antes de fechar, ou se devia ir ao Egito nas férias, ou em quanto a outra garota pagara para ter aqueles seios. Era impressionante como os pensamentos podiam ser os mais corriqueiros, especialmente quando a garota — talvez fosse Carol, não Caroline — estava te chupando. Martina gemeu na deixa certa. Os clientes nunca adivinham, é claro. São tão consumidos pela ideia do que estão vendo — duas mulheres peitudas se devorando — que não percebem os sinais de tédio. De qualquer modo, nem ligaria se eles percebessem.

Ainda assim, esse trabalho era um pouco diferente. Em geral era representado na frente de um executivo solitário, que se masturbava diante de sua fantasia em ver duas mulheres transando. Ou, se desse sorte, na frente de dois homens ricos que mal podiam esperar para entrar na brincadeira. A parte lésbica era só o *amouse-bouche* para eles; ficavam loucos para foder as garotas, montar nelas logo depois, parabenizando-se mutuamente em silêncio por sua riqueza, imaginação e depravação. Eram uma espécie de aperitivo para um homem, mas os caras pagavam bem, então bicos assim eram sempre bem-vindos.

Era muito mais raro uma mulher contratar duas garotas. Especialmente uma mulher tão bem-vestida como Cyn. Mais raro ainda era uma mulher não se envolver. A maioria das mulheres que contratava prostitutas era bem-casada, mas sexualmente insatisfeita. Mulheres que queriam o status e a pompa da vida normal em família, mas que eram loucas para serem tocadas por outra mulher. Para elas, o show não era importante, e sim o contato. Mas Cyn era diferente. Era a quarta vez que as chamava e nunca encostara um dedo sequer nelas. Tampouco se tocava. Todo encontro era igual; pegava as duas em sua van, levava-as para New Forest e depois ficava olhando enquanto elas se estocavam com cintas penianas e faziam várias outras coisas. No início acharam aquilo um pouco suspeito; seria algum tipo de voyeurismo ou coisa assim? Mas, na verdade, a mulher era totalmente inofensiva. Martina, porém, sempre se perguntava o que se passava na cabeça dela. O que ela ganhava com aquilo?

A particularidade final era o pagamento. Percebeu logo de cara que Martina era chegada a farras. E desde então nunca pagava em dinheiro. Em vez disso, oferecia drogas. Devia ter facilidade para consegui-las, porque o valor de mercado do que lhe dava ultrapassava fácil o valor que lhe seria devido em dinheiro. Devia conseguir as coisas barato — ou de graça. Que piranha sortuda.

Terminaram com um frenesi de mútuo orgasmo fingido e, segundos depois, já estavam vestindo suas roupas. O corpo de Martina era atlético e forte, ela era alta para uma mulher. Cyn olhou-a da cabeça aos pés e disse:

— Tenho uma coisa especial para vocês hoje.

Cyn lhe deu então um saquinho transparente com alguns comprimidos. Martina pegou-o e examinou-o mais de perto. Estava cheio de comprimidos grandes, brancos, com a insígnia de uma águia em cada um.

— Acabaram de chegar de Odense. Acho que vocês vão gostar. Não precisam de mais nada com essas belezinhas, podem acreditar.

Martina despejou metade nas mãos ávidas de Caroline. Depois, sem hesitar, cada uma experimentou um comprimido. O gosto não era comum — amendoado, doce. Em seguida, Caroline perguntou aonde as duas iriam naquela noite.

Martina estava prestes a despachá-la, pois viajaria para visitar a irmã naquela noite, mas as palavras não saíram. Sentiu uma tontura instantânea. Oscilava como se tivesse levantado rápido demais e, com isso, perdeu o equilíbrio e a consciência. Ria e tentava se endireitar. Cyn falava com ela; perguntava se estava bem. Mas a voz da mulher começava a soar abafada e distante. Uma das mãos segurava seu braço — que de repente parecia tão pesado... Na verdade, tudo nela parecia muito pesado. Que diabos estava acontecendo? E depois lá estava Caroline, caída no chão da van. Como chegara lá? O que estav...

De repente, tudo escureceu.

50

Helen fez questão de ser a primeira a chegar ao escritório. Após sua entrega completa a Mark, no dia anterior, as dúvidas começaram a surgir. Sua habitual postura defensiva — o círculo fechado — voltava a rondá-la. Lutou contra aquilo, determinada a não desistir, mas não tinha certeza de como iria reagir quando o visse logo depois do ocorrido. Então chegou bem cedo, para ter tempo de se preparar.

Mark chegou na hora e foi logo dar andamento em seu trabalho. Àquela hora, a maior parte da equipe já havia chegado. Helen olhou de soslaio na direção dele. Queria muito saber se alguém mais da equipe notara como sua aparência estava bem melhor ultimamente. Perdera peso, ganhara cor e todo aquele ar pesado desaparecera completamente. Helen ficou imaginando se alguém notaria qualquer mudança no relacionamento deles, mas Charlie rapidamente acabou com suas dúvidas. Procurou-a logo cedo para atualizá-la sobre as últimas novidades do caso.

Helen tinha usado o velho truque de manter a suspeita em custódia por tempo suficiente para garantir um mandado de busca. Com isso, Hannah não teve tempo de preparar sua defesa ou dar fim em alguma evidência. Levaram seu computador (ela ficou revoltada com isso), além da maioria dos seus diários e registros. A polícia não podia, obviamente, tocar nos arquivos de seus pacientes, por se tratar de informação confidencial. Mas havia formas de obter informações sobre os pacientes, se o policial fosse esperto. Mas isso era assunto para depois.

Uma coisa logo ficou clara: Hannah sabia muito sobre os assassinatos. Tinha todos os recortes sobre as mortes de Sam, Ben, Marie e Anna. Tinha fotos também. E não apenas as publicadas pelos jornais locais (que haviam sido tiradas do Facebook, de álbuns da escola etc.). Hannah tinha fotos que ela mesma havia tirado de Amy e de Peter, *após* os eventos. Helen também encontrou o número do telefone de Amy rabiscado em um jornal. Por que ela tinha o telefone de Amy se não a conhecia e nunca — de acordo com seu depoimento — tinha tido permissão de falar com ela?

Tinha também detalhes sobre o trabalho de Peter, endereços de e-mail e, o mais perturbador, uma agenda de trabalho para ele — embora, por mais irritante que fosse, a data era posterior ao retorno de Peter ao trabalho. Portanto, não podia, de forma alguma, estar ligada ao seu sequestro.

O computador foi um abacaxi mais difícil ainda de descascar. Hannah foi aconselhada a informar sua senha voluntariamente, mas se recusou. Então a coisa teve de ser feita do jeito mais difícil. As pessoas acham que esses sistemas são seguros, mas na verdade não são — e, embora devessem ter esperado pelas autorizações necessárias, Helen botou pressão, e os rapazes de TI logo entraram no sistema.

Charlie tinha feito a maior parte do trabalho: ir e vir de um departamento a outro, então ficou descansando enquanto Helen analisava os arquivos do MacBook Air de Hanna Mickery. A maioria era normal; assuntos comerciais e rotina doméstica. Mas um verdadeiro tesouro se abrigava lá dentro. Escondido, longe da mira de todos, havia uma pasta protegida, cujo título era apenas "B". Mais uma provocação... e, de novo, não foi difícil abrir.

Helen imediatamente se aprumou na cadeira quando viu o conteúdo: uma transcrição, palavra por palavra, do depoimento oficial de Amy, tal como fornecida a Helen na sala de interrogatório. Helen apertou os olhos, sem acreditar. Clicou no ícone do RealPlayer, que também estava dentro da pasta "B", e seus piores medos se confirmaram.

Fosse ela quem fosse, ou o que fosse, Hannah com certeza tinha um contato dentro da central. Alguém que lhe dera aquelas imagens. Mas com que finalidade?

Charlie respirou fundo. Agora a investigação tivera um avanço importante, ainda que potencialmente devastador. Seria corrupção, conluio ou havia um policial envolvido naqueles assassinatos?

— Desliga isso. Nem uma palavra sequer com ninguém, ouviu?

Charlie assentiu. Então Helen se levantou e, em silêncio, discretamente, saiu para falar com seu superior.

51

Seus pensamentos pareciam envoltos em neblina. Lutava para ficar de pé, cambaleava e tremia. Sua visão ainda estava embaçada, mas sentia o cheiro da umidade e o frio a atravessava por completo. Onde estava?

Bem devagar as imagens surgiam em sua mente, mas cada uma delas a feria como as piores ressacas, e, de repente, ela precisava se sentar de novo. O chão era duro e implacável. Lembrou-se da van, de Cyn, de Caroline... Conferiu o relógio, mas teve de olhar de novo. Será que de fato dormira por mais de 24 horas?

O barulho de vômito a fez erguer os olhos. E lá *estava* Caroline. Acabara de vomitar e agora estava chorando caída no próprio vômito.

Vamos lá, lute. Acorde. Mas isso não era um sonho. Era estranho demais para ser inventado. Será que Cyn a tinha trazido para cá? E onde *estava* Cyn? Martina gritou, mas recebeu apenas um frio eco como resposta. Estavam em uma espécie de adega — uma galeria abobadada, de tijolos, lugubremente iluminada por um lampião antigo. O lugar era apertado e deteriorado, parecia uma espécie de depósito abandonado de alguma casa grande. Não fazia sentido. Aliás, nada daquilo fazia sentido.

A porta estava fechada por fora; era de metal sólido, mas, mesmo assim, ela a esmurrou. Bateu até as mãos incharem e a dor de cabeça ficar insuportável. Depois deixou-se cair no chão, derrotada.

— Caroline?

Chamou, mas não obteve resposta. Então deu um jeito de se recompor e conseguiu chegar até ela. Fosse qual fosse a situação, pelo menos estavam juntas naquilo. No caminho, chutou alguma coisa dura, que escorregou e se arrastou pelo chão. Gritou de dor, até que percebeu que pisara em outra coisa: um telefone celular.

Martina abaixou-se para pegá-lo. Não era dela e achava que também não era de Caroline. Apertou um botão e uma luz verde e sombria iluminou a tela. *Você tem uma nova mensagem.*

Instintivamente, Martina apertou OK.

Ao lado deste telefone há uma pistola. Está carregada apenas com uma bala — para Martina ou para Caroline. Juntas, vocês devem decidir quem vive e quem morre. Só a morte poderá libertá-las. Não existe vitória sem sacrifício.

Isso era tudo. Os olhos de Martina foram atraídos pelo objeto que tinha chutado. Era a pistola. A merda de uma pistola.

— Foi você quem fez isso? — gritou para Caroline. — Isso é o que você chama de brincadeira?

Mas Caroline só chorava e balançava a cabeça:

— Do que você está falando? Não sei o *que...*

Então, Martina jogou o telefone em sua direção.

— É disso que estou falando.

Nervosa, Caroline pegou o telefone. Suas mãos tremeram ao ler a mensagem. Em seguida o aparelho caiu de sua mão e bateu no chão. A jovem afundou a cabeça no peito e começou a soluçar. Martina se sentiu muito mal. Era óbvio que Caroline não sabia de nada.

Martina podia ver sua respiração condensar à sua frente. Será que ia ficar mais frio ainda naquele túmulo? As duas iriam congelar até morrer, antes que alguém as encontrasse?

Não era para sua vida terminar assim. Tinha passado por muita coisa para morrer neste buraco úmido.

Devagar, numa tristeza extenuante, os olhos de Martina pousaram na pistola.

52

Estava sendo vigiada.

Uma van estava estacionada no mesmo lugar havia vários dias, mas não se via qualquer sinal de atividade em torno dela. Tinha a logomarca de uma loja de serviços de encanador e bombeiro de um lado, mas não havia encanadores ou bombeiros à vista. Além disso, tinha pesquisado o nome da empresa e ela não existia. Para isso teve de usar seu novo smartphone, pois a polícia ainda estava com seu computador.

Hannah Mickery espiou a van por um vão da cortina. Será que alguém estava olhando para ela naquele momento através do vidro escuro e tirava fotos? Ou ela estava apenas sendo paranoica?

Havia tanta gente na casa durante a busca que era difícil prestar atenção em todo mundo. Será que tiveram tempo de colocar escutas ali? Depois que saíram, Hannah verificou todos os possíveis esconderijos em busca de uma câmera. Não encontrou nada. Talvez tudo aquilo fosse "guerra fria" demais para uma situação tão corriqueira.

Mas não custa nada tomar cuidado quando há tanta coisa em jogo.

Naquele momento, aquela vaca arrogante da Helen Grace decerto já teria saqueado seu computador. O certo seria ter fornecido a senha, mas por que não fazer os caras trabalharem um pouco, não é? De qualquer forma, a essa hora já saberiam. Seria difícil sustentar a tese do interesse profissional, ou mesmo se desculpar pela estupidez macabra. Mas será que eles tinham elementos para acusá-la de alguma coisa? Claro que não.

De qualquer forma, precisava tomar cuidado. Os riscos eram muito grandes agora, e um único erro poderia colocar tudo a perder. Tanto tempo e planejamento investidos nisso... seria um desperdício estragar tudo agora.

Estava anoitecendo. Agora não ia demorar muito. Será que estavam monitorando suas ligações telefônicas? Se era bom para o *News of the World*, então...

Esperava que estivessem na escuta. Isso facilitaria as coisas para ela. Seria mais fácil escapar. Hannah foi tomada por uma onda de euforia. Quando o jogo perigava, cada movimento era emocionante.

53

Caroline abraçou os joelhos junto ao peito para se proteger do frio, mas não conseguia parar de tremer. Era o frio mesmo que a fazia tremer? Ou seria o medo? Já não sabia dizer. Perdera a noção de... tudo. Não tinha ideia se era dia ou noite. Também não sabia por quanto tempo estavam encarceradas ali. Não sabia o que tinham feito de errado ou o motivo de estarem naquele lugar. Só sabia que tudo aquilo era desesperador.

Seu estômago doía de tanta fome. A garganta estava seca. Sentia-se congelada até os ossos. Quando fechava os olhos, estranhas sombras dançavam no escuro. Eram padrões multicoloridos que se transformavam em borboletas, pássaros e até arco-íris. Estava começando a ter alucinações. Será que seu corpo estava desligando? Ah, se tivesse essa sorte. Talvez fosse sua mente se degenerando, uma queda lenta rumo à paranoia e à loucura. Não, meu Deus, por favor, isso não.

Inicialmente tentaram abrandar a fome comendo formigas. Caroline ficou menstruada e o sangue coagulou no chão, no canto esquerdo do aposento. Sua viscosidade adocicada atraíra insetos; então ela e Martina brigavam para enfiá-los goela abaixo. Há um ou dois dias tinha apanhado uma barata. Deliciou-se com o sabor crocante do animal em sua boca. Mas agora não havia mais comida. Só sobrara o cheiro horrível. E o frio medonho. E a solidão.

Será que *alguém* estava à procura delas? Ninguém sentiria falta de duas prostitutas de luxo. Martina era muito reservada e tinha pouquíssimos amigos, se é que tinha algum. Caroline dividia apartamento com uma moça chamada Sharon, que veio de Macclesfield, mas não podia considerá-la exatamente uma amiga. Será que seria esperta o suficiente para chamar a polícia ou apenas publicaria um anúncio em busca de outra pessoa para dividir as despesas? A segunda hipótese era a mais provável. Sharon não aprovava a profissão de Caroline e ficaria feliz com a oportunidade de se livrar dela. Agora, por exemplo, bem poderia estar esvaziando seu quarto. Vaca.

Martina tinha uma irmã, mas será que eram próximas? Caroline não fazia ideia. Pela primeira vez em muitos anos, percebeu que sentia saudades da família. Teve boas razões para fugir de casa, embora ninguém jamais admitisse isso, mas agora se arrependia amargamente. Sua mãe era inútil, mas não era má pessoa. Seu pai — bem, na verdade não tinha vocação para ser pai nem marido, mas ele não lhe desejaria mal. Por que não fizera mais contato? O aniversário de 60 anos de ambos havia passado, assim como vários Natais e Páscoas. Houve muitas oportunidades para procurá-los e tentar uma reconciliação, mas Caroline nunca se esforçara para isso. Será que iam pedir para que explicasse seu desaparecimento em plena madrugada? Ficariam desgostosos com o tipo de vida que ela levava agora?

Seu coração se encheu de raiva, e então Caroline soube exatamente por que nunca voltou a procurá-los. Porque ela os culpava. Por não terem percebido. Por não a terem protegido. Ainda estava furiosa com a negligência dos pais — e era por isso que estava sozinha no mundo. Era por isso que, agora, ninguém estava à sua procura. Por acaso ela e Martina tinham alguma coisa — ou alguém — por quem viver? Até que ponto Martina era próxima da irmã? Sentiu vontade de perguntar isso à colega, mas para quê? Não era uma competição.

Ou será que era?

54

Como era de se esperar, o detetive-superintendente Whittaker não recebeu muito bem a novidade.

— Mas que porra é essa que você está me falando? Que *um policial* deu isto a ela?

A natureza macabra das mortes exigia um rigoroso sigilo com relação às informações. O jornal *Evening News* e alguns periódicos pelo país tinham conseguido alguma coisa aqui e outra ali sobre os assassinatos na cidade e estavam tentando cavar mais notícias, mas nenhum deles conjeturava a existência de um titereiro invisível que orquestrava esses terríveis crimes. A perícia técnica e outras equipes auxiliares desconheciam o ultimato fatal dado às vítimas. O acesso a essas informações — os telefones, as entrevistas gravadas e suas transcrições — era muito restrito. É óbvio que Whittaker e Helen sabiam, assim como Mark, Charlie e alguns poucos agentes--chave da equipe, mas parava por aí. Então, a menos que algum agente da equipe de dados tivesse sido informado quanto ao seu conteúdo, ou tivesse encontrado acidentalmente o arquivo, teriam de investigar dentro de casa para descobrir quem vazara a informação. Whittaker não titubeou. Cada membro da equipe teria de ser investigado. Isso deveria ser feito de forma imparcial e o mais rápido possível.

Helen fez rápidos progressos. Hoje em dia não havia mais gravações ou disquetes; toda essa parafernália obsoleta tinha sido descartada há muito tempo. As gravações das entrevistas agora iam direto para uma rede digital segura. Assim que o interrogatório era concluído, o arquivo digital era criptografado e descarregado no servidor de segurança da delegacia. O acesso às gravações e transcrições armazenadas era privilégio de poucos usuários autorizados.

Havia somente uma fonte, o servidor, e qualquer um que o acessasse deixaria rastro.

As gravações das entrevistas já tinham sido vistas várias e várias vezes, devido à investigação em curso, e uma longa lista dessas visualizações rolou pela tela enquanto Helen consultava o histórico. Mas somente em três ocasiões as gravações tinham sido baixadas ou transferidas para um cartão de memória ou CD. E em duas delas Helen estava presente. Mais que isso; os arquivos baixados ainda estavam sob sua responsabilidade. Com isso, restava apenas um download não autorizado. Seria impossível apagar as marcas de acesso sem destruir o servidor inteiro. E lá estava, claríssimo: *Quarta-feira, 11 de janeiro, 16h15.*

Era improvável que fossem os agentes de informação, já que estavam envolvidos em uma ação naquele dia, mas talvez por isso mesmo o ladrão tenha escolhido especificamente aquele dia. Whittaker estava de folga, e Helen passara a tarde toda no laboratório da perícia técnica. Os juniores da equipe estavam batendo de porta em porta (Helen teria de reconfirmar isso), de modo que sobravam apenas dois oficiais que sabiam das informações, que estavam no prédio e tinham acesso ao servidor de segurança: Mark e Charlie.

Helen estava puta da vida consigo mesma. Devia ter cancelado o jantar com Mark. Devia ter dado alguma desculpa, mas ele a pegou desprevenida. Não podia faltar ao jantar sem deixá-lo ofendido ou sem agir de modo que levantasse suspeitas. Então foi encontrá-lo. Mark brincou com ela, falando sobre o esforço que teve de fazer para impressioná-la. Por isso estavam, naquele momento, atacando seu bucatini com camarão em silêncio quase absoluto. Helen estava perfeitamente ciente do desapontamento e do embaraço de Mark, de sua visão de uma noite de paixão tórrida agora caindo aos pedaços. Mas era impossível não pensar no assunto. A menos que Helen estivesse completamente errada, era provável que um dos dois, Charlie ou Mark, tivesse traído a equipe e, no processo, passado as informações da investigação para alguém de fora. Se um agente corrupto quisesse dinheiro, vazaria as informações para a imprensa. Então isso tinha de ser algo pior. Chantagem. Sexo. Ou alguma coisa ainda mais sinistra.

Helen estava arrasada. Queria falar abertamente com ele, mas, se o fizesse, estaria arriscando o próprio pescoço. O assunto agora era objeto de investigação interna e, caso compartilhasse informações com um "suspeito", seria considerada corrupta também. Então mordeu a língua e tratou de conversar sobre amenidades.

Desistiram rapidamente do prato principal e foram para a sala de estar. Helen foi para a cornija da lareira. As fotos da família feliz e da ex-esposa já não estavam mais lá. Restaram inúmeras fotos de uma garotinha com lindos cabelos louros e um enorme sorriso.

— Esta é a Elsie.

— Quantos anos ela tem?

— Sete. Mora com a mãe. Não muito longe daqui.

Na verdade, para Mark, era muito longe. Helen fez mais algumas perguntas, realmente interessada, e Mark respondeu como somente um pai orgulhoso responderia. Deu um resumo da proeza e dos interesses de Elsie. Fez piadas sobre suas manias. Era difícil ouvir tudo aquilo: sua profunda tristeza por estar separado da filha estava evidente. Há um ano era um policial bem-sucedido, com uma esposa amável e um pequeno anjo que só tinha olhos para ele. Mas havia perdido tudo para outro homem — Stephen, o amante de sua mulher. O casamento acabou devido ao caso dos dois; e, no entanto, quem ficou na pior foi Mark. Fora ferido — muito, muito ferido — por alguém que desprezara os votos do casamento. A ex-mulher ficou com tudo, e Mark acabou num apartamento alugado, com direito a visitas quinzenais à filha.

Helen fez o máximo que pôde para consolá-lo, mas o tempo todo uma voz interior lhe dizia para ir embora — para se afastar desse cara que, obviamente, estava se apaixonando por ela. Por fim, ele se acalmou. Agradeceu a Helen por ouvir suas lamúrias e fez um carinho em seu rosto. Um agradecimento suave, silencioso. E depois tentou beijá-la.

Quando deu por si, Helen já se dirigia à porta. Mark correu atrás dela para se desculpar. Mas, quando ela abriu a porta, o policial agarrou o braço dela e puxou-a. Helen virou-se e olhou para ele como se o braço queimasse.

— Por favor, Helen, se por acaso eu te ofendi... — gaguejou Mark.

— Pare de implorar, Mark. Você é melhor que isso.

— Não consigo entender o que está acontecendo.

— Não está acontecendo nada.

— Pensei que você e eu... que nós...

— Pois pensou errado. Fizemos sexo. Só isso.

— Está me dispensando?

— Não seja infantil.

— Bem, então o que é? Pensei que gostasse de mim.

Helen fez uma pausa, na tentativa de escolher as melhores palavras.

— Mark, vou dizer isso uma única vez, então por favor me escute. *Não* se apaixone por mim, está bem? Eu não quero isso, e você também não.

— Mas por quê?

— Porque não, pronto.

Dito isso, Helen foi embora. Ficou irritadíssima consigo mesma por ter sido tão tola. Seu primeiro instinto estava certo: nunca devia ter vindo.

55

Charlie Brooks bocejou e esticou os braços. Suas articulações estalaram alto; estivera sentada na mesma posição por tempo demais. Resolveu se movimentar mais, se alongar, se exercitar... e em seguida bateu com a cabeça no teto baixo, metálico.

Charlie odiava ficar de vigia. Odiava o espaço apertado, a dieta baseada em *fast-food* e a proximidade com oficiais do sexo masculino que ou tinham fantasias com ela ou maus hábitos de higiene — e, em alguns casos, as duas coisas. Às vezes dava resultados, mas quem estava nesse trabalho tinha sempre a sensação de que o melhor, a ação policial, estava acontecendo em outro lugar. Será que Helen não podia ter mandado outra pessoa para essa tarefa? Seu ânimo piorou ainda mais quando olhou para o detetive Grounds, à sua frente, que cutucava o nariz com a maior naturalidade.

Charlie tinha a clara impressão de que estava sendo punida, embora não soubesse o motivo. Achava que Helen andava diferente com ela ultimamente. Em várias ocasiões, ficou tentada a lhe perguntar diretamente o que havia de errado, mas sempre recuava no último segundo, com receio de ser taxada de paranoica. No entanto, a sensação permanecia. De alguma maneira, tinha aborrecido Helen; e talvez a vigilância na frente da casa de Hannah Mickery fosse sua penitência.

Hannah pouco saíra de casa desde que fora liberada da custódia. Algumas idas à mercearia e à banca de jornal, quase nada além disso. Não usara o telefone fixo em momento algum, e as chamadas do celular eram breves e rotineiras. Estava claro que não deixaria que a sombra da suspeita atrapalhasse seu trabalho; recebeu, portanto, a visita de uma cliente. As duas estavam trancadas havia pelo menos uma hora, e Charlie não pôde deixar de imaginar que tipo de dificuldade, insegurança ou pecadilho estava sendo discutido ali.

De repente, um movimento. Charlie endireitou-se de um salto e colocou sua câmera em posição. Mas foi uma decepção; era apenas a cliente saindo da sessão, protegendo-se da forte chuva com seu guarda-chuva "alegre" e amarelo. Charlie se recostou novamente, chateada, e observou-a enquanto saía.

A pessoa tinha de ser doida para usar uma roupa daquelas, pensou Charlie maldosamente. Boina roxa, capa de chuva vermelha... será que a criatura achava que tinha acabado de sair de um vídeo do Prince? E os saltos? Eram saltos de uma stripper, pura e simp...

Foi então que Charlie se deu conta de que a mulher que acabara de deixar a casa não estava usando salto quando chegou. Usava sapatos baixos.

Em um segundo Charlie estava fora da van; mandou Grounds para dentro da casa e foi atrás da mulher. Caminhando rápido e em silêncio, foi se aproximando dela, mas a uma distância de uns 30 metros, a outra deu meia-volta. Foi só um instante, mas o suficiente para Charlie ter certeza de que era Hannah, vestida com as roupas da cliente. Ela começou a correr imediatamente, e Charlie a perseguiu, movida pela simples ideia do que Helen diria, caso perdesse a suspeita de vista.

Pensou que ia ser fácil persegui-la, mas Hannah era boa. Cruzou sem medo a rua movimentada, sem hesitar, serpenteando de alguma forma em meio ao trânsito pesado. Charlie correu atrás dela, determinada a não se deixar derrotar, mas a cada segundo os freios dos carros impediam sua passagem.

Enveredaram por uma rua lateral. A distância entre as duas agora era de mais ou menos 90 metros e, com poucos pedestres circulando nessa rua mais calma, Charlie começou a ganhar de sua adversária; 70 metros, 50, 40. Cada vez mais perto.

A rua movimentada surgiu adiante. Hannah Mickery alcançou-a primeiro e cruzou-a como uma bala. A essa altura a boina já tinha caído e seu longo cabelo ruivo se balançava atrás dela. Chegou ao outro lado da rua e, sem hesitar, mergulhou na convidativa entrada do Marlands Shopping Centre. Charlie estava apenas segundos atrás. Um mar de crianças de uniforme, entediadas e agitadas. Um segurança palitando os dentes. Dois rapazes estranhos com camisas do Saints. Mas nem sinal de Hannah.

Em seguida, um lampejo vermelho. Na última escada rolante. Charlie saiu mais uma vez no seu encalço, saltando por cima de vasos de plantas e animais de estimação, à medida que ganhava velocidade. Subia, subia, subia cada vez mais rápido. Seus pulmões ardiam com o esforço. Afastou um homem de meia-idade do caminho e irrompeu no nível do mezanino.

A capa vermelha ia desaparecendo na Topshop. Não havia como sair dali. Charlie entrou correndo na loja, já com o distintivo à mostra, quando os seguranças começaram a se levantar. Finalmente ela teria condições de olhar nos olhos de Helen; iria lhe entregar um delicioso prêmio.

Só que... era a capa errada. Do tom certo, mas na pessoa errada. Uma mulher fazendo compras para um encontro, bastante surpresa ao ser imobilizada por uma policial extremamente suada.

— Que diabos está fazendo?

— Merda! — Charlie já se afastava de sua vítima atônita.

Agarrou o primeiro segurança pelo pescoço.

— Viu uma mulher de capa vermelha correndo por aqui? ALGUÉM viu uma mulher de capa vermelha?

Charlie olhou para o mar de rostos estupefatos à sua frente sabendo que não tinha mais jeito.

Hannah Mickery escapara.

56

As duas já não se mexiam havia vários dias. Estavam abatidas, destruídas pelo desespero. Iam morrer de inanição — estava claro que não tinham como escapar.

Caroline sempre fora magra estilo supermodelo; agora se parecia mais com uma vítima da fome, suas costelas ameaçavam furar a pele em qualquer ponto. Martina era a mais musculosa das duas e, de algum modo, mesmo após passar fome por tantos dias, conseguia ficar de pé.

— Vamos tentar de novo.

Martina tentava injetar energia e esperança na voz, mas Caroline só gemia.

— Por favor, Caroline. A gente precisa tentar de novo.

Caroline levantou ligeiramente a cabeça, para ver se Martina falava sério. Não tinha jeito mesmo, então por que se torturavam? A porta não cedera um só milímetro, apesar de terem batido muito. Estavam com os ombros machucados, as unhas quebradas. Não havia nada que pudessem fazer.

— Alguém pode nos ouvir.

— Não tem ninguém lá fora.

— A gente tem que tentar. Por favor, Caroline, ainda não estou pronta para morrer.

Após uma longa pausa, com relutância Caroline arrastou seu corpo exausto e se levantou. O desespero era mais fácil que a esperança. A esperança era cruel, pois prometia a Caroline coisas que temia não sentir nunca mais: amor, acolhimento, conforto, felicidade.

Nada disso mais era possível. Eram apenas sonhos, enquanto era enterrada viva nesse túmulo. Tudo o que Caroline queria agora era ser deixada em paz em seu desespero. E se esmurrar a porta por alguns minutos inúteis fizesse Martina calar a boca, então tudo bem, vamos lá.

Abandonou-se completamente e se jogou com tudo na porta, batendo com força nela. A dor foi intensa: sentiu seu ombro queimar e, aos poucos, aquela sensação se transformou numa dor sádica. Virou-se para Martina com raiva.

— Não vai me ajud...

Sua voz sumiu ao ver Martina apontando a arma para ela. Tinha sido enganada. Aquela piranha falsa a enganara.

— Eu sinto muito — murmurou Martina e puxou o gatilho, fechando os olhos para não ver o horror. O tiro reverberou em toda a câmara de tijolos. Mas nenhum grito foi ouvido. Nenhum som de carne se rasgando, apenas o baque surdo da bala, ao se enterrar na porta. Martina errara o alvo.

Puxou o gatilho várias vezes seguidas, mas sabia que havia apenas uma bala na arma. Um tiro pela salvação. Caroline voou no ar e jogou Martina no chão. Lutaram ferozmente em meio à sujeira, mas Martina estava em desvantagem, e logo Caroline ficou por cima. Jogou os joelhos com toda força no peito da outra e depois tentou imobilizar seus braços. E agora os dedos magros e sangrentos de Caroline se enrodilhavam no pescoço de Martina.

Caroline estava possessa, fora de controle. Mas estava triunfante. Gritava e berrava de alegria enquanto expulsava a vida do corpo da jovem prostituta.

Tinha vencido.

57

— Onde ela está? — gritou Charlie. Martha Reeves estava sentada na sala de estar, usando um dos robes de chambre de Hannah. Apesar de ter ajudado a despistar uma barreira policial, não parecia nada arrependida. Aparentemente, em seu ponto de vista, a polícia tinha errado; uma mulher inocente estava sendo injustamente perseguida. Então, se podia ajudar, por que não fazê-lo? — Hannah Mickery está sob investigação, é suspeita de *assassinato*. E o que fez torna você cúmplice dela. Sabe quanto tempo pode pegar por isso? Dez anos fugindo das sapatas em Holloway.

Pura provocação.

— A propósito, o que veio fazer aqui?

— Ah, qual é, você certamente não esp...

— Quem é você? Uma pervertida? Uma viciada? Que tipo de pecado precisa tanto ser expurgado a ponto de você pagar 300 libras por hora para esta charlatã?

O detetive Grounds escolheu esse momento para sair. Não gostava de cenas, e Brooks parecia estar passando de todos os limites. Por que, ele não tinha certeza. Bem, fosse o que fosse, não ia levá-las a lugar nenhum, portanto aproveitou a oportunidade para passar um rádio — e ver se alguém tinha tido sorte na busca.

A chamada tinha sido ouvida e todas as unidades disponíveis se espalharam pelas redondezas, mas não havia sinal de Hannah Mickery. Um agente com olhos de águia que dava suporte comunitário havia encontrado uma capa vermelha em uma lata de lixo, bem do lado do Marlands Shopping Centre, mas isso era tudo. Hannah evaporara. Xingando, Grounds voou para dentro da casa.

— Ela pode mesmo fazer isso? — bradou Martha para Grounds, assim que ele entrou. Charlie estava ocupada revistando a bolsa da falsa cliente.

— Sim, senhora. E quando ela fica assim, é melhor não irritá-la.

As duas mulheres o olharam de cara feia. Celular, batom, Blackberry, uma camisinha, lenços de papel, chaves num chaveiro com uma foto de uma família sorridente dentro de um invólucro de plástico barato, doces, outra camisinha...

— Casada?

Pela primeira vez, um momento de hesitação por parte de Martha. Mas Charlie já estava vendo a lista de contatos do celular dela.

— Adam? Não? Chris, então? Colin? David? Graham? Vamos tentar Graham... — E apertou o botão para chamar.

— Tom! O nome dele é... Tom.

Charlie desligou.

— Ele sabe que você está aqui, não sabe?

Marta baixou o olhar.

— Sabia que não. Então vamos chamá-lo para pegar você e levar pa...

— Pare.

— Está chamando.

— Eu disse pare!

— Vamos lá, Tom, atende!

— The Valley.

— Não entendi.

— Hannah disse que ia para... The Valley.

Naquele momento, a voz confusa de Tom podia ser ouvida no telefone, mas Charlie desligou.

— Continue.

— Não sei exatamente onde, mas ela disse que ia até Bevois Valley; que ia dar um pulo lá e voltava. Não ia ficar fora mais de uma hora.

Charlie já estava na rua, correndo para o carro. Grounds talvez não aprovasse seus métodos, mas ninguém podia dizer que não eram eficazes. A perseguição recomeçava agora e caminhava para o clímax. Hannah estava em Bevois Valley — de volta a Empress Road, o famoso distrito da luz vermelha de Southampton.

160

58

Caroline se afundava cada vez mais no inferno. E o corpo sem vida de Martina era seu demônio pessoal, abrindo o caminho. Quanto mais Caroline fechava os olhos, virava de costas, gritava, berrava, chorava e se lamentava, mais o som da acusação silenciosa de Martina se tornava impossível de bloquear.

Pior era o som da risada. A risada da piranha sem-vergonha que tinha criado tudo aquilo. Tinha feito uma *promessa* às duas. Dissera que se uma delas... Caroline chorou mais ainda, mas eram lágrimas secas agora. Nada mais tinha a oferecer.

Toda aquela situação era uma enganação. A mulher tinha ido embora fazia muito tempo. E Caroline? Ela tinha matado uma garota. Uma garota inocente. E qual fora sua recompensa? A morte.

Quem sabe não devia se matar também? Uma estranha alegria a invadiu. Percorreu a adega em busca de um meio de acabar com a própria vida. Podia se enforcar com as roupas de Martina, só que... não havia um só lugar para se pendurar. O teto era liso, o cômodo não tinha mobília. Não havia bordas pontiagudas e nada que pudesse ser transformado numa arma. Totalmente desequilibrada, logo estava metendo as unhas no buraco da bala —*"Sai daí, sua filha da puta!"*—, para em seguida desistir e se afundar ainda mais no desespero.

De repente, sem que ela esperasse, uma chave girou na fechadura e a porta se abriu.

— Muito bem, Caroline.

Podia ouvir a voz dela, mas não podia vê-la. Por um momento, Caroline congelou. Sua torturadora tinha voltado, e o medo a dominou completamente.

Mas nada aconteceu. Será que a mulher ainda estava lá? Não parecia, e Caroline também não ouvia mais nada. De repente, estava de pé e caminhava em direção à porta. Se a mulher ainda estivesse lá, Caroline quebraria o pescoço daquela maldita. Que venha! Mas então, de repente, no meio de sua corrida para a liberdade, Caroline estacou. E virou-se.

Martina. Lá estava ela, rígida e sem vida. As duas tinham chegado lá juntas, e agora só uma ia sair. Caroline parou na soleira da porta. Enquanto ainda estivesse lá dentro, era uma vítima. A partir do momento em que pusesse o pé do lado de fora, seria uma assassina.

Mas que opção lhe restava? Para viver, precisava aceitar seu crime. E então passou cambaleando pela porta.

Viu-se na base de um lance de escadas. A luz jorrava lá de cima, através de uma espécie de alçapão; chegou a cegá-la temporariamente. Mais uma vez, Caroline hesitou. Será que a sequestradora estava esperando lá em cima? Devagar, mas firme, subiu as escadas que rangiam. E emergiu em meio a um mar de claridade.

Estava sozinha. Sozinha no meio de uma casa em ruínas. Uma casa grande. Mal-amada e indesejada, como ela própria sempre fora. E, no entanto, nesse exato momento, Caroline amou a casa. Sua luz, seu vazio, sua liberdade. Podia andar em qualquer direção sem medo, sem se sentir obrigada. Era, mais uma vez, dona do seu destino.

Começou a rir sozinha. Em pouco tempo estava explodindo em riso — um riso selvagem, rouco, louco. Tinha sobrevivido!

Ainda rindo, seguiu resoluta rumo à porta. Escancarou-a e subiu com alguma dificuldade o curto caminho pelo jardim para cruzar o portão, de volta ao burburinho das ruas da cidade.

59

Charlie chegou a Bevois Valley em 15 minutos cravados. Podiam ter feito em dez, com a sirene ligada, mas isso estava fora de questão. Não queriam chamar atenção de Hannah. O detetive Grounds ficou na casa, bancando a babá da profundamente irritada Martha Reeves; afinal, não podiam descartar a possibilidade de a cúmplice fazer contato com a terapeuta e avisá-la que estavam atrás dela.

Tinham passado uma descrição para todos os policiais de serviço, e Charlie imediatamente começou a coordenar os esforços. Bevois Valley era uma miscelânea decadente de supermercados vagabundos, instalações industriais e armazéns. Um lugar pequeno, onde muitos dos policiais locais são mancomunados com as prostitutas e com os drogados que também viviam ali, aproveitando-se dos inúmeros imóveis invadidos e das casas abandonadas que desfiguram as ruas. As notícias podem correr incrivelmente rápido nessa comunidade fechada, e todos na rua já sabiam. Uma informação quente agora podia esclarecer o caso. Será que conseguiriam pegar Hannah no flagra? Charlie sentiu o coração acelerar. O fascínio da caçada nunca falhava em fazer seu coração bater mais forte. Mas, neste caso, havia algo a mais: tinha virado uma questão pessoal. Não iria deixar aquela mulher escapar duas vezes.

Cinco minutos. Dez minutos. Quinze. Nenhum sinal ainda.

Nos estacionamentos, nas oficinas, nos supermercados e nos escritórios das empresas de minitáxi. Em toda parte, a mesma coisa: um olhar na foto seguido de um aceno negativo e educado de cabeça.

Confusão na rua. Gritos pedindo ajuda. Uma mulher prostrada no chão. Charlie cobriu a distância em segundos e deu de cara com uma jovem em péssimo estado. Olhos vidrados, sangue brotando de cortes no rosto. Mas não tinha a ver com a investigação. Uma garota dos arredores, bêbada, vítima do namorado violento. Um guarda levou o agressor dali, que protestava em alto e bom som. Charlie voltou à sua caçada.

Vinte minutos. Trinta minutos. Nada. Charlie amaldiçoou sua sorte. Por que essa mulher desapareceria assim, do nada? Tinha certeza de que Martha não mentira sobre a localização da suspeita — Charlie praticamente arrancou a informação dela. E então, onde diabos estava? Esperaria meia hora, talvez um pouco mais. Precisava encontrar *alguma pista*.

Começou a chover. No início a chuva era fraca, mas logo começaram a cair pingos grandes e depois veio uma súbita pancada de granizo. Enquanto o gelo caía do cabelo encharcado, Charlie amaldiçoou sua sorte. Mas as coisas estavam prestes a ficar bem piores.

— Encerre a busca.

Charlie deu meia-volta. Helen tinha chegado. E não parecia nada satisfeita.

Não conversaram no caminho de volta à Central. Nenhuma explicação sobre a razão do encerramento da busca, nem sobre a esperada bronca por ter perdido a principal suspeita (duas vezes). Charlie não sabia o que estava acontecendo, e não estava gostando daquilo. Pela primeira vez em sua vida, compreendeu a sensação de ser apanhada pela polícia. De ser uma suspeita. Queria desesperadamente falar, abrandar o nervosismo e descobrir o que estava acontecendo. Mas ficou claro que essa não era uma opção naquele momento. Então sofreu calada, imaginando mil situações tenebrosas.

Caminharam pela Central em silêncio. Helen a conduziu a uma sala de interrogatório e desligou o celular. As duas mulheres se olharam.

— Por que você virou policial, Charlie?

Putz, isso era ruim. Se esta foi a primeira pergunta, devia estar mesmo em grandes apuros.

— Para fazer a minha parte. Prender os criminosos.

— E você acha que é uma boa policial?

— É claro.

Fez-se um longo silêncio.

— Me fale sobre Hannah Mickery. E explique como a deixou escapar.

Charlie não ia se deixar abalar com essa pergunta. Independentemente do que estivesse por vir, precisava ficar calma. Tudo podia depender disso. Então contou como Hannah a enganara. E como a perderam. Charlie sabia que estava encrencada.

— Há quanto tempo conhece Hannah Mickery?

— Como assim?

— Há quanto tempo a conhece?

— Eu não a conheço. Fomos buscá-la, interrogamos a suspeita, trouxemos o computador dela. É isso. Eu a conheço tanto quanto você.

Novamente silêncio.

— E você se empolga com os crimes dela?

Aquilo estava ficando cada vez mais estranho.

— É claro que não. Esses crimes são horríveis. Odiosos. Se ela for culpada, espero que a tranquem na prisão e joguem a chave fora.

— Primeiro precisamos encontrá-la.

Golpe baixo, mas merecido. Charlie tinha errado feio, sem dúvida. Haveria mais mortes? E, dessa vez, essas mortes pesariam na consciência de *Charlie*?

— O que sentiu quando soube que Peter Brightston tinha se matado?

— Como assim o que eu "senti"?

— Achou que ele era fraco?

—É claro que não. Senti pena dele. Todos nós devíamos ter feito ma...

— E quanto a Anna e Marie? Sentiu pena delas também? Ou acha que mereciam morrer? Elas com certeza eram fracas. Como os vizinhos as chamavam? Mongas?

— NÃO! DEFINITIVAMENTE, NÃO! Ninguém merece morrer daquele jeito. E com o maior respeito...

— Precisa de dinheiro, Charlie? Tem dívidas?

— Não.

— Precisa de uma casa maior? De um carro melhor?

— Não. Não preciso de mais dinheiro.

— Todo mundo precisa de dinheiro, Charlie. Por que você seria diferente? Você joga? Bebe? Pegou dinheiro emprestado com as pessoas erradas?

— Não! Claro que não!

— Então por que fez isso?

Arrasada, Charlie finalmente ergueu os olhos.

— Fiz o quê?

— Se você me contar, posso te ajudar.

— Por favor, não sei o que quer que eu diga...

— Não vou fingir que entendo por que você deixou que ela te usasse desse modo. O melhor cenário seria ela querer alguma coisa com você. O pior cenário: você é tão doentia quanto ela. Mas entenda uma coisa, Charlie: se não me disser a verdade agora, com todos os detalhes, você vai para a prisão pelo resto da vida. E você sabe o que acontece com policiais corruptos na cadeia, não sabe?

Nesse momento, tudo ficou claro.

— Eu não fiz isso.

Silêncio.

— Sei que você acha que alguém aqui está ajudando essa mulher. Alguém da Central. Alguém da equipe. Mas não sou eu.

— Mas eu já sei que é você.

— Não sabe. Tenho um álibi. Você *sabe* que eu tenho um álibi. Sim, eu estava aqui, mas estava conversando com Jackie Tyler no Departamento de Pessoas Desaparecidas naquele momento. Fiquei lá por pelo menos quarenta minutos, investigando casais que desapareceram...

— Ela falou que você não estava lá.

— Não, não, não é verdade. Ela fez uma declaração dizendo...

— Voltou atrás. Estava com os horários errados.

Um silêncio pesado, desconcertante. Pela primeira vez, lágrimas encheram os olhos de Charlie. Helen continuou:

— Achou que não era importante na primeira vez, mas agora ela lembrou que você foi lá no início da tarde...

— Não, não, não, ela está mentindo! Eu estava lá com ela nesse horário! Posso dizer o nome de cada casal que pesquisa...

— Você me decepcionou, Charlie. E traiu todos nós. Se tivesse um pingo de decência ou honestidade dentro de você, eu poderia te ajudar, mas o assunto agora está nas mãos do Departamento Anti-corrupção. Os caras estarão aqui em cinco minutos, então conte sua história direito...

Charlie agarrou a mão de Helen.

— Não fui eu.

Um longo silêncio.

— Sei que você não gosta de mim. Sei que não vê valor em mim. Mas eu *juro* que não fui eu. Eu...

Agora as lágrimas vieram com toda força.

— Eu nunca... Não poderia. Como você pode achar que eu faria uma coisa dessas?

Era absolutamente passional. Em seguida desabou em um choro profundo, gutural.

— Não fui eu!

Helen observou Charlie.

— Está certo, Charlie, eu acredito em você.

Charlie olhou para ela sem acreditar.

— Mas...

— Não tem ninguém vindo. E Jackie nunca voltou atrás em sua declaração; ela te forneceu um álibi tão sólido como ferro. Sinto muito que tenha sido dessa forma, mas não tive escolha. Preciso saber quem está repassando essas informações.

— E?

— Você está limpa, Charlie. Ninguém precisa saber que tivemos essa conversa, e ela não vai constar da sua ficha. Vá lavar o rosto e volte ao trabalho.

Com isso, saiu da sala. Charlie enterrou a cabeça nas mãos. Alívio e exaustão se misturavam à decepção. Nunca detestara Helen Grace tanto quanto agora.

Lá fora, Helen parou. Sentia seu estômago embrulhar. Não pelo que tinha feito Charlie passar, mas pelo que a inocência dela significava. Agora só restava um possível culpado: Mark.

60

O corpo inteiro de Caroline estava rígido e os ouvidos, atentos para qualquer sinal de movimento. Tinha sido liberada havia quatro dias e praticamente não dormira. Visões de Martina surgiam em sua mente — ela tentando respirar, os olhos saltados —, mas era o medo que a mantinha acordada. A euforia da sobrevivência aos poucos foi dando lugar a um terror que a consumia. Por que tinha sido libertada? Que terrível sina a esperava agora, depois que provara ser uma assassina?

Caroline saiu do hospital assim que pôde e correu de volta para o seu apartamento. Precisava estar em algum lugar familiar, seguro. Mas só de olhar para ela, Sharon fugiu correndo para a casa dos pais, apesar de Caroline ter implorado para que ficasse. Ao se olhar no espelho, mais tarde, entendeu por que a amiga tinha se mandado. Estava pálida, fantasmagórica e totalmente incoerente. Não conseguira encontrar palavras para descrever o que havia acontecido; o infindável fluxo de imoralidades e incongruências fazia pouco sentido.

Uma vez sozinha, suas dúvidas e seus medos começaram a se multiplicar.

Após um esforço, acabou por se lembrar de um cara que lhe conseguia o que quisesse e correu para o esconderijo dele, olhando febrilmente por cima do ombro a cada cinco segundos. Suas mãos tremiam quando utilizou o caixa eletrônico, mas conseguiu o queria. Quinhentas libras eram o suficiente para conseguir uma pistola e seis balas. Ao voltar para casa com a arma na bolsa, sentiu-se mais aliviada. Pelo menos estaria armada e pronta se — e quando — a crise viesse.

Os dias passaram devagar, mas sem incidentes. Em pouco tempo, Caroline estava tão louca com a própria companhia que tentou voltar ao trabalho. Os clientes ficaram realmente alarmados com sua aparência e queriam saber onde havia estado, por que estava tão magra e maltratada, mas ela os enrolou; contou algumas mentiras esfarrapadas e tentou se concentrar no trabalho. Bebia o tempo todo. E cada vez mais. Vodca, uísque, cerveja, qualquer coisa. Era difícil bater uma punheta para alguém quando suas mãos estão tremendo.

Já não sentia mais tanta culpa, apenas medo. Cyn ainda estava por ali, em algum lugar. Cyn que, como se fosse Deus, havia brincado com sua vida e a transformado numa assassina, ainda estava solta por aí. Cada rangido no chão e o simples barulho de uma porta batendo eram suficientes para fazer Caroline pular de susto.

Na noite anterior, ficara tão assustada com os fogos de artifício que começou a chorar na frente de um cliente. A expressão confusa no rosto dele, quando saiu correndo, fez Caroline decidir ir para casa. Tinha sido um erro voltar ao trabalho tão rápido.

Por isso estava de volta ao apartamento, com as cobertas puxadas até o pescoço e as mãos ao alcance da arma que descansava na mesinha ao seu lado. Alguém estava tentando entrar no apartamento. Eram cinco da manhã e lá fora a escuridão ainda imperava. Era este o plano de Cyn? Vir buscá-la enquanto ainda estava escuro? Esgueirou-se para fora da cama; ficar ali parada era mais assustador que tentar fazer alguma coisa. Abriu a porta do quarto, esperando encontrar Cyn à espreita do outro lado, mas não havia ninguém no corredor. Saiu do quarto em silêncio, xingando cada tábua que rangia no piso. Não havia ninguém na sala, nem no hall... mas ouviu de novo. Um leve arranhar, como se alguém estivesse manuseando uma tranca ou tentando entrar. Caroline agarrou-se ainda mais à pistola. O barulho vinha da cozinha. Ela se aprumou, seguiu para lá pé ante pé e deu um chute na porta.

Não havia ninguém, mas, de repente ouviu um barulho na janela. BANG. Atirou sem hesitar: uma, duas, três vezes. Depois correu até a vidraça quebrada. Olhou para a rua lá embaixo, determinada a acabar de uma vez por todas com quem a atormentava... mas tudo que viu foi o gato do vizinho, fugindo como o diabo foge da cruz. Era só um gato. Um maldito gato estúpido.

Caroline desabou no chão, com o peito pesado, tomada pela impotência e pelo desespero de toda aquela situação. Estava viva apenas por fora, pois sua vida já não lhe pertencia mais. Estava tomada por um terror incessante que tornava sua vitória sobre Martina vazia e sem valor. Jogou a arma no lixo, ligou para a polícia e confessou seu crime.

Helen olhou para Caroline do outro lado da mesa. Com muito custo, a moça tentava concluir sua confissão formal. Esperava ser punida; *queria* ser punida. Portanto, pareceu quase desapontada quando Helen lhe garantiu que era pouco provável que fosse acusada de qualquer coisa — se o relato dela fosse verdadeiro, é claro, e se prometesse não comentar com ninguém o que havia acontecido.

Levou então a polícia até o local onde tudo ocorrera. A casa havia sido comprada por um empresário que faliu logo depois, por causa da recessão. A propriedade estava abandonada. Exatamente como Martina, que já atraía a atenção de ratos e moscas. O fedor — um corpo em decomposição no porão úmido — era de provocar ânsia de vômito, mas Helen precisava ver o cadáver.

O que esperava? Um raio, um relâmpago? Bem, o que esperava, e ao mesmo tempo temia, era que conhecesse a vítima, o que alimentaria a linha de investigação que estava em sua mente, mas decerto nunca vira aquela garota antes em toda a sua vida. Verdade seja dita, era igual a tantas outras prostitutas siliconadas que acabam numa vala. Por que a assassina a escolhera?

Caroline contou tudo o que sabia sobre Cyn — que, ao que parecia, tinha cabelos ruivos agora. Descreveu minuciosamente os truques que ela e Martina praticaram para o deleite da mulher. Nunca houve contato físico, e os encontros sempre aconteciam dentro da van da assassina.

— Como ela fez contato com vocês?

— Pela internet. Martina tinha um site. Ela mandou um e-mail.

A polícia iria investigar e verificar se havia possibilidade de o e-mail ser rastreado pelo endereço de IP. Mas Helen não contava muito com nisso. A armadura dessa mulher era muito blindada para permitir uma brecha tão grosseira. Então voltou sua atenção para as vítimas.

Caroline não tinha nada de extraordinário. Fugira de casa aos 16 anos para escapar das investidas de um avô que não aceitava um não como resposta. Começou enganando clientes ingênuos por dinheiro sem fazer o serviço, até que encontrou alguém que era mais esperto que ela. Ficou sem andar por vários dias depois disso, mas, assim que conseguiu se pôr de pé, deu as costas para Manchester e seguiu para o Sul. Primeiro para Birmingham, depois para Londres e finalmente para Southampton. Triste dizer, mas era uma prostituta comum. Abandonada pela família, escorraçada pela vida, sobrevivendo em função de sua sagacidade. História deprimente, porém banal.

Então Martina era importante naquele jogo? Ou as moças teriam sido escolhidas aleatoriamente? Das duas, Martina era a mais interessante. Pelo menos seria, se soubessem alguma coisa sobre ela. Chegara a Southampton havia apenas dois meses. Não tinha amigos, família nem cadastro na previdência social. Era uma folha em branco. O que, em si, já despertava interesse.

Helen ouviu os depoimentos sozinha. O regulamento dizia que deveria ter alguém com ela, mas, àquela altura, não estava preocupada com isso. Não podia correr o risco de qualquer coisa vazar. Mas, quando estava terminando, as notícias que chegaram mudaram tudo. Finalmente, uma chance de descobrir quem estava vendendo a equipe por qualquer preço.

Hannah Mickery ressurgira das cinzas.

61

Precisava muito de um drinque. Os últimos dias tinham sido uma tortura — e seu corpo, seu cérebro, sua alma ansiavam pelo alívio do álcool. O primeiro gole era sempre o melhor; ninguém precisa ser alcoólatra para saber disso. E Mark estava reunindo todas as suas forças para resistir ao curto caminho até a loja de bebidas.

Ele havia sido abandonado e não tinha a menor ideia do motivo. Seria porque era fraco? Naquele momento, procurar Helen lhe parecia a coisa mais natural a fazer — mais honesta e verdadeira. Mas talvez ela agora o desprezasse por sua vulnerabilidade. Será que ela se arrependera de ter dormido com ele? Ou havia algo mais?

Fazia dias que não via Charlie, nem Helen. Passavam muito tempo fora da central, ou então trancadas em salas de interrogatório juntas. O clima entre as duas estava ainda mais estranho que o normal; Helen era lacônica com Charlie, isso nos melhores momentos. Alguma coisa estava acontecendo. Mas pelo menos Charlie existia no mundo de Helen, e essa posição lhe parecia melhor do que a sua.

Já era tarde, mas Mark sabia que Charlie nunca perdia sua aula de boxe no ginásio da polícia. Com sol ou com chuva, estava sempre lá. E por isso resolveu fazer plantão no estacionamento do ginásio, despertando a curiosidade de todos que passavam.

E lá estava ela. Mark correu ao seu encontro, chamando-a pelo nome. Charlie — que há alguns segundos cruzara correndo o estacionamento em direção ao ginásio — pareceu reduzir um pouco a marcha. Estaria em pânico, ganhando alguns segundos para decidir como agir com ele? *Não estou nem aí*, pensou Mark, e abordou-a logo de cara.

— Não quero colocar você numa posição difícil, mas preciso saber o que está acontecendo, Charlie. O que foi que *eu* fiz?

Depois de uma breve pausa, ela respondeu:

— Não sei, Mark. Ela anda insuportável com todos nós agora. Se eu soubesse, te contaria, juro.

Charlie titubeou; falou muito, mas disse pouco. Mark sabia que ela estava mentindo. Nunca fora boa atriz... Mas por quê? Eles sempre se deram bem, sempre foram colegas. O que Helen teria dito a ela?

— Por favor, Charlie. Por mais embaraçoso ou ruim que seja, preciso saber o que foi que eu fiz. Esse emprego é tudo o que tenho. Se eu o perder, posso dizer adeus ao direito de ver Elsie e a todas as coisas boas que tenho na vida. Se souber de alguma coisa...

Charlie mentiu novamente e alegou ignorar o motivo, mas evitou a todo custo o olhar de descrença do colega. Mark deixou passar. Preferiu controlar a fúria que crescia dentro dele. Voltou à central bastante chateado. Estaria assim, com uma nuvenzinha negra sobre a cabeça, onde quer que fosse, mas achou mais seguro voltar à central. Teria menos tentação. Então estava sentado à sua mesa, refazendo seu currículo mentalmente, quando o telefone tocou. Era Jim Grieves.

— Achei que devia saber que "ela" era "ele".

— Desculpe?

— Martina, a prostituta. Pode ter sido muito bem-ajeitada e tudo mais, mas não há dúvida de que era um cara. Provavelmente fez a cirurgia nos últimos dois anos. E, pelo rabo dela, bem podia estar nesse ramo de trabalho antes da cirurgia, ainda que atendendo uma clientela diferente. Se eu fosse você, começaria a investigar a partir disso.

Então Martina nascera homem. A informação deixou Mark animado na hora. Era uma migalhinha que, se rendesse alguma coisa, poderia ajudar a quebrar o gelo com Helen. Em um segundo, ele se via saindo do banco de reservas, rumo ao jogo outra vez.

62

— Vinte do Marlboro Gold, por favor.

Helen estava fumando demais e sabia disso. Mas queria colocar as ideias em ordem antes de ficar cara a cara com Hannah Mickery —, e o cigarro sempre tivera um efeito calmante sobre ela. Então deu um pulo na banca de jornal ali perto. O dono pegou a reconfortante caixa branca e dourada, colocou-a em cima do balcão e, na maior cara de pau, informou o preço exorbitante.

— Deixe que eu pago isso.

Emilia Garanita. Outra emboscada. *Preciso mesmo tomar mais cuidado*, pensou Helen consigo mesma. Ser apanhada em flagrante tantas vezes só vai estimulá-la a continuar agindo assim.

— Não precisa — disse Helen, colocando uma nota de 10 libras na mão esticada do dono da banca, que nesse momento encarava Emilia ostensivamente. Seria por reconhecê-la ou por causa do rosto desfigurado? Por um momento, Helen sentiu certa simpatia por sua adversária.

— Como vai, Emilia? Você me parece muito bem!

— Estou ótima, mas é com você que estou preocupada. Como está dando conta de investigar *três* assassinatos?

— Como eu já disse, a morte de Ben Holland foi um aciden...

— Sam Fisher, Ben Holland, Martina Robins. Os três *assassinados*. É algo sem precedentes para Southampton. E todos os assassinatos foram cometidos em lugares remotos. Afinal, com o que estamos lidando?

O gravador estava visível na mão de Emilia; decerto a repórter esperava registrar o desconforto de Helen. Ou será que pretendia humilhá-la? Helen a encarou, aproveitando a tensão, antes de responder.

— Especulação, Emilia. Mas espero ter novidades para você em breve. Temos uma pessoa em custódia neste momento, que está colaborando com as investigações. Pode publicar isso, se quiser. Não é especulação, é um fato. Você ainda publica fatos, não publica?

E com isso Helen foi embora. Ao voltar para a central, ela só faltava saltitar. Era bom estar por cima, de vez em quando. Deu uma boa tragada no cigarro, saboreando a simples ideia do que estava por vir.

63

Hannah não dizia nada. Ela e Helen estavam frente a frente no interrogatório havia mais de uma hora, mas ainda assim a suspeita não revelara onde havia estado.

— Tudo foi completamente na inocência — disse, após conter um sorriso.

— Então por que o disfarce? A perseguição? Um policial mandou você parar e você não parou. Só por isso eu deveria trancar você numa cela.

— Estava visitando um cliente — explicou Hannah — e achei que não era correto jogar a polícia em cima dele. Os caras já têm problemas demais do jeito que as coisas estão, acredite.

— Aí é que está, não acredito.

Hannah apenas deu de ombros. Na verdade, não dava a mínima para o que Helen pensava. Ao seu lado, o advogado parecia igualmente presunçoso. O relógio tiquetaqueava. Um minuto de silêncio. Dois minutos. E depois:

— Vamos recomeçar. Onde esteve na tarde de ontem? Quem você foi encontrar e por quê?

— Já disse tudo o que tinha para dizer. Não posso e não vou quebrar o sigilo profissional.

Agora Helen estava realmente irritada.

— Você tem ideia de quão sério é este assunto?

As duas mulheres se entreolharam.

— Você é a principal suspeita de um caso de múltiplos assassinatos. Quando eu acusar você e te prender, vou pleitear cinco sentenças de prisão perpétua. Sem condicional e sem chance de redução da pena. Você vai ficar o resto da vida na prisão e quaisquer concessões menores que vier a receber serão consequência das atitudes sensatas que tiver nesta sala. Se me disser por que fez tudo aquilo, por que matou Martina e todas aquelas pessoas, aí sim, posso te ajudar.

— Martina? — questionou Hannah.

— Não se faça de engraçadinha. Quero respostas, não perguntas. E se não começar a me dar explicações nos próximos cinco segundos, vou prender você e acusá-la de cinco assassinatos.

— Não, não vai.

— Como?

— Você não vai me prender. Nem me acusar. E é por isso que não vou dizer absolutamente nada.

Helen a encarou. Será que aquela mulher estava falando sério?

— Não há ninguém mais na jogada, Hannah. Você é a principal suspeita. E vai ser acusada. Não tem escapatória dessa vez.

— Pelo que vejo, você não joga pôquer, detetive. Se jogasse, seu blefe certamente seria melhor. Mas eu posso ajudar você.

Helen queria muito dar um soco na cara de Hannah, e ela sabia disso. Então continuou:

— Vocês estão caçando um serial killer, sejamos francos. Mais do que isso, estão caçando um tipo muito raro de serial killer: uma mulher. Quantas mulheres *assassinas* podemos citar? Eileen Wournos, Rose West, Myra Hindley. A lista não é grande. E é por isso que fazem sucesso. Todo mundo adora serial killers mulheres. Os tabloides, os cineastas, o sujeito comum da rua, todo mundo fica fascinado por mulheres que matam, matam e matam de novo. Mas esta, em especial... — Ela fez uma pausa de efeito. — Esta realmente leva o prêmio. E por quê? Por ser tão sagaz, muito organizada e, no entanto, tão difícil de compreender. Como escolhe suas vítimas? E por quê? Será que odeia as duas pessoas que sequestra ou apenas uma delas? Como consegue prever o resultado? Será que para ela importa quem vive ou quem morre? E por que escolhe essas pessoas? Que mal elas lhe fizeram? Será que é a primeira serial killer da história que consegue deixar quem sobrevive aos seus crimes mais arrasado do que quem morre? É única, especial. E vai ser uma grande sensação.

Helen não disse nada. Sabia que Hannah a provocava e não ia lhe dar o gostinho de reagir. A mulher sorriu e prosseguiu:

— Há vários finais para essa história extraordinária. Mas o melhor deles, aquele que todo tabloide picareta e todo leitor deseja, é que a obstinada policial pegue sua presa no final. E então todos vamos adorar ler matérias especiais de 12 páginas, com a foto da policial heroína, cheias de detalhes sangrentos, opiniões de "especialistas" e a lascívia maldisfarçada.

Hannah estava chegando ao clímax.

— O final que ninguém quer, principalmente você, começa com um erro grave. A prisão de uma *profissional* inocente e respeitada, que acaba por levar a história a público antes de a assassina ser pega. Os jornalistas ficam incontroláveis, as pessoas estão aterrorizadas nas ruas e, de repente, temos milhões de olhos vigiando milhões de rostos, empurrando a assassina para os subterrâneos e inundando sua sala de inquérito com milhares de pistas falsas. A assassina evapora, você é punida e eu recebo uma gorda recompensa em dinheiro para comprar aquele barco que sempre quis.

Mais uma pausa de efeito.

— Então, a pergunta que deve fazer a si mesma, detetive — continuou —, é a seguinte: você tem certeza de que a assassina sou eu? Pode provar isso? Porque, se não tem certeza e não pode provar, se conseguir enxergar o grande erro que está prestes a cometer, então ainda há tempo de voltar atrás. Fazer a coisa certa. Me liberar e voltar à sua investigação. Sou inocente, Helen.

Seu nome nunca soara tanto como um "vá se foder". Sem dúvida nenhuma, era um bom discurso. E levantava algumas questões pertinentes. Será que era possível que Hannah fosse tão patologicamente perturbada e ao mesmo tempo tão convincente e articulada? Como uma pessoa com tanta capacidade de identificar a maneira de pensar e de sentir dos outros podia ser assim?

— Então, estou livre? — Hannah não resistiu e perguntou.

Helen a olhou por um instante e por fim disse:

— Não vou apresentar acusações formais sobre tudo o que discutimos nesta sala, por enquanto. E devo lembrá-la que tudo o que falamos aqui deve permanecer em sigilo enquanto a investigação estiver em curso.

Hannah sorriu e juntou seus pertences para ir embora.

— Mas você não parou quando uma policial solicitou que o fizesse. E acho que isso merece pelo menos uma noite na prisão, não é mesmo?

Dito isso, Helen saiu e, pelo menos uma vez, deixou Hannah sem palavras.

64

Milhares de perguntas giravam na mente de Helen. Será que Hannah estava dizendo a verdade? Talvez *não fosse ela* a assassina, afinal. Talvez sua obsessão por essas mortes tivesse a ver com algo completamente diferente: dinheiro. Hannah sabia que a história imediatamente se tornaria uma sensação mundial, notícia em todos os jornais, quando fosse divulgada — e talvez estivesse louca para usar suas informações privilegiadas sobre o caso para sair na frente e faturar com elas.

Quanto mais Helen refletia sobre essas questões, mais sentido tudo aquilo fazia. Provavelmente já estava rascunhando um relatório perfeito sobre as mortes — completo, com análises psicológicas da mente da assassina e provas fidedignas da investigação policial. A feliz conexão com duas das vítimas a tinha colocado diante de algumas pistas, mas era ambiciosa e queria mais. Quando abordara Mark pela primeira vez? E por que ele? Como tivera a audácia de subornar um servidor para que ele lhe fornecesse material sigiloso sobre uma investigação em andamento? Se algum dia fosse possível provar que sua influência estava atrapalhando as tentativas da polícia de prender a assassina, então logo Hannah estaria atrás das grades. Pelo menos havia algum consolo nisso, pensava Helen, desolada.

Com Hannah aproveitando a hospitalidade da cadeia, Helen tinha tempo para agir. Mas teria de fazê-lo com muito cuidado e exatamente como as leis mandavam. Então, seu primeiro passo foi procurar Whittaker. Expôs seu ponto de vista, e o chefe escutou, carrancudo. Teriam de afastar Mark da investigação, obviamente. Mas será que conseguiriam fazer isso sem levantar suspeitas, do próprio Mark e das outras pessoas? Não, é claro que não. Então teriam mesmo de suspendê-lo e acusá-lo. Claro que o detetive poderia, por vingança ou interesse em obter lucros, procurar a imprensa. Mas Whittaker achava que uma generosa recompensa em dinheiro — até mesmo um acréscimo em sua aposentadoria como policial e em seu pagamento mensal — poderia talvez induzi-lo a ficar de boca fechada. Esse recurso já funcionara outras vezes, e Mark não vinha de uma família exatamente rica. Embora a ideia de recompensar a traição de Mark dessa forma não agradasse muito Helen, Whittaker era mais pragmático.

— Quer que eu cuide disso?

— Não, eu mesma o farei.

— É comum o superior tomar a frente quando se trata de disciplinar...

— Sim, eu sei. E também sei por que seria o caso agora, mas preciso saber quais informações ele repassou e para quem. Acho que tenho mais chance de obter isso se eu o abordar sozinha.

Whittaker a encarou.

— Ele tem algum rabo preso com você?

— Não, mas Mark me respeita — respondeu depressa. — Sabe que eu não fico enrolando e que, se eu oferecer algum acordo, será de verdade e de boa-fé.

Whittaker pareceu satisfeito com esse argumento e então Helen deu por encerrada a reunião. Nunca se sentira tão feliz por sair da sala do chefe. Mas essa era a parte mais fácil. Difícil mesmo seria encarar Mark.

Helen entrou em seu carro e fechou a porta. Por um momento, aquilo abafou o som do mundo, com todos os seus problemas. Um momento de paz num mundo que não parava de atirar pedras nela. Por que permitira que Mark se tornasse tão próximo? Por que o escolhera para ficar ao seu lado e ouvi-la, se era óbvio que estava vazando cada detalhe de sua investigação?

Tremeu ao rememorar suas conversas no pub, na sala de inquérito, debatendo teorias, avaliando suspeitos. Quem sabe já não haveria alguma caricatura odiosa — a policial desastrada, inútil — tomando forma no possível relatório de Hannah? O fantasma de uma assassina brilhante, perseguida por policiais despreparados.

Helen gritou de dor ao perceber que enterrara as unhas na palma da mão. Em sua raiva e frustração, chegara a tirar sangue. Amaldiçoando a própria estupidez, tentou retomar o foco. Agora não era hora de se deixar levar por suposições. Nada de enfrentar batalhas imaginárias; já fizera isso vezes demais no passado. Agora era o momento de se manter calma, forte e decidida. Era hora de agir.

65

A primeira coisa que ele sentiu foi alívio. Mark vinha tentando falar com Helen o dia inteiro sobre as novidades referentes a Martina, mas não tivera sucesso. Agora lá estava ela, encostada na porta de sua casa. A satisfação se transformou em algo mais — esperança? ansiedade? —, uma vez que Helen viera procurá-lo *aqui*, em vez de abordá-lo no escritório. Talvez quisesse ser discreta, ora quente ora fria, difícil de lidar. Mas alguma coisa na expressão de sua chefe lhe dizia que esse não era o caso.

Helen não disse nada quando Mark abriu a porta para ela entrar. Nada a fazer, senão colaborar. Saber se era algo realmente grave. Então ele puxou uma cadeira e sentou-se na frente dela. Quem faria o primeiro movimento?

— Esta pode ser a última vez que nos encontramos informalmente. Temos sido amigos e até mais que isso; então não vamos gritar, fazer escândalo, acusar um ao outro nem tornar isso mais doloroso do que já é.

Enquanto falava, Helen observava Mark atentamente para avaliar a reação dele.

— Você nos traiu, Mark. Não há outra maneira de dizer isso. Você me traiu, traiu a equipe e a força policial que te fez ser quem é. Pior que isso; traiu homens e mulheres inocentes que foram assassinados por essa diabólica...

— Não estou entendendo...

— Conversei com Whittaker — interrompeu Helen. — Portanto, não faz sentido mentir para se livrar dessa. Estamos prestes a abrir um processo oficial que pode expulsar você da polícia. Sua mesa foi esvaziada; você não terá mais acesso a qualquer área restrita, e devo solicitar que me entregue seu distintivo quando terminarmos esta conversa.

Mark a encarou, estarrecido.

— Você já viu outros colegas passarem por isso e sabe que a situação pode ficar bem ruim. Mas você pode facilitar as coisas, Mark. Não acho que você seja uma pessoa ruim. E tenho certeza de que deve haver motivos, bons motivos, para você ter feito uma coisa tão medonha como essa. Se estiver preparado para me contar tudo sobre isso e cooperar de todas as formas que eu pedir, então teremos um acordo. Você pode sair dessa bem.

Um longo silêncio se seguiu.

— Por que aqui?

A resposta de Mark pegou Helen de surpresa. Nenhuma negação passional, apenas um movimento no jogo. Mark falou com grande amargura, mas havia algo mais. Qual seria a visão dele?

— Por que vir até aqui para me dizer... isso? — A última palavra foi praticamente cuspida. Um desafio. Helen o encarou e respondeu:

— Porque quero que diga só para mim, antes de falar com qualquer outra pessoa. Quero que me diga por que fez isso, antes de ser obrigado a confessar tudo numa gravação. Quero que diga para *mim.*

De repente sua voz ficou carregada de emoção; a sensação real de uma traição pessoal finalmente aflorava. Mark continuou olhando para ela. Parecia confuso, como se Helen estivesse falando numa língua desconhecida.

— O que acha que eu fiz, Helen? — O tom era neutro, mas soava como deboche.

— Não faça isso, Mark. Mesmo agora, você é melhor que isso.

— Então me diga. Me diga o que eu fiz.

O rosto dela endureceu com a raiva que voltava a sentir. Por que algum dia deixara esse babaca arrogante se aproximar dela?

— Você vazou a nossa investigação para Hannah Mickery. Você nos vendeu.

Pronto. Finalmente estava tudo às claras.

— E eu quero saber por quê.

— Vá se foder.

Helen sorriu, embora não soubesse ao certo o motivo. Uma onda de raiva invadiu Mark, e ele se levantou como se fosse partir para cima dela. Helen recuou, mas ele já tinha se virado e agora andava pela sala em silêncio. Nunca passara pela cabeça de Helen que ele pudesse reagir de forma violenta e se tornar perigoso. Até que ponto Mark poderia chegar? Talvez Helen não o conhecesse mesmo, afinal.

Quando finalmente falou, Mark evidentemente lutava muito para controlar a raiva.

— E o que faz você pensar que eu faria isso?

— É que não sobrou ninguém, Mark.

— Você tinha acesso! Whittaker, Charlie, os técnicos também.

— Só você e Charlie estavam na delegacia quando o arquivo foi baixado. Os técnicos estavam em greve; Whittaker, de folga e eu estava na rua.

— Então tem que ser *eu*? E Charlie? Por acaso pensou que poderia...

— Não foi ela.

— Como você *sabe*?

— Porque ela tem um álibi. E porque me olhou nos olhos e me disse que não foi ela. Por que você ainda não fez isso, Mark? Em vez de tirar o corpo fora, por que não me olha nos olhos e diz que não foi você?

Após uma breve pausa, ele respondeu.

— Porque você não acreditaria em mim.

A tristeza em sua voz era de cortar o coração. Inexplicavelmente, Helen teve vontade de levantar e abraçá-lo. Lutou contra isso enterrando novamente as unhas na mão ferida. A dor a invadiu e a ajudou a ficar calma.

Quando levantou os olhos, viu que Mark enchia uma grande taça de vinho.

— Afinal, por que não, não é mesmo? — disse, e bebeu o vinho todo, depois colocou a taça de forma agressiva na mesa em frente a Helen. Olhando-a fixamente, bateu a taça na mesa algumas vezes, até que finalmente a base estalou e a taça se estilhaçou. Mark atirou do outro lado da sala o que sobrou do objeto e passou as mãos que sangravam pelos cabelos. Sua raiva parecia ter chegado ao auge e depois se dissipado.

— Custava *me perguntar* antes de começar isso tudo?

— Custava. E você sabe o motivo. Se houvesse qualquer coisa que pudesse sugerir que eu estava dando tratamento preferencial a você porque eu... porque nós...

— Protegendo o número um, hein?

— Não é assim. E você sabe disso.

— Quer saber? Eu juro que durante muito tempo pensei que tivesse feito alguma coisa errada. Que tinha ofendido você. Ou feito alguma coisa errada. Depois achei que podia ser a diferença de patente. Que você tinha pensado melhor. Mas não fiquei muito convencido disso e comecei a achar que você era só maluca. Maluca, linda e imprevisível. E, quer saber? Eu ficaria feliz com isso. Teria condições de lidar com isso.

Para sua surpresa, Mark riu. Mas foi um riso breve e cheio de amargura. Helen se preparou para falar, mas ele se adiantou:

— Mas eu nunca, jamais pensei que poderia ser este o motivo por você ter esfriado comigo. O que deixa você tão convencida, tão certa de que eu jogaria pela janela o meu emprego, o meu futuro, minhas chances de ser um bom pai, de me apaixonar novamente, por um simples suborno?

— Quem falou em suborno?

— Não se faça de boba.

— Nunca mencionei qualquer pagamento.

Mark respirou fundo. Depois baixou os olhos e viu que sua mão sangrava.

— Ela te pagou, Mark?

Mais um longo silêncio.

— Você está cometendo um grande erro.

— Ela te pagou?

— Eu poderia ficar aqui o dia inteiro, a noite toda falando a verdade. Que nunca falei com essa mulher na vida, que nunca participei de nenhum esquema dela, que jamais fui subornado por ela, que nunca fiz merda nenhuma de errado, mas não adianta, não é? Não tem mais volta. E eu provavelmente jamais vou saber por que você fez isso comigo sem ter absolutamente nenhuma prova concreta. Se é coisa de policial, uma coisa da sua cabeça ou... sei lá o quê. Mas uma coisa eu posso garantir. Não vou ficar aqui, encarcerado por você em minha própria casa, sem a presença de um advogado. Você agiu como manda o figurino. É claro que fez tudo certinho. Levou o caso a Whittaker, conversou com Charlie e enviou o maldito formulário amarelo para a Anticorrupção. Então eu também vou fazer tudo bonitinho. Não vou ser intimidado como se fosse um... um criminoso. Vou colaborar com os interrogatórios, na presença do meu advogado e do representante do sindicato e, bem devagar, com muito cuidado, vou desfazer qualquer acusação que você julgue ter contra mim. Assim serei isentado de qualquer culpa, e você vai parecer uma louca.

Mark empurrou sua cadeira com força, caminhou até a porta e abriu-a. Helen não teve escolha senão obedecer; estava em terreno perigoso pelo simples fato de estar ali.

— Devo dizer a eles que nós trepamos? — disparou Mark. — Seria de "bom-tom"? Talvez isso explique por que está tentando arruinar a minha carreira. Talvez eu não seja bom de cama. Talvez você tenha ficado decepcionada. Achou que isso poderia se voltar contra você? Pode apostar que vai.

Helen já estava na porta. Só queria sair dali. Mas Mark ainda não terminara.

— Eu devia odiar você, sabia? Mas não odeio. Tenho pena de você.

Helen saiu apressada e desceu as escadas correndo. Por que a piedade de Mark a machucava tanto? Ele é um policial fracassado, a maçã estragada no cesto. Quem dá a mínima para o que ele diz? Tentou se convencer disso, mas não adiantou muito. Mesmo em meio à raiva e à tristeza, sabia que Mark a tirara do sério. Parecia tão indignado, tão ofendido, tão *seguro* de sua inocência. Mas todas as evidências apontavam para ele. Helen não podia ter errado tanto.

Ou podia?

66

Lembro-me nitidamente daquele dia. Tudo o que veio depois — o desespero, a violência, a desolação — foi consequência daquele dia. As coisas tinham sido horríveis antes daquele momento, com certeza, mas eram algo que eu podia prever. Isto, porém, eu não esperava.

Houve uma festa em nossa casa — aniversário do meu tio Jimmy. Beberam o dia inteiro. Alguém tinha ganhado uma grana nos cavalos. E todos estavam ainda mais bêbados que o normal. Os vizinhos já tinham batido na porta duas vezes, gritando obscenidades sobre o barulho, mas meus pais não deram a mínima. Simplesmente colocaram outra música: "Enjoy Yourself", dos Specials, no volume máximo. Ficamos por ali, na esperança de descolar algum cigarro ou uma latinha de cerveja, mas não éramos bem-vindas. No final, não há nada mais deprimente do que um bando de idiotas de meia-idade dançando até o chão, então saí fora e fui dormir. Àquela hora minha mãe já havia desmaiado — e meu pai e seus "chapas" costumavam se aproveitar de seu estado para lhe pregar peças estúpidas. Meu pai mijou nela uma vez, enquanto ela estava dormindo — aliás, todos eles mijaram nela —, e eu não queria ver esse tipo de coisa, então era melhor ficar fora daquilo.

No início achei que ele tinha errado o quarto. Que estava tão acabado que não sabia mais qual era o caminho para o andar de cima. Depois eu estava bem irritada, e dificilmente conseguiria dormir naquelas condições. E que chance eu teria agora de dormir, com ele desmaiado ao meu lado? Só que não estava dormindo. E também não estava interessado em dormir.

No começo, não me mexi. Estava chocada demais. Sua mão direita agarrou meu seio direito. Depois tentei bater na mão dele para que me largasse, mas não consegui; então o maldito o apertou mais. Lembro que doeu muito quando espremeu com força. Então eu lutei. Esperava que fosse apenas uma brincadeira idiota, mas acho que já sabia que não era isso. Depois ele estava em cima de mim, me prendendo na cama estreita.

Acho que comecei a pedir, implorar que parasse, mas seus dedos já estavam levantando a minha camisola, procurando uma abertura. Suas mãos eram grossas e peludas e lembro-me de tremer de dor quando enfiou o punho dentro de mim. Eu ainda era virgem, tinha apenas 13 anos. Não tinha sido feita para alguém como ele. Sua outra mão empurrava minha cabeça no travesseiro. Fechei os olhos e pedi para morrer. Para que aquilo acabasse, mas não acabou. Ele simplesmente continuou, implacável, grunhindo o tempo todo.

Finalmente se cansou ou perdeu o fôlego. Limpando as mãos nas calças jeans, levantou da cama e caminhou em direção à porta. Virei, para ter certeza de que estava mesmo saindo do quarto — e só então percebi que tínhamos uma plateia. Jimmy e mais alguns amigos estavam assistindo. Sorriam e gargalhavam juntos. Meu pai passou por eles cambaleando e foi para o corredor. Jimmy deixou-o passar e começou a desafivelar o cinto.

Foi então que me dei conta de que era a vez dele — e que aquilo era só o começo.

67

— Me perdoe. Eu nunca deveria ter falado com você daquele jeito. Não tive intenção de falar o que eu falei. Não quis magoar você e lamento por ter agido daquela forma.

Ela falou aquelas palavras de um só fôlego, e Jake aceitou de bom grado suas desculpas, assentindo com delicadeza e dando a entender que a perdoava. Quando ela batera em sua porta de novo, Jake pensara duas vezes antes de decidir se a deixava entrar ou não. Após um momento de hesitação, acabou cedendo. Em princípio, parece muito fácil a gente dizer que vai cortar alguém da nossa vida, mas quando essa pessoa aparece na porta pedindo ajuda, é difícil mandá-la embora.

— Podemos voltar ao normal?

Aquilo não foi exatamente convincente, mas foi sincero. E naquele momento ocorreu a Jake que cada um tinha sua própria ideia do que seria "normal". E que o conceito de "normal" de cada pessoa era tão esquisito e confuso quanto o de qualquer outra. Errara por tê-la julgado tão precipitadamente — mesmo que sua raiva e suas agressões verbais tivessem sido cruéis e sem motivo. A mulher sem dúvida sofrera bastante; Jake não sabia quando ou por quê. E, se ele a fazia se sentir melhor, então aquilo era bom. Sua própria jornada rumo à vida que levava agora tinha sido imprevisível e muito particular. Seus pais na verdade nunca quiseram filhos, ele fora criado por uma infinidade de tias e avós, até entrar na roda-viva das famílias adotivas. Sofrera ao longo do processo; não de uma forma ruim, mas é difícil não sentir dor quando não se é amado. Aprender a controlar e a usar essa dor foi o que fez dele um homem. Foi uma forma de administrar suas ansiedades e exorcizar seus demônios de maneiras que o excitavam e também excitava os outros. Tentara o caminho da submissão e, depois de superar o medo inicial, acabara gostando. Mas, bem no fundo de seu coração, gostava mesmo era de ficar no controle. Sabia que, lá no fundo, eram suas inseguranças que faziam a escolha por ele, mas conseguia conviver com isso. Estava no comando agora e era isso que importava.

Conseguira ter uma vida organizada e boa. E era por isso que sabia que a aceitaria de novo. Ela o magoara, mas se arrependera. Será que tinha outra pessoa? Jake achava que não e compreendeu, pela primeira vez, que ela precisava dele. Rejeitá-la nessa situação seria não apenas cruel mas perigoso.

— Sim, podemos voltar ao normal. Mas tenho um cliente em cinco minutos, então...

Ela entendeu a deixa e saiu, mas não sem correr e abraçá-lo antes de cruzar a porta. Outra quebra de protocolo, mas Jake deixou passar porque se sentiu bem. Observou-a enquanto saía, surpreso em ver como se sentia aliviado. Sem dúvida, ela precisava dele; mas talvez agora Jake estivesse começando a se dar conta de que também precisava dela.

68

Hannah Mickery não tivera uma noite muito boa. Durante seu treinamento profissional, visitara prisões várias vezes. E em nenhuma delas deixou de se revoltar com a experiência. Por isso estava realmente apavorada quando seguiu para sua cela. No final das contas, nada de ruim lhe aconteceu; mas tinha sido uma noite longa, fria e deprimente, com uma drogada de 17 anos como companheira de cela. Uma drogada que se mijou toda de medo, no meio da noite. A urina tinha escorrido para o canto da cela e lá ficou, deixando o lugar fedendo pelo resto da madrugada.

Hannah só queria ir para casa, tomar uma chuveirada e *dormir*. Permanecera calma até aquele momento, mas agora se sentia exausta e ofendida. Quando Sandy, seu advogado, apareceu para buscá-la, soltou um profundo suspiro de alívio. Até o beijou, coisa que jamais tinha feito antes, e pediu que a levasse para casa. Sandy, porém, tinha outros planos.

— Você precisa conhecer uma pessoa.

— Bem, seja quem for, vai ter que esperar. Vou direto para casa. Preciso dormir.

— É sua única oportunidade, Hannah. Acho que, neste caso particularmente, você deve seguir o meu conselho.

Hannah diminuiu a marcha e virou-se para encarar Sandy.

— Uma hora do seu dia, Hannah, é tudo que peço. Olhe, trouxe algumas roupas para você, passei na sua casa. Pode tomar um banho lá em casa, se for bem rápida. A reunião começa em menos de uma hora. Confie em mim, Hannah. É o encontro que você estava esperando há muito tempo.

Na residência de Sandy, a água descia como uma cascata sobre Hannah, deixando-a revigorada instantaneamente. A experiência deveria ser calmante, mas a terapeuta estava pilhada demais para aproveitá-la. Tinha milhões de perguntas na cabeça, mas a emoção quase incontrolável que sentia era a de uma adolescente deslumbrada. Era como ganhar na loteria. Ela e Sandy tinham chegado lá.

A caminho da reunião, Sandy explicou a proposta. Era mais generosa do que tudo que Hannah podia esperar. Queriam muita coisa em troca, é claro, mas ela havia se preparado muito bem e tinha todo o material de que precisava. Depois do acordo com o jornal, amarrariam um acordo publicitário, que levaria a aparições na TV e sabe-se lá o que mais. Hannah faria seu nome, ficaria rica e, depois, quem sabe? Talvez se mudasse para os Estados Unidos. Lá havia criminalidade suficiente para mantê-la ocupada pelo resto da vida.

Hannah não imaginou que se trataria de uma mulher — principalmente tão glamorosa assim. Na verdade, isso tinha um quê de preconceito: as pessoas esperam que todos os criminosos que estampam os tabloides sejam homens. Ainda assim, essa assassina parecia incrivelmente bem-informada; Hannah ficara impressionada com seu trabalho de detetive e com a ousadia de chegar até onde chegou. Ela estava muito à frente da concorrência. Foi um acordo rápido e generoso — e os três apertaram as mãos ali mesmo. Para comemorar, a mulher pegou uma garrafa de champanhe que trouxera de casa. Mais uma vez, Hannah ficou encantada com ela.

O champanhe era dos bons e teve efeito instantâneo. Hannah era boa de copo, então deve ter sido o pico de adrenalina que a fizera ficar tonta. Pelo andar da carruagem, Sandy estava sentindo a mesma coisa.

69

Helen estava de pé em frente à mesa de Whittaker como uma colegial apanhada colando. Sabia por que estava sendo chamada. E Whittaker sabia que ela sabia. Mesmo assim, fez um teatro danado; folheou o *Evening News* página a página, depois dobrou-o cuidadosamente e colocou-o sobre a mesa, com a primeira página para cima.

SEM PISTAS!

A manchete gritava para Helen. Tinha lido a matéria de Emilia Garanita logo cedo e soube imediatamente que provocaria um maremoto na polícia. Continha alguns detalhes perturbadores sobre Amy e Sam, sobre Ben e Peter — e algumas informações duvidosas sobre Martina. Mas mencionava a liberação de Hannah e a suspensão de "um oficial sênior que trabalhava na investigação em curso". A coisa parecia feia. Helen achou que Whittaker já tinha levado uma bronca daquelas de seus superiores, tal o olhar ameaçador que ele lhe dirigiu quando entrou na sala.

— Vou ligar para ela — disse Helen. — Talvez eu consiga fazê-la baixar a bola.

— É um pouco tarde para isso, não acha? Além disso, não é preciso, eu mesmo liguei. Ela estará aqui em cinco minutos.

Emilia entrou na sala parecendo uma soberana. Demorou para decidir se queria chá ou café e alongou-se em conversa fiada. Tinha sido convocada — e estava claro que ia aproveitar cada momento.

— O senhor tem alguma coisa a acrescentar, detetive-superintendente? Ainda confia na inspetora Grace para comandar a investigação? Algum fato novo?

— Não estou aqui para falar sobre o caso. Estou aqui para falar sobre você — contra-atacou Whittaker, bruscamente.

— Não sei do que...

— Está na hora de você parar com isso. Suas intervenções não ajudam em nada, e quero que você pare imediatamente. Não publique mais nada até que haja informação genuína para transmitir ao público. Você me entendeu?

Helen achou graça da ousadia na abordagem; ninguém se interpunha entre Whittaker e uma promoção.

— Espero sinceramente que o senhor não esteja tentando ditar à imprensa...

— Pois é exatamente isso que estou fazendo. E, se eu fosse você, prestaria bastante atenção ao que estou dizendo.

Emilia ficou desnorteada por um instante, mas recuperou-se depressa.

— Com o maior respeito...

— E o que você sabe sobre respeito? — gritou Whittaker. — Que respeito tem demonstrado pela família Anderson, nos piores momentos? Gritando na porta deles, ligando dia e noite para a casa deles, dando plantão do lado de fora por horas e horas, revirando até o lixo!

— O senhor está exagerando. Tenho um dever...

— Ah, estou, é? Tenho aqui um registro que detalha todas as vezes que seu Fiat vermelho, placa BD 50 JKR, foi estacionado diante da casa dos Andersons. O registro foi compilado pelo pai de Amy e tem mais de duas páginas. E você estava lá à meia-noite, às 2 da manhã, às 3 da manhã. E por aí vai. Isso é assédio. É perseguição. Por acaso preciso lembrá-la do interrogatório Leveson? E do código de conduta que todos os jornalistas, sejam eles nacionais ou *regionais* — pronunciou a última palavra com genuíno desdém —, concordaram em seguir?

Pelo menos dessa vez, Emilia não teve como argumentar. Então Whittaker continuou:

— Eu poderia exigir um pedido de desculpas à família na primeira página. Poderia multá-la. Puta merda, poderia até cavar sua demissão, se eu realmente quisesse. Mas sou um homem bom, então terei compaixão por você. Mas guarde suas opiniões sem qualquer fundamento para você, ou será banida da imprensa. E aí não tem volta, não é mesmo?

Quando Emilia deixou a sala, sentia-se totalmente impotente e estava fumegando de raiva. Helen estava sem palavras — e impressionada.

— Você tem mesmo um registro das visitas dela? — perguntou.

— É claro que não. — Foi a resposta. — Agora volte ao trabalho e, por favor, Helen, consiga alguma coisa. Ganhamos algum tempo, então faça bom uso dele.

Com isso, foi dispensada. Helen ficou encantada com a atitude de Whittaker e impressionada com a lealdade do chefe à equipe e a ela própria. Mas, enquanto seguia pelo corredor, não pôde deixar de sentir que aquele ataque direto àquela jornalista incansável e determinada acabaria ricocheteando em cima deles. Emilia sobrevivera a coisas muito piores e sempre voltava contra-atacando.

70

Assim que Charlie entrou na sala de inquérito, sentiu logo o clima. Quando uma investigação está no auge, as salas de inquérito costumam ser bem barulhentas, agressivas e agitadas. Mas hoje estava tudo tão quieto, sombrio até... e não era difícil identificar o motivo. A mesa de Mark estava limpa e em seu quadro não havia resquício de fotos pessoais ou quaisquer lembranças. Era como se ele nunca tivesse existido.

Mas Mark era popular na equipe, e todo mundo sentiu sua falta. Podia ser vulnerável, confuso, mas isso era parte de seu charme, especialmente com as mulheres. Tinha um quê de menor abandonado. Mas também era brilhante, engraçado e, quando se esforçava, um bom policial. Mas agora todos se perguntavam, intimamente, se o Mark que conheciam era o verdadeiro Mark. Teria ele sido capaz de vender a equipe? De vazar informações e ver desperdiçado o trabalho de todo mundo? Será que suas dificuldades financeiras poderiam levá-lo a trair seus colegas daquela forma? Charlie estava inconformada com tudo aquilo. Ela sempre gostara de Mark então resolveu que mais tarde iria verificar que destino fora dado aos objetos pessoais do colega. Continuou trabalhando, mas olhava o tempo todo para aquela cadeira vazia com o canto do olho.

Helen chegou logo depois das 9 da manhã e todo mundo fez um esforço sobre-humano para demonstrar animação e agir como se nada de extraordinário tivesse acontecido. Como de costume, não perdeu tempo; chamou logo Charlie para atualizá-la sobre o andamento da investigação. Parecia agitada e estava impaciente para saber das novidades.

— Me conte o que descobriu sobre Martina.

— Nasceu homem e provavelmente fez a cirurgia de mudança de sexo em algum momento nos últimos cinco anos. As marcas das cicatrizes indicam que não foi antes disso.

— Anunciava seus serviços como transexual operada?

— Não. Seu anúncio dizia apenas que gostava de festas e que sabia como dar prazer. Puta de balada, esse tipo de coisa.

— Por quê? Um transexual sempre consegue mais dos clientes. É exótico, atrai outro tipo de público. Por que não anunciar isso?

— Talvez não gostasse do tipo de gente que isso atraísse?

— Ou talvez tivesse algo a esconder.

O comentário ficou no ar, e Helen continuou.

— Era daqui?

— Ao que parece, não. As outras meninas dizem que começou a trabalhar na cidade há poucos meses. E o site confirma isso; seu endereço de IP foi gerado há oito meses.

— E quanto ao endereço original?

— Nada até agora. Era um mistério para as outras, sempre muito fechada.

— Alguma informação sobre as finanças dela?

— Estamos falando com os bancos da cidade, mas até agora não descobrimos nenhuma conta bancária no nome dela.

Helen suspirou. Nada neste caso era fácil.

— Bem, parece que o melhor caminho então é procurar as clínicas. Quantas clínicas na cidade fazem esse tipo de cirurgia?

— Quinze. Estamos em contato com todas elas, embora, de modo geral, sejam um pouco reservadas com relação às informações dos pacientes.

— Pois então acabe com essas reservas. Explique o que aconteceu com Martina, mostre as fotos. Precisamos saber quem ela era... ele, digo.

Charlie não conseguiu evitar um sorriso meio atravessado e, desta vez, aconteceu o mesmo com Helen. Estaria Charlie vendo coisas ou o relacionamento delas vinha melhorando desde que a chefe tivera aquela conversa com ela? Charlie ficara revoltada após o interrogatório, por Helen ter questionado sua integridade daquela forma. Chegou a pensar em pedir transferência. No entanto, apesar de tudo, ainda queria que a chefe gostasse dela, que a respeitasse. A verdade é que, em sua maioria, as mulheres no grupamento queriam ser como ela. Era a mais jovem inspetora da polícia de Hampshire, e sua ascensão fora algo espetacular. Não tinha marido nem filhos — o que, aos olhos de muitas mulheres, lhe dava uma injusta vantagem, mas, acima de tudo, seu desempenho era incrível. Helen Grace era um modelo para todas elas.

Helen voltou-se, então, para toda a equipe.

— A detetive Brooks estará no comando hoje. Prioridade número um: as clínicas. Sei que agora temos um homem a menos e que todos querem saber o que aconteceu. Na hora certa vou falar sobre o assunto. Mas, neste momento, preciso que todos vocês se concentrem. Temos uma assassina para prender.

Dito isso, Helen saiu. Charlie começou imediatamente a delegar tarefas a Sanderson, a McAndrew e aos demais colegas, que aceitaram sem reclamar. Com a intenção de parecer séria e profissional, Charlie foi direto ao ponto, mas por dentro estava sorrindo. Aquela era a primeira vez, até onde se lembrava, que Helen Grace deixara outra pessoa comandar seu barco.

71

No final, não teve alternativa senão chamar a polícia. Não queria fazer isso, mas não teve escolha. No início, ficou com medo; Stephen não estava em casa esta noite e ter bêbados batendo em sua porta era algo que a aterrorizava. Mas quando viu o que realmente estava acontecendo, ficou mais enojada do que amedrontada.

Fazia meses que não via Mark bêbado. Pensou que ele tinha tomado jeito, que tinha se recuperado. Mas, naquele momento, era uma visão triste. Roupas manchadas, cabelo despenteado, suas palavras saíam enroladas. Vomitava agressões patéticas; enfurecido diante de seu infortúnio, gritava para a rua inteira que Christina não conseguia fechar as pernas, que Stephen era um descerebrado, um consolo ambulante. Sua ladainha estava ficando cada vez mais alta e certamente acordaria Elsie em algum momento. Christina tinha de fazer alguma coisa.

Ela abriu um pouco a porta, ainda presa na corrente, na tentativa de acalmá-lo. Queria conversar, mas isso só o deixou com mais raiva ainda. Que direito Christina tinha de barrar sua entrada, gritava, quando tudo que queria era ver a filha — a filha que Christina lhe roubara? Ela tentou fechar a porta, mas Mark conseguiu meter o braço pela fresta, empurrou a ex-mulher e arrancou a corrente.

Forçou então a entrada e correu para o andar de cima, na direção do quarto de Elsie. Christina agarrou o telefone e ligou imediatamente para a polícia. Tinha lido histórias de homens perturbados que mataram seus filhos depois do divórcio. Será que Mark seria capaz de uma coisa dessas? Achava que não, mas não podia arriscar. Relatou ao atendente o que estava acontecendo, deu o endereço e subiu correndo as escadas.

Não sabia o que ia encontrar quando chegasse ao quarto da filha. E, para sua surpresa, foi pior do que imaginava. Elsie estava de pé em sua cama; tremia de medo e chorava em silêncio, chocada e aterrorizada. E Mark estava caído no chão, chorando convulsivamente. O que Christina começara, Elsie terminara. O olhar horrorizado da filha foi suficiente para paralisar seu coração. A bebida finalmente o derrotara; tirara dele tudo o que realmente importava.

Mark era a imagem de um homem destruído. Com uma vida inteira de autopiedade e recriminação pela frente. E, pela primeira vez em séculos, Christina experimentou um sentimento que sempre tentara negar.

Culpa.

72

Precisava ter certeza. Já havia arruinado a carreira de Mark e, provavelmente, causando um estrago um pouco maior em sua vida,
apesar da acusação contra ele *ser* sólida, é claro, mas, ainda assim...
Helen estava cheia de dúvidas. Mark lhe parecera tão magoado, tão
ofendido, tão desafiador... Aquilo tudo não poderia ser fingimento,
não é? De início, ficou chocada ao saber que existia um informante
em sua equipe, mas teve esperança de que esse X-9 os conduzisse
diretamente à assassina. No entanto, o fato levou a equipe a uma
tangente, desviando-a do objetivo principal. Helen ficou tentada a
deixar para lá, a dar meia-volta e retornar à sala de investigação,
mas era tarde demais agora. Tinha entregado a um homem condenado os papéis de sua execução e havia um processo a ser conduzi-
do. Com tudo isso em andamento, Helen tinha de ter absoluta certeza do que estava fazendo.

Ao consultar os arquivos da equipe, porém, encontrou um fato,
no mínimo, intrigante. Helen estava no laboratório da perícia técnica
no dia em que o depoimento de Amy foi baixado ilegalmente.
Whittaker estava em seu barco em Poole e Charlie tinha um álibi —
era o que Helen sabia. Com isso, sobraram Mark e os técnicos: Peter
Johnson, Simon Ashworth e Jeremy Laing. Os três estavam em greve
naquele dia, portanto não podia ter sido nenhum deles. No entanto,
havia um fato curioso sobre Simon Ashworth. Um fato ao qual Helen
não dera a devida atenção antes. O rapaz viera para Hampshire
transferido da Unidade Nacional de Crimes em Londres, onde havia
ajudado a montar o novo banco de dados. Viera em função de uma
promoção. Adaptara-se bem, era um bom funcionário, mas agora estava sendo transferido novamente para Londres, após estar na equipe há apenas quatro meses. Estranho sair para um emprego do mesmo nível, já que Ashworth alugara um apartamento por 12 meses em

Portsmouth. Alguma coisa havia acontecido, mas não oficialmente. Alguma coisa perturbadora passara despercebida, mas, agora, o devolvia às pressas para Londres.

Helen agora estava no rastro dessa pista e suas suspeitas aumentaram pelo fato de Ashworth ter sumido do mapa. Estava de licença médica, embora ninguém parecesse saber o que havia de errado com ele. Aquela história estava malcontada. As pessoas sabiam o que havia de errado com ele; só não sabiam se estava ou não doente. Helen levou algum tempo para fazer Peter Johnson se abrir — para conseguir que falasse sobre seus colegas. Mas, quando finalmente conseguiu, logo descobriu que Simon Ashworth não era um sujeito popular.

Ashworth tinha furado a greve. Helen sentiu os pelos do pescoço se eriçarem quando Peter lhe contou isso. Mesmo não sendo sindicalizado, esperavam que ele seguisse a orientação da chefia e dos colegas — e honrasse a paralisação de um dia. Mas ele não fez isso. Era um solitário por natureza, socialmente desajustado, e irritava constantemente as pessoas. Isso fazia dele um mau colega de equipe. Seria um bom candidato para Hannah subornar? Peter Johnson deixou bem claro que tinha antipatia por Ashworth, mas negou qualquer participação em sua transferência. Era possível que ele e os colegas tivessem feito com que Ashworth se sentisse um peixe fora d'água. Em geral, era o tratamento que davam a um fura-greve. Mas não disse mais que isso, por temer ser acusado de perseguição, ou mesmo de *bullying*. A transferência provavelmente fora ideia do próprio Ashworth.

— Mas isso você deve perguntar diretamente a ele — concluiu Johnson.

Helen faria isso com certeza, mas primeiro precisava encontrá-lo. Ninguém tinha qualquer notícia de Ashworth havia algumas semanas.

73

O único gosto que conseguia sentir era de vômito — vômito e sangue seco. Sua boca estava rachada, a garganta, toda arranhada e a cabeça latejava com uma dor persistente. Não comia havia dias e já sentia as úlceras se formando no estômago. Mas isso não a incomodava. O que queria, o que *precisava* mesmo, era de água. Costumava beber litros por dia — e ficava ligeiramente nervosa quando se via, por alguma razão, sem o suprimento necessário. Que piada aquelas pequenas privações lhe pareciam agora, quando estava literalmente morrendo de sede. Nunca tinha pensado muito nessa frase antes, mas agora sabia o que significava e o que era sentir isso. O desespero começava a dominá-la; ela sabia, instintivamente, que não tinha escapatória.

Sandy jazia inerte no chão, talvez esperando ser levado em seu sono. Uma morte tranquila para acabar com este pesadelo. Alguma esperança. Haviam caído numa armadilha, essa era a verdade. Os olhos de Hannah acompanhavam o voo das moscas que giravam em torno dos dejetos empilhados num canto. As moscas não estavam lá antes; então como tinham entrado? Por qual ínfima fissura nessa lata de aço teriam penetrado? Malditas! Provavelmente podiam ir e vir quando bem entendessem.

Da primeira vez que acordou de seu estupor, Hannah estava entorpecida e confusa. Tudo estava tão escuro que não conseguia saber que horas eram, onde estava e o que havia acontecido com ela. Ficou apavorada mesmo quando ouviu Sandy se mexer. Até aquele momento achava que estava sonhando, mas a revolta e a tristeza de Sandy a forçaram a perceber a terrível realidade em que se encontravam.

Os dois começaram imediatamente a explorar o local, a bater nas paredes, a examinar as junções do metal. Pouco a pouco, chegaram à terrível conclusão de que estavam presos em uma espécie de caixa gigante de metal. Seria um contêiner? Provavelmente, mas de que importava? Era sólido, estava trancado e não havia como sair dali. E isso era tudo que precisavam saber. Logo depois, deram de cara com a pistola e com o telefone. Foi aí que as corajosas tentativas de negação de Hannah finalmente caíram por terra.

— Ela nos pegou, Sandy.

— Não. Não, não, não, não. Deve haver outra explicação. Deve ser outra coisa.

— Então leia a mensagem no maldito telefone. *Ela nos pegou.*

Sandy não se atrevia a olhar para o telefone. Não aceitava aquilo de jeito nenhum. Ainda assim, o que mais poderia ser dito? Estava claro que não havia uma saída fácil: as únicas opções eram a inanição ou o assassinato. E fora Hannah quem colocara essas duas terríveis realidades na mesa.

Sandy estava se revelando um belo de um covarde — fraco e incapaz de enfrentar a situação. Mas Hannah o obrigaria a fazê-lo.

Decidiram juntos, então, partir para a ação. Esperar seria doloroso demais. O desespero também era aterrador. A vida deles agora era apenas tortura lenta — e chegara a hora de fazer alguma coisa. Então resolveram jogar palitinho — na verdade, moscas, pois era a única coisa que tinham à mão. Então Hannah se encontrava agora com os dois braços esticados na frente de Sandy. Em uma das mãos havia uma mosca morta; a outra estava vazia. Se Sandy pegasse a mosca, viveria. Se não, seria morto.

Sandy hesitou, forçando a vista para que pudesse ver através da pele de Hannah e revelar o segredo dentro da palma da mão dela. Direita ou esquerda? Vida ou morte?

— Vamos lá, Sandy. Pelo amor de Deus, acabe logo com isso.

A voz de Hannah soava desesperada, suplicante. Mas Sandy não sentia nenhuma pena. Não conseguia sentir pena. Estava congelado no momento, incapaz de mover um músculo.

— Não consigo fazer isso.

— Faça agora, Sandy. Ou então eu juro que vou tomar a decisão por você.

O tom de voz dela tornou-se agressivo e tirou Sandy de sua inércia. Balbuciando o pai-nosso, estendeu devagar o braço e bateu firme na mão esquerda de Hannah.

Um momento longo e terrível se passou. Então ela virou devagar a mão e abriu-a, para que ambos vissem.

74

Aquele fora o dia mais estranho. O melhor e o pior de todos. Charlie ficou na cama, tentando encontrar algum sentido em tudo aquilo.

Depois que Helen saiu, a equipe mergulhou no trabalho, motivada pela energia e pelo zelo de Charlie. Ela estimulou os colegas a serem implacáveis com os administradores de clínicas que fossem evasivos e tentassem se esconder atrás da confidencialidade dos pacientes. A equipe fez alguns progressos e correu a lista toda em busca dos cirurgiões da região de Hampshire que tinham experiência em fazer cirurgias de mudança de sexo. No final, porém, tudo voltou à estaca zero. Todos tinham sido interrogados, mas nenhum deles reconheceu Martina ou lançou alguma luz sobre quem poderia ter sido quando ainda era homem.

Era o momento, portanto, de ampliar a busca. Havia dezenas de clínicas no país inteiro que faziam aquele tipo de cirurgia — e eles teriam de entrar em contato com todas elas. Por favor, Deus, que Martina não tenha feito a cirurgia no exterior... Isso seria demais para os limitados recursos da polícia. Charlie deixou os colegas trabalhando. Sentia-se mal de tão cansada e precisava de uma pausa. Enquanto dirigia até sua casa, ficou um pouco mais animada diante da perspectiva de passar alguns momentos preciosos com seu namorado e com o gato, de fazer uma refeição decente e, acima de tudo, de dormir um pouco.

Obras na estrada. Um desvio. Irritante, nada além disso. Charlie só teria de pegar um caminho diferente para casa. E esse caminho a levaria diretamente à região onde ficava o apartamento de Mark. Charlie sentiu-se culpada e se deu conta de que, momentaneamente, tinha se esquecido dele. Fizera tanta questão de provar a si mesma (e a Helen, obviamente) que podia liderar a equipe que não se lembrou de Mark. Isso só a fez se dar conta de que não era uma boa líder e, sobretudo, era uma amiga pouco confiável. Na ânsia de vencer uma batalha, a gente não pode se esquecer dos feridos em combate.

Envergonhada por sua insensibilidade, estacionou o carro e saltou. Será que era uma boa ideia ir até lá? Provavelmente não, mas queria dormir em paz naquela noite, e a única forma de aquietar sua consciência era ver como Mark estava. Ninguém mais da equipe faria isso, com certeza.

O que esperava? Encontrá-lo surpreendentemente bem? Mark estava um lixo; fedia a suor e a bebida.

— Você acredita nela?

A pergunta abrupta pegou Charlie de surpresa.

— Se eu acredito em quem?

— Nela. Acha mesmo que eu traí a equipe?

Fez-se um longo silêncio. Havia duas respostas possíveis: a oficial e a verdadeira. No final, a última venceu.

— Não.

Mark soltou um suspiro alto, como se estivesse prendendo a respiração. Olhou para o chão, tentando esconder a emoção.

— Obrigado — murmurou sem levantar os olhos, mas sua voz traiu a força do que sentia.

Instintivamente, Charlie o amparou. Ela sentou-se ao seu lado e o abraçou. Mark desabou em seu ombro, grato pelo apoio.

— O triste disso tudo é que pensei que estava me apaixonando por ela.

Nossa. Por essa Charlie não esperava.

— Vocês...?

Mark assentiu.

— E eu, idiota, achei que podia dar em alguma coisa boa. E agora isso...

— Talvez ela não tivesse escolha. Talvez tenha pensado mesmo...

Charlie hesitou. Não havia um jeito simpático de terminar aquela frase. Uma acusação de corrupção é a pior coisa que se pode lançar sobre um policial.

— Posso até adivinhar o que estão dizendo sobre tudo isso na Central. Mas sou inocente, Charlie. Não fiz nada errado. E quero voltar. Quero muito, muito voltar. Então, se puder fazer alguma coisa por mim... conversar com ela, sei lá...

De repente, Mark murchou. Charlie não conseguia pensar em nada incentivador para dizer. Os dois sabiam que não tinha volta. Mesmo que fosse exonerado, quem ia querer trabalhar com ele, dado seu histórico de mancadas e problemas? Numa época em que ninguém estava contratando, não dava para apostar só no potencial de alguém — particularmente se houve suspeita de desonestidade. O que Charlie poderia dizer que fosse ao mesmo tempo conciliatório e verdadeiro?

— Você vai superar isso, Mark. Sei que vai.

Mas ela não tinha muita certeza disso. E também não sabia exatamente se o próprio Mark acreditava nisso.

Charlie se despediu, prometendo aparecer de novo em breve. Mark nem notou sua partida, absorto que estava em seus pensamentos.

Enquanto seguia para casa, dúvidas pairavam na mente de Charlie. Mark não era do tipo que faria uma bobagem daquela... ou era? Charlie achava que não, mas quem poderia dizer com certeza? Ele estava obviamente arrasado. Não tinha a mulher nem a filha em casa, não tinha emprego e era chegado à bebida. De repente, todos esses pensamentos se embolaram na mente de Charlie. Sua cabeça doía, o estômago se contorcia. Uma onda de náusea tomou conta dela; puxou então o carro para o acostamento, bem a tempo de vomitar o almoço todo na pista. Vomitou uma vez, depois outra, e depois ficou tudo bem.

Mais tarde, em casa, aconchegada no abraço protetor de Steve, seu namorado, foi assaltada por dúvidas de outra natureza. Saiu de mansinho da conchinha em que dormiam, foi pé ante pé até o banheiro e abriu o armário. A ansiedade se juntou à tremedeira enquanto abria uma embalagem. Após cinco minutos, tinha a resposta: estava grávida. Os dois vinham tentando havia tanto tempo, sem sucesso, mas, agora sim, lá estava o resultado. Um segundo teste deu o mesmo resultado. Coisas tão pequenas que mudam tanto a vida da gente... Steve continuava dormindo despreocupado, sem saber de nada. Charlie permaneceu sentada no vaso, ainda meio em estado de choque. Não era a primeira vez, naquele dia, que as lágrimas brotavam de seus olhos. Só que aquelas não eram de tristeza; eram lágrimas de alegria.

75

Por um momento Helen estava vendo o globo ocular do homem; em seguida, havia sumido. Rastreara o apartamento de Simon Ashworth, no centro da cidade e, de forma educada, tocou a campainha. Com alguma relutância, pois o que queria mesmo era derrubar a porta.

Seguiu-se uma longa pausa e nenhum sinal de movimento. Então Helen tocou novamente a campainha. Depois, mais uma vez. Fez uma pausa e apurou o ouvido. Teria escutado um estalido no chão e um ruído quase imperceptível de passos? Em seguida, o globo ocular apareceu no olho mágico. Helen esperava — aliás, ansiava — por isso, então ela própria grudara o rosto no olho mágico. O globo ocular do outro lado imediatamente percebeu e sumiu de vista. Os sinais de passos se afastando fizeram Helen sorrir. Se tinha sido pego, por que andar nas pontas dos pés?

Um policial precisa fazer algumas escolhas numa situação como esta. Pode seguir o procedimento oficial, pedir um mandado etc., mas, quando se está trabalhando sozinho, isso significa, na prática, que sua presa vai escapar enquanto você está ocupado preenchendo formulários em outro lugar. Pode exercitar a paciência e fingir que foi embora apenas para achar um bom ponto de observação na rua. Isso costuma funcionar quando o fugitivo está desesperado para abandonar o apartamento porque foi descoberto e, em geral, estará na rua dentro de uma hora. Mas Helen nunca foi muito paciente. Foi por isso que partiu direto para a sala do zelador — assustando-o durante seu lanche matinal — e exigiu que abrisse o apartamento 21.

O zelador estaria em pleno direito de perguntar — exigir — um mandado judicial, mas é engraçado observar como o cérebro de muitas pessoas para de funcionar quando vê um distintivo da polícia. E fora isso que acontecera naquele momento: o agitado zelador abria o apartamento 21 sem hesitação. Pareceu um tanto surpreso e desapontado quando Helen fechou a porta na sua cara; um breve sorriso de gratidão foi tudo que recebeu em troca de seus esforços.

Ashworth estava se preparando para fugir. As malas prontas, chave do carro à mão — estava claramente de saída. Ficou paralisado ao ver Helen cruzar o cômodo em sua direção. Parecia apavorado, gritando qualquer coisa sobre ser ilegal o que ela estava fazendo, mas não de modo convincente ou ameaçador. Helen guardou seu distintivo e apontou para uma cadeira de ferro. Após uma breve pausa, enquanto Ashworth pareceu avaliar tanto Helen quanto a situação, ele finalmente obedeceu.

— Por que fez isso, Simon?

Helen nunca fora de muitos rodeios, então optou por um ataque direto. Listou logo as acusações — baixar informações confidenciais ilegalmente, comprometer uma investigação em curso para obter vantagens financeiras — de forma rápida e ríspida, determinada a não lhe dar tempo de inventar desculpas ou evasivas. Para sua surpresa, Simon fez uma corajosa defesa de suas atitudes.

— Não poderia ser eu.

— Por que não?

— Porque cada consultor técnico envolvido em uma operação como esta tem seu próprio código de acesso. É a única maneira de entrar ou sair do sistema, e sempre é possível dizer quando acessamos o sistema e de que forma nós o utilizamos.

— Deve haver maneiras de burlar isso.

— Não para nós. A equipe do suporte técnico se movimenta bastante, às vezes dentro da central de polícia, às vezes fora. Para não comprometer uma investigação e administrar a rotatividade da equipe técnica, foi criado o sistema de acesso. Se alguém entra...

— Então por que mentiu? — Helen não estava no clima para uma aula de suporte técnico.

— O que quer dizer com "mentiu"?

— Solicitei a todas as pessoas que tiveram acesso à investigação que informassem sua movimentação naquele dia, e você, junto com todos os outros técnicos, alegou que estava em greve. Mas não estava. Você furou a greve.

— E daí? Eu não concordava com a greve, então fui trabalhar. Não demorei muito e, quando me contaram sobre isso, achei que era melhor contar uma mentira para que os outros não descobrissem.

— Não funcionou, não é mesmo? Quem contou para eles?

Pela primeira vez Ashworth pareceu encurralado. *Finalmente estamos fazendo algum progresso*, pensou Helen consigo mesma.

— Não sei como descobriram — murmurou, olhando para os próprios sapatos.

— Você é ambicioso, Simon?

— Acho que sim.

— Acha que sim? É muito jovem para estar no seu nível salarial. Tem excelentes avaliações. Teria chance de ir longe. Na verdade, sua transferência para a polícia de Hampshire foi uma grande promoção, não foi?

Ashworth concordou.

— E, no entanto, após apenas quatro meses em seu novo cargo importantíssimo, está de volta ao antigo posto. Aliás, numa atividade que, se o seu formulário de candidatura ao cargo em Hampshire não mente, você já dominava e considerava enfadonha.

— Todo mundo diz essas coisas em entrevistas de emprego — falou, ainda fitando os sapatos.

— O que aconteceu?

Fez-se um longo silêncio, que Ashworth finalmente quebrou.

— Mudei de ideia. Não me adaptei bem em Southampton, não tinha amigos com quem conversar e então... quando os colegas começaram a me excluir porque eu não era um pau-mandado do sindicato, achei melhor sair fora.

— Só tem um pequeno detalhe: você pediu transferência antes de os outros colegas descobrirem sua traição. Todos foram bem claros sobre isso. Foi apenas numa noite de bebedeira do departamento no Lamb and Flag, no 18º dia, que você foi forçado a admitir que tinha furado a greve. E você pediu a transferência no 16º dia.

— Devem ter se enganado...

— Havia várias testemunhas da conversa no pub. Não podem estar todos mentindo.

Um silêncio ainda mais longo, agora.

— A verdade é... A verdade é que não gosto daqui. Não gosto das pessoas, não gosto do trabalho. Quero sair.

— Isso é curioso, Simon. Porque, em sua avaliação após os três primeiros meses, você declarou que estava muito feliz. Que estava adorando ter mais responsabilidades. E conquistou os maiores elogios pelo seu trabalho. Chegaram a dar a entender que estaria sendo cotado para promoção, caso mantivesse o nível por um ano ou mais. Tenho aqui comigo uma cópia da sua avaliação, se quiser ler.

Helen entregou-lhe o papel, mas Ashworth não disse nada. O rapaz parecia estar bem arrasado. O que fez Helen muito feliz. As rachaduras começavam a aparecer. Decidiu, então, botar mais pressão.

— Você passou pelo treinamento da polícia, Simon, então não vou bancar a superior e repetir quais seriam as consequências em sua carreira se fosse forçado a admitir que mentiu para uma policial que está conduzindo uma investigação de assassinato e se fosse forçado a confessar que recebeu pagamento por vazar material confidencial da polícia.

Ashworth estava petrificado, mas suas mãos tremiam.

— Sua carreira estaria encerrada. Acabada. E eu sei o quanto ela é importante para você.

Helen então amenizou um pouco o tom.

— Sei que é um rapaz talentoso, Simon. Sei que poderia ir longe. Mas, se continuar mentindo para mim, vou destruir você. E não vai ter volta.

Os ombros de Ashworth se encolheram e começaram a tremer. Será que estava chorando?

— Por que está fazendo isso?

— Porque preciso saber a verdade. Você passou as informações para Hannah? Se sim, por quê? Só posso ajudar se você me ajudar.

Mais uma longa pausa.

— Achei que você sabia. — A voz de Ashworth estava estrangulada, entrecortada. — Ele me disse que você sabia.

— Quem disse?

— Whittaker.

Whittaker. O nome pairou no ar, mas Helen não acreditou naquilo.

— O que foi que ele te falou? O que eu deveria saber?

Ashworth balançou a cabeça, mas Helen não estava disposta a deixar barato.

— Me conte tudo direitinho. Agora, ou vou prender você por conspiração para perverter...

— Whittaker baixou o depoimento.

— Mas ele estava de folga naquele dia.

— Eu o vi. Fui ao escritório. Por causa da greve, não havia ninguém lá. Mas Whittaker estava lá. Sozinho. Disse que estava estudando o material do caso e, quando olhei mais tarde, vi que tinha baixado o depoimento. Depois não pensei mais nisso. Afinal, ele é o chefe, então por que não? Mas depois, quando descobri que você estava solicitando a movimentação de todo mundo naquele dia, percebi que Whittaker tinha se enganado. Confundira os seus dias. Então fui falar com ele. Não queria que ele se complicasse por causa de um simples engano.

— Sei. Foi bajular para conseguir favores.

— É, mais ou menos. Whittaker gostava de mim, via um futuro para mim. Então mencionei isso. Sabe como é, o seguro morreu de velho. Bem, ele não gostou. Não gostou nada. Disse que eu estava enganado, mas eu tinha certeza que não estava.

Ele fez outra pausa, com medo de dizer mais.

— Continue. O que aconteceu depois?

— Whittaker disse que poderia acabar com a minha carreira com um único telefonema. Que eu não sabia no que estava me metendo. Nós... quer dizer, ele decidiu, ali mesmo, que eu seria transferido para Londres o mais rápido possível. Imagino que tenha sido ele a espalhar sobre a greve. Como motivo para minha transferência. E ele me disse que você sabia de tudo. Que a ideia tinha sido sua.

Helen sentiu a raiva dominá-la, mas refreou-a rapidamente. Precisava estar calma e manter o foco. Aquilo estava mesmo acontecendo?

— Ele disse que eu estava envolvida?

— Sim, falou que você estava comandando o esquema e que, portanto, era inútil contar alguma coisa para você.

— E o que você fez depois?

— Tentei segurar as pontas, mas não consegui. Não com os caras no meu pé. Então tirei uma licença médica. E estou me escondendo aqui desde então, à espera que minha transferência...

Simon se encolheu todo quando percebeu a realidade de sua situação. Pela primeira vez naquele dia, Helen falou em tom conciliador.

— Isso não precisa acabar mal, Simon. Se o que está me dizendo for verdade, posso ajudar você. Pode aceitar a transferência, aprender sua lição e começar de novo sem nenhuma mancha em seu histórico. Pode fazer tudo que pretendia fazer, conquistar o que deseja conquistar.

Ashworth ergueu os olhos, esmagado entre a descrença e a esperança.

— Mas vou precisar que faça uma coisa para mim. Você virá comigo ao meu apartamento agora. E, quando chegar lá, vai escrever uma declaração de próprio punho, colocando no papel tudo que acabou de me contar. Depois, vai esperar. Não vai atender ao telefone, nem ligar para ninguém. Não vai enviar e-mails, mensagens de texto ou postar em qualquer rede social. Vai ficar quietinho em casa e o resto do mundo não vai saber que conversamos até que eu diga que chegou o momento certo. Entendido?

Ashworth fez que sim. Faria qualquer coisa que Helen mandasse agora.

— Ótimo. Então vamos.

76

Agora não tinha volta. Eles haviam feito um trato. Gostando ou não, tinham de aceitar o destino.

Quando Hannah abrira a mão esquerda sabendo perfeitamente que estava vazia, Sandy desabara, gemendo. Ela ficou olhando, sem saber direito o que estava sentindo. Euforia, horror, mas, acima de tudo... alívio. Ia sobreviver.

Mas Sandy começou a implorar. Disse que não falara sério, que era loucura, que tinham de ficar juntos, que não deviam *deixá-la* vencer.

— O que você faria se ganhasse? Iria me poupar? — perguntou Hannah. Sandy não conseguiu responder, e o silêncio dizia por si. Teria puxado o gatilho e salvado a própria pele, claro. No fundo, ele não passava de um merdinha egoísta.

— Por favor, Hannah. Eu tenho uma esposa e duas filhas. Você as conhece. Por favor, não faça isso com elas.

— Nós não temos escolha, Sandy.

— Claro que temos. Sempre temos escolha.

— Morrer de fome? É isso que você quer?

— Quem sabe não conseguimos fugir? Se forçarmos a porta...

— Pelo amor de Deus, Sandy, não torne tudo isso pior do que já é. Não temos saída. Não há como fugir. É isso. Não existe outra maneira.

Naquele momento, Sandy começou a chorar copiosamente. Mas Hannah não sentiu pena dele. Se Sandy tivesse ganhado, a essa hora ela já estaria morta, sem dúvida nenhuma. De repente cresceu um ódio dentro dela — *como ousa implorar uma misericórdia que ele próprio não teria?* —, e, quando Sandy a agarrou, ela afastou-o com rispidez. O homem tropeçou e caiu, batendo pesadamente no chão de chapa metálica sujo.

— Eu imploro, Hannah. Por favor, não faça isso...

Mas Hannah já tinha pegado a arma. Nunca havia atirado antes, e nunca pensou em ferir alguém, mas ficou fria e decidida, enquanto se preparava para executar uma pessoa que um dia chamou de amigo.

— Sinto muito, Sandy.

E, com isso, puxou o gatilho.

Clic.

Uma câmara vazia. Merda. Sandy, que momentos antes jogara os braços desenfreadamente na frente do corpo, num esforço vão para se proteger da dor que viria em seguida, parou. De repente, estava de pé.

Clic. Clic.

Mais duas câmaras vazias! Devia haver algum defeito. Agora, Sandy corria para cima dela.

Clic. Clic. Sandy se jogou em cima de Hannah e arrancou a fria pistola de suas mãos. Ela voou para trás, batendo com a cabeça no chão duro. Quando olhou para cima, Sandy segurava a pistola. Hannah esperava ver ódio em seus olhos, mas a expressão dele era de incredulidade.

— Está vazia! Merda, está vazia! — disse ele, jogando a arma para Hannah.

O que foi mesmo que ele disse? O cérebro de Hannah não conseguia acompanhar os acontecimentos. Mas Sandy estava certo. Estava vazia. Nunca houvera uma bala sequer dentro da arma.

Um barulho à sua esquerda fez Hannah se mexer. Mas era apenas Sandy rolando no chão, chorando de tanto rir. As lágrimas escorriam pelo rosto. Parecia insano. Insanamente feliz. Que porra de piada sensacional era aquela.

Hannah gritou. Foi um grito de congelar o sangue, de rasgar a garganta. Longo, alto e agonizante. Tudo aquilo para nada. Ela os havia atraído, transformado-os em animais, mas negara a Hannah o seu triunfo. Não era assim que o jogo funcionava. Não deveria ser assim. Hannah devia viver. E queria viver.

Ajoelhou no chão e sentiu que sua energia se esvaía. Sentia-se derrotada, destruída. A risada horrenda e debochada de Sandy ecoava como sinos fúnebres.

77

Helen estava de volta ao comando quando Charlie entrou na sala de inquérito, na manhã seguinte. Sentiu uma pontada de irritação; afinal, seu papel como líder da equipe não durara mais que um dia. Mas se deixou contagiar imediatamente pelo clima de entusiasmo que reinava na sala e qualquer resquício de ressentimento desapareceu. Tinham novidades.

Na verdade, eram duas, uma boa e outra ruim. Haviam encontrado "Martina". Uma clínica especializada em cirurgias de mudança de sexo em Essex dizia ter registros compatíveis. Mas tinham perdido Hannah Mickery de vista: ela e seu advogado, Sandy Morten, estavam desaparecidos havia vários dias.

— Por que não fui informada? — perguntou Helen, irritada.

— Não sabíamos de nada — respondeu Charlie. — O desaparecimento de Morten foi registrado há alguns dias, mas ninguém nos informou que Hannah também estava desaparecida. Só quando verificamos os e-mails de Morten foi que soubemos que marcou uma reunião com duas pessoas: Hannah e uma mulher chamada Katherine Guarda, que se identificou como jornalista do *Sunday Sun*. Mas já verificamos, e o jornal não tem ninguém com esse nome em sua folha de pagamento.

— Guarda? Ela está de gozação com a nossa cara.

Helen estava enfurecida. Consigo e com a situação. Estava tão focada em descobrir quem era o espião, em conter o vazamento de informações, que se descuidara de Hannah. Se estivesse colada nela, talvez finalmente ficasse frente a frente com a assassina.

Mandou Charlie e o restante da equipe para a casa de Morten. O que provavelmente era um exagero, mas fora lá o encontro de "Katherine" com Hannah e o advogado. Pensou que talvez, com toda a equipe lá, alguém pudesse encontrar alguma coisa, uma pista, conseguir o depoimento de uma testemunha, qualquer coisa. Nesse meio-tempo, seguiu mais que depressa para Essex.

Era bom estar de volta à caçada, sair um pouco da Central em Southampton; precisava de tempo para pensar. Ashworth estava agora escondido no apartamento dela, protegido; a declaração dele tinha sido escrita e assinada. Desde a conversa reveladora que tivera com o jovem, checou outras coisas. Não havia questionado o álibi de Whittaker antes — e agora se culpava por isso, pois o falso álibi não resistiu a uma investigação mais meticulosa. Embora as condições de navegação em Poole tivessem estado boas naquele dia — o tempo estivera claro e a maior parte dos barcos de passeio havia zarpado —, algumas embarcações ficaram atracadas. Entre elas o *Green Pepper*, o barco de 26 pés de Whittaker, ao qual o superintendente dedicava tanto carinho e atenção.

Então Whittaker mentira sobre seu paradeiro, e outro oficial de serviço o colocara na cena do crime. Além do mais, Ashworth o acusara de *bullying*, de coerção e de prejudicar o andamento da investigação. O tempo todo, Whittaker estivera protegendo os próprios interesses. O sermão que dera em Emilia tinha o objetivo de impedi-la de revelar a história da serial killer. Não tinha nada a ver com dar proteção a Helen ou à equipe.

Era uma situação crítica — e Helen precisava pensar bem antes de agir. O sucesso da investigação — e o futuro de sua carreira — dependia de tomar as decisões certas.

A clínica Porterhouse, em Loughton, era luxuosa e bastante formal. A recepção era imaculada, assim como a equipe. O espaço inteiro tinha um clima particularmente reconfortante. A clínica realizava vários tipos de cirurgia, mas era especializada em transtornos de identidade de gênero. A terapia era o primeiro estágio de uma jornada que, de nove em cada dez casos, terminava com a cirurgia e com a atribuição de um novo gênero ao paciente.

A equipe conseguira informações detalhadas sobre Martina. O tempo decorrido já era algo que dificultava o processo; achavam que a cirurgia tinha sido feita num período entre três e cinco anos, o que abria espaço para um grande número de possíveis candidatos. Mas, ainda assim, cirurgias de mudança de sexo não eram tão comuns. E tendo em vista que a clínica podia fornecer informações como altura, tipo sanguíneo, cor dos olhos e um bom dossiê da história da paciente, havia boas chances de as informações coincidirem. Mesmo assim, Helen estava nervosa quando foi conversar com o administrador da clínica. Havia muita coisa em jogo ali.

O administrador, um cirurgião bem-educado — cujas mãos eram bastante cabeludas —, queria ter garantias de que a clínica não seria envolvida em qualquer tipo de publicidade negativa que "o assassinato dessa prostituta", de acordo com suas próprias palavras, poderia gerar. Helen teve de fazer um esforço muito grande para que ele cooperasse. Mas quando a policial o lembrou educadamente que, num caso dessa gravidade, ele poderia ser forçado a ajudá-la, o médico adotou outra postura.

— Acho que talvez possamos ajudar — disse ele, pegando uma pasta no arquivo. — Um jovem de seus 20 e poucos anos nos procurou, há cinco anos... Com certeza passou por muita coisa ruim, em termos físicos e mentais. Aconselhamos que fizesse terapia para lidar com a situação antes de optar pela cirurgia e sugerimos que pelo menos reduzisse a lista de tratamentos adicionais. No final conseguimos que desistisse de alguns procedimentos, mas foi só. Estava determinado a fazer uma transformação completa. Além da mudança de sexo, aumentou as nádegas, tonificou pernas e braços e fez muitas cirurgias no rosto também.

— Que tipo de cirurgias?

— Modificação na ossatura facial, preenchimento dos lábios, afilamento do nariz, pigmentação da pele, preenchimento...

— E quanto custou tudo isso?

— Muito dinheiro.

— Tem alguma ideia da razão que o levou a ir tão longe para mudar a aparência?

— Perguntamos, obviamente. Sempre discutimos cada procedimento para ver se é mesmo... necessário. Mas ele não quis falar. E não pudemos obrigá-lo.

Percebendo um leve tom defensivo na voz do médico, Helen decidiu limitar a conversa à busca em si.

Fez um gesto em direção ao arquivo:

— Posso?

O médico lhe entregou a ficha. Assim que viu o nome do paciente, Helen sentiu um frio na barriga. O retrato dele — jovem, esperançoso e vivo — confirmou tudo. Seus piores medos se concretizaram.

Tinha a ver com ela. O tempo todo, tudo tinha a ver com ela.

78

Estava morta. Só podia estar morta. Não havia oxigênio suficiente naquele lugar para uma mosca respirar, quanto mais para um ser humano. Não restava energia nem vida em seu corpo — e ela mal tinha consciência de onde se encontrava. Estava sendo consumida pela escuridão. O calor era insuportável. Não havia ar.

Hannah estava tentando se convencer de que estava morta, mas sabia que não estava. Pelo menos, não ainda. A morte seria uma doce libertação daquela lenta tortura. E não havia alívio, nenhum refresco para aquele sofrimento. Fora praticamente rebaixada à categoria de animal, chafurdando nos próprios desespero e excrementos.

Quanto tempo se passara desde a última vez que ouvira a voz de Sandy? Não conseguia se lembrar. Meu Deus, como ficaria o cheiro ali, caso estivesse morto? O cheiro de excrementos era uma coisa, mas o de um cadáver em decomposição era ainda pior. Se lhe tivesse sobrado alguma lágrima, teria chorado agora. Mas as lágrimas tinham se esgotado havia muito tempo. Hannah não passava de uma casca. Só ficou lá estendida, à espera de que a morte a levasse.

Então, de repente, aconteceu. Sem qualquer aviso, uma forte onda de luz cegou seus olhos. Uivou em agonia; era como se vários raios tivessem penetrado em seu cérebro. Cobriu o rosto com as mãos. Uma súbita lufada de ar fresco — congelante, ainda que agradável — jorrou sobre seu corpo. Mas o alívio foi temporário.

Estava sendo arrastada. Levou um tempo para entender que sensação era aquela, mas com certeza estava sendo arrastada. Alguém havia agarrado seu braço como se ela fosse uma trepadeira e agora a arrastava pelo chão em direção à luz do dia. Estaria sendo resgatada? Por acaso seria Grace?

Bateu em alguma coisa fria e dura e gritou. Agora as mãos estavam debaixo dela e a erguiam. Percebeu instintivamente que não era um resgate, que não haveria salvação. Caiu, com um baque surdo, dentro de um espaço pequeno e confinado. Tateou o próprio corpo, devagar e com muito cuidado, e começou a abrir os olhos.

A luz ainda era terrivelmente forte, mas agora ela estava estendida sob a sombra de alguém — e só podia suportar a luz se abrisse os olhos muito rapidamente e em seguida os fechasse de novo. Estava no porta-malas de um carro. Indefesa e esparramada dentro de um porta-malas.

— Olá, Hannah. Surpresa em me ver?

Era a voz de Katherine, sua torturadora e carcereira.

— Pois não fique. Não faço o tipo sádica, por isso resolvi poupar você.

Hannah tentou olhar na direção da voz, incapaz de processar o que acabara de ouvir.

— Mas vou precisar que faça uma coisinha para mim.

Hannah esperou. Na situação em que se encontrava, sabia desde o primeiro momento que faria qualquer coisa que Katherine pedisse. Mais do que qualquer coisa no mundo, ela queria viver.

Enquanto o carro andava, Hannah percebeu que sorria. Alguma coisa tinha acontecido, mas ela não sabia exatamente o quê. E então foi salva do purgatório. Qualquer preço, fosse qual fosse, valia a pena pagar.

Em nenhum momento lhe ocorreu perguntar o que acontecera a Sandy. No que lhe dizia respeito, ele já não existia mais.

79

Quando a assassina iria parar de rir da cara deles? Hannah e Morten eram a quinta dupla vítima de sequestro e, ainda assim, a assassina não dera nenhum passo em falso. Sanderson, Grounds e McAndrew supervisionavam diligentemente seus contatos de porta em porta, na esperança de encontrar alguma testemunha do último sequestro. Whittaker havia disponibilizado vários policiais, mas tudo fora em vão. Charlie e Bridges tinham passado o dia na casa da família Morten, supervisionando a cena do crime, mas nenhuma pista havia sido encontrada no local. O trio tinha, obviamente, bebido champanhe. Duas taças com restos de sedativo permaneciam no chão, exatamente onde haviam caído, e as impressões digitais encontradas em outra taça estavam também na mesa. Mas o terceiro copo e a garrafa tinham sumido. Charlie recebeu uma ligação de Whittaker, que parecia bastante irritado e teve de admitir que não tinha boas notícias.

Era ousado esquematizar um sequestro na casa da própria vítima. A mulher de Sandy estava no exterior visitando parentes no dia do sequestro, mas, mesmo assim, era muita audácia. Será que a assassina era intocável? Pelo menos, era o que parecia. A casa dos Mortens se transformara num lugar barulhento e movimentado; o circo da perícia criminal se instalara no local e lá, no fundo da casa, estava a esposa, Sheila, que se recusava a sair dali. Sem dúvida sentia que sua presença, ainda que tardia, e sua recusa em abandonar a casa da família pudessem de alguma forma garantir o retorno de Sandy. Isso era impossível. Charlie sabia disso, embora obviamente não pudesse dizer abertamente à mulher. Sandy retornaria dentro de um saco plástico ou, na melhor das hipóteses, em frangalhos, traumatizado e sem falar coisa com coisa. A atmosfera era opressiva e, tomada por mais uma onda de náusea, Charlie saiu correndo dali.

Mal saiu da casa, vomitou, colocando para fora o café da manhã. Na verdade, Charlie vinha se sentindo mal o dia todo. Havia algo de profundamente estranho e inquietante em colocar uma nova vida neste mundo escuro. Charlie e Steve estiveram tão ansiosos para começar uma família antes... mas, agora, ela estava tomada de dúvidas. Que direito tinha ela de trazer um bebê para *este mundo*? Justo num momento de tanta violência e crueldade. Pensar nisso era profundamente deprimente, e a ideia fez Charlie vomitar de novo.

Enquanto se recompunha, o celular tocou, ruidoso e inconveniente. Ela correu para atender.

— Charlene Brooks.

— Socorro, por favor, me ajude.

— Quem é?

Fez-se um longo silêncio e depois o som de alguém respirando profundamente, como se estivesse reunindo forças para falar.

— É... Hannah Mickery.

Charlie deu um pulo. A voz certamente era parecida com a da terapeuta. Será que era verdade?

— Onde você está, Hannah?

— Estou ao lado do restaurante Fire Station, na Sutton Street. Por favor, depressa.

Em seguida, ela desligou.

Em poucos minutos, Charlie estava a caminho. Bridges, Sanderson e Grounds também seguiam para lá, acompanhados do Suporte Tático. Estava claro para todo mundo que podia ser uma armadilha. Porém, grávida ou não, Charlie ia encarar. Ao chegarem à Sutton Street, os carros da polícia sumiram e o Suporte Tático contornou a quadra para observar discretamente, como era praxe.

Hannah mal conseguia se aguentar de pé. O cabelo estava sem vida, sua capa vermelha contrastava escandalosamente com a palidez mórbida de sua pele. Parecia estar encostada à parede para poder se manter em pé. Charlie ficou chocada com o semblante dela. Correu na direção de Hannah, mas ao mesmo tempo olhava para todos os lados, atenta a qualquer sinal de perigo. Estranhamente, agora que estava ali diante de Hannah, Charlie sentiu-se mais vulnerável do que imaginava. Visões do bebê que crescia dentro dela passavam por sua mente, mas ela tentou reprimi-las. Precisava se concentrar.

A terapeuta desabou em seus braços. Charlie a sustentou por um momento e olhou-a por inteiro. Estava num estado lastimável. O que será que havia enfrentado para ficar desse jeito?

Chamou a ambulância e, enquanto esperavam, tentou arrancar o que pôde da mulher aterrorizada, mas ela não falava com Charlie. Era como se tivesse recebido instruções e mantivesse a firme intenção de segui-las à risca. Hannah, que um dia fora tão convencida, agora parecia estar com medo.

— Grace. — A voz da terapeuta parecia alquebrada, muito baixinha.

— Como?

— Só vou falar com Helen Grace.

E assim terminou a conversa.

80

O telefone celular estava desligado; a porta, trancada. Helen estava completamente sozinha. Não era o protocolo padrão, uma agente sênior cortar todo tipo de contato com sua equipe durante uma investigação importante como aquela, mas ela precisava ficar um tempo sozinha. Precisava *pensar*.

Tinha puxado o próprio arquivo no RH e repassava seu histórico profissional; ao mesmo tempo, navegava pelos arquivos do *Southampton Evening News* e do *Frontline*, publicação mensal da polícia de Hampshire. Procurava a conexão que faltava — a pista que provaria, de uma vez por todas, que o alvo da assassina era *ela*, Helen.

Não havia a menor dúvida de que a escolha das vítimas estava relacionada a casos bem-sucedidos de Helen como policial. Salvara James Hawker (que mais tarde se chamaria Ben Holland) de uma morte certa, quando imobilizou o pai dele, totalmente louco. A assassina, porém, tratou de garantir que Ben não tivesse um final feliz. Salvara Anna e Marie de adolescentes inconsequentes, mas a assassina fez questão de cuidar delas também. Martina, que nascera Matty Armstrong, trabalhava como garoto de programa em Brighton, quando sua vida deu uma guinada sinistra. O rapaz caiu numa armadilha, foi torturado e abusado por um bando de homens num apartamento no subsolo de uma casa, até que Helen e um colega ouviram seus gritos e arrombaram a porta, acabando com seu sofrimento. Mais uma vez, a assassina cuidou para que sua vítima não sobrevivesse. Hannah Mickery era provavelmente apenas um bônus, uma brincadeira de mau gosto com Helen, mas só o tempo poderia dizer. Restavam Amy e Sam. Helen ainda não entendia que ligação poderia ter com eles. O que teriam feito para despertar o interesse da assassina?

Helen recebera comendas oficiais por ter ajudado James e Martina. Havia uma foto dela recebendo o certificado em edições antigas do *Frontline*, disponíveis para qualquer um que tivesse um computador. Não havia comenda oficial por ter ajudado Anna e Marie, mas a história foi parar no jornal *Echo*, de Southampton, e o nome de Helen foi citado. Isso também poderia ser encontrado facilmente na internet. Mas e Amy e Sam? Helen não conseguia se lembrar de qualquer outro incidente importante de sua carreira envolvendo ninguém da idade deles. Não fazia o menor sentido.

Helen recebera outras comendas. E a mais significativa foi por ter pensado e agido rápido após um grave acidente de trânsito. Mas isso fora há mais de vinte anos — antes de Amy e Sam terem nascido. Frustrada, voltou a examinar as edições do *Frontline* do ano do acidente. Os detalhes ainda estavam frescos em sua memória, mas, mesmo assim, voltou à fonte para melhor absorvê-los. Na volta de Thorpe Park, um motorista de ônibus dormiu ao volante. O ônibus atravessou o canteiro central de uma estrada de pista dupla perto de Portsmouth e foi parar na pista em sentido contrário. O motorista morreu na hora, assim como vários dos motoristas e passageiros de outros carros. A consequente batida em série provocou um incêndio e vários feridos poderiam ter morrido, se não fosse pela coragem de uma dupla de policiais de trânsito, que chegou primeiro ao local. E uma dessas policiais era a jovem Helen. Estava naquela função havia três meses. Não gostava daquela função e já havia manifestado a vontade de fazer outra atividade, mas regras são regras, e Helen tinha de fazer sua parte. Então fez o trabalho da melhor maneira possível, o que a obrigava a presenciar cenas horríveis. Mas em nenhuma situação sua competência e bravura foram tão bem-demonstradas quanto naquele dia. Junto com sua colega Louise Tanner, resgatou várias pessoas em choque ou feridas do meio das ferragens, enquanto o fogo se espalhava. Pouco depois, a brigada de incêndio chegou ao local e conteve o fogo. Mas ficou claro para todos que estavam lá que, graças à presença de espírito de Helen e de sua parceira Louise, dezenas de vidas foram salvas.

Helen e Louise foram mencionadas no *Frontline* e os nomes das vítimas foram publicados no *Southampton Evening News* e no *Portsmouth Echo*, mas não havia mais informações dos sobreviventes. Todo mundo estava mais interessado nos que tinham morrido. Helen afundou de novo na poltrona. Mais um beco sem saída. Será que Amy e Sam tinham sido vítimas aleatórias? Talvez fossem; no entanto, a assassina tinha sido tão eficiente em localizar os outros que Helen tinha quase certeza de que havia uma conexão.

Ela então leu os arquivos dos jornais de repercussão nacional, dado que muitos dos que ficaram presos na grande batida coletiva eram passageiros de ferryboat que iam para Portsmouth, para aproveitar as férias. Leu a cobertura do *Guardian*, do *Times*, do *Mail*, do *Express*, do *Sun*, do *Mirror*, do *Star*... nada de interessante.

Estava quase desistindo quando resolveu fazer a última pesquisa. O jornal *Today* era um típico tabloide e adorava aquele tipo de notícia durante o curto período em que circulou pelo país. Então decidiu folhear a cobertura que o *Today* fizera daquele terrível dia.

E foi lá que encontrou. No centro da página dupla dedicada à cobertura da carnificina, havia uma foto de uma jovem policial de trânsito conduzindo uma mulher até uma área segura. A foto deve ter sido tirada por um curioso que passava por lá e vendida ao jornal, já que não havia crédito do fotógrafo ao lado da imagem. Foi por isso que nenhum outro jornal a publicou — e foi também por esse motivo que Helen não tinha visto a foto, até então.

Era uma boa foto e, para Helen, elucidou tudo. Seu rosto estava bem visível, assim como o da jovem que ajudara a tirar das ferragens. De repente, tudo fez sentido.

81

Helen tocou a campainha e a manteve pressionada. Era tarde e certamente não seria bem-recebida, mas tinha de insistir. Diane Anderson, a princípio hostil, deixou-a entrar quando viu que ela não desistiria. Diane — aliás, como toda a família — já estava farta de vizinhos curiosos, sempre querendo saber quem entrava e saía de sua casa. Não queria dar a eles mais nada para comentar.

— Vou chamar o Richard — disse Diane. Não conseguiria suportar outro interrogatório sozinha.

— Antes de chamá-lo, gostaria que desse uma olhada nisso aqui.

Helen lhe deu uma impressão da foto do jornal *Today*, que tinha feito na Central, de manhã cedo. Diane pegou o papel da mão de Helen, irritada, e voltou para a sala de jantar. Ao examiná-lo, a irritação deu lugar ao choque.

— Reconhece as pessoas da foto? — perguntou Helen. Agora não havia mais tempo para enrolação.

Diane não dizia nada. O choque começava a dar lugar à ansiedade. Richard estava lá em cima e poderia descer a qualquer momento.

— Então?

— Sou eu — sussurrou Diane, em resposta.

— Então eu e você *já* nos encontramos antes.

Diane assentiu, mas olhava para o chão.

— Então você sabia? Quando nos encontramos, logo depois que Amy... depois que Sam morreu, sabia que já nos conhecíamos?

— Não de início. Tinha muita coisa acontecendo. Mas depois... pensei... não tinha certeza.

— E por que diabos não disse nada? — A raiva de Helen crescia agora.

— E isso importa? O que isso tem a ver com essa história toda?

— Importa porque isso liga você à força policial... e a mim, em particular. Por que não falou nada antes?

Diane balançava a cabeça. Não queria ir até o fim.

— Preciso saber, Diane. Se me ajudar agora, prometo que vamos encontrar o assassino de Sam, mas, se não...

Diane tentou conter o choro, depois olhou para a escada. Nenhum sinal de Richard — ainda.

— Eu não estava com Richard naquele dia. Estava voltando de Salisbury com outra pessoa.

Aí Helen entendeu.

— Um amante?

Diane assentiu, chorando muito.

— Fui encontrá-lo porque... porque estava grávida. Amy era... é filha dele. Ele queria que eu deixasse Richard e fosse morar com ele, mas... Sofremos um acidente na viagem de volta. Ele morreu. Eu não conseguia sair do carro, meus pés estavam presos, achei que ia morrer queimada, mas...

— Eu tirei você de lá.

Helen olhou de novo para a foto. Observando com mais atenção, era possível perceber a gravidez. Helen salvara a vida de Diane — e também a de Amy, o que era mais importante ainda. A ideia lhe provocou náuseas: a assassina era ainda mais ardilosa e doentia do que jamais imaginara.

— E o que isso tem a ver com o que está acontecendo? Por que precisa saber sobre esse dia?

Claro. A pergunta de um milhão de dólares.

— Neste momento ainda não posso dizer, Diane, mas estamos mais perto de entender por que Amy foi sequestrada. Darei mais detalhes assim que tiver todas as informações. Mas essa conversa precisa ficar só entre nós, por enquanto.

Diane concordou. Para ela, isso estava longe de ser um problema.

— Vamos pegar o assassino de Sam — continuou Helen. — Faremos justiça. Você tem a minha palavra. Quanto ao resto, fica a seu critério. Não tenho nenhuma intenção de acabar com o casamento de ninguém.

Diane a acompanhou até a porta. Helen foi direto conferir o celular; havia várias mensagens de Charlie e, quando a detetive-inspetora conseguiu falar com ela, foi informada da situação de Hannah Mickery. O jogo estava ficando mais estranho a cada minuto. E Helen tinha o terrível pressentimento de que as coisas estavam caminhando para um clímax muito bem planejado. Helen já havia cruzado com muita gente em seu trabalho na polícia, e pensava agora nessas pessoas, numa busca desesperada pelo possível culpado.

— Estou chegando, Charlie, mas antes preciso que faça uma coisa para mim.

— Diga, chefe.

— Preciso que descubra o paradeiro de Louise Tanner.

82

Hannah Mickery nunca roera as unhas, mas agora tinha os dedos roídos até o sabugo. Na verdade, aquilo era irônico. Grande parte do seu trabalho tinha sido transformar arrancadores de cabelos e roedores de unhas em seres humanos racionais, equilibrados. Ao olhar para ela agora, via-se uma pessoa em péssimo estado físico e mental. Todo seu senso de autocontrole ruiu, devido aos terríveis momentos que vivera. Onde estava Helen? Tortura lenta, essa espera. Quando fizera o trato com sua sequestradora, tudo parecera tão simples. Faria o que haviam combinado e ela seria libertada. Era engraçado pensar que, nos breves e inebriantes momentos que se seguiram ao acordo, Hannah vislumbrara uma vida além do medo e do desespero. Uma vida em que poderia colocar seu sofrimento — e sobretudo sua recuperação — a serviço de uma boa causa. Ajudar os outros. Ajudar a si mesma.

Agora tudo aquilo parecia uma grande bobagem. Uma fantasia, produto de uma mente alucinada. Talvez não chegasse a ver Helen? Talvez fracassasse? A tortura ainda não havia acabado.

De repente, Helen estava na sala. Hannah Mickery foi tomada pela alegria, embora a policial estivesse visivelmente impressionada com sua aparência. Até tentou se mostrar simpática, mas Hannah parecia uma criatura exótica e repulsiva em exibição num viveiro de répteis.

A detetive ficou chocada com o que viu. Hannah, sempre calma nos depoimentos anteriores, parecia uma dessas velhas malucas que a gente vê na rua pedindo dinheiro. Mulheres sem-teto, tão castigadas pela vida que parecem completamente desajustadas.

— Não quero ela aqui — disparou Hannah, dirigindo a Charlie um olhar acusador.

— A detetive Brooks precisa estar presente em função dos proce...

— Ela não pode estar presente. Por favor.

Agora sua exigência tinha um tom de súplica, e as lágrimas ameaçavam a jorrar. Todo o seu corpo parecia tremer. A um sinal de Helen, Charlie deixou a sala.

— O que foi que aconteceu com você, Hannah? Consegue me dizer?

— Você sabe o que aconteceu comigo.

— Posso imaginar, mas quero ouvir de você.

Hannah Mickery balançou a cabeça e olhou para o chão.

— Você não está presa, e eu não tenho nenhuma intenção de acusá-la de nada em função de tudo que foi obrigada a fazer. Se matou o Sandy... então me diga onde...

— Sandy não está morto — interrompeu Hannah. — Pelo menos não acho que esteja. E não fiz nada a ele.

— Então onde ele está? Se pudermos ajudá-lo...

— Não sei. Estávamos num contêiner. Um contêiner de carga, perto das docas, eu acho. Senti o cheiro de maresia quando fui arrastada para fora.

— E quem arrastou você para *fora*?

— Ela me arrastou. Katherine.

— Deixa eu ver se entendi direito. Ela arrastou você para fora e te poupou, apesar do fato de Sandy estar vivo e desarmado?

Hannah Mickery assentiu.

— A arma não estava carregada. Nunca pretendeu nos matar. Tudo foi um grande e terrível jogo.

Helen recostou-se na cadeira para processar essa novidade.

— Por que, Hannah? Por que ela poupou você?

— Porque queria que eu trouxesse uma mensagem para você.

— Uma mensagem?

— Eu deveria contatar Brooks, mas só poderia falar com você. Somente com você.

— E qual é a mensagem?

— *Eu te condecoro.*

Helen esperou, mas não ouviu mais nada.

— Isso é tudo?

Hannah Mickery assentiu.

— *Eu te condecoro* — repetiu.

Impossível que aquela mensagem não fosse dela, pensou Helen com seus botões.

— O que isso significa? — A pergunta de Hannah era desesperadora. Era como se a resposta de Helen pudesse dar algum sentido às suas terríveis experiências.

— Significa que estamos chegando perto de pegar a assassina.

— Quem é ela?

Helen fez uma pausa. O que dizer a ela, afinal?

— Ainda não tenho certeza, Hannah. Por enquanto.

Hannah suspirou, com a incredulidade estampada no rosto.

— E o que devo fazer enquanto brincam de polícia e ladrão?

— Podemos oferecer acomodações seguras e proteção pessoal, se é o que...

— Não se incomode.

— É sério, Hannah, podemos tomar con...

— Acha mesmo que alguma coisa vai deter essa mulher? Ela não vai ser derrotada. Vai vencer. Não percebe isso?

Os olhos de Hannah Mickery brilhavam. Ela parecia completamente louca.

— Vou chamar um médico, Hannah. Eu acho mesmo...

— Espero que consiga dormir à noite.

Hannah agarrou o braço dela, pressionando sua pele.

— Seja o que for que você fez, espero que consiga dormir à noite.

Helen saiu da sala de interrogatório para buscar o médico da Central, ainda com as palavras de Hannah martelando em seus ouvidos. Aquela acusação fora profética e perturbadora. Helen estava tão concentrada em seus pensamentos que demorou para perceber que alguém a chamava.

Whittaker. Devia ter imaginado.

Por dentro, Helen se amaldiçoou por não ter um plano esquematizado para esta situação.

— Como ela está? Conseguiu que falasse alguma coisa?

Seu tom de voz era totalmente profissional, mas Helen percebeu que ele estava tenso. Era político, enganava bem, mas estava confuso. Não tinha ideia do estado em que Hannah Mickery se encontrava e das coisas que falara. Ela poderia acabar com a carreira dele com uma única frase.

— Está numa situação lastimável, senhor. Mas está cooperando.

— Bom, bom.

Isso não é muito convincente, pensou Helen.

— E quanto ao advogado? — continuou Whittaker. — Está...?

— Não temos certeza no momento. Ao que parece, ela pode ter libertado os dois.

Isso o deixou visivelmente irritado.

— Bem, me mantenha informado. Não vamos conseguir abafar isso por muito tempo, então...

Ele falou isso e saiu. E agora? Helen sabia que tinha poucas opções. Era difícil encontrar um lugar reservado na Central onde se pudesse conversar tranquilamente. Atrás das lixeiras da cantina seria um lugar mais reservado. Então foi até lá e chamou o pessoal da Anticorrupção.

— O que estou prestes a relatar não pode sair daqui, entendido?

Helen estava de volta à sala de inquérito. Charlie, Bridges, Grounds, Sanderson, McAndrew — todos tinham sido convocados para uma reunião de equipe e estavam ouvindo atentamente, tensos com a expectativa. Todos concordaram com o pedido de Helen e esperavam mais informações.

— Até agora, nossa assassina escolheu como alvos cinco duplas. E cada uma das pessoas sequestradas têm algum tipo de ligação comigo.

Houve uma visível reação por parte da equipe, mas ninguém ousou interromper Helen, então ela continuou:

— Ajudei a salvar Marie e Anna Storey de uma gangue. Ben Holland, nascido James Hawker, estava prestes a ser assassinado pelo pai, num acesso de loucura, quando eu intervim. Martina, nossa prostituta, era na verdade Matty Armstrong, um garoto de programa que foi torturado e abusado por um grupo de homens, até que eu e uma colega o salvamos.

Outro murmúrio da equipe.

— Diane Anderson, então grávida, foi uma das vítimas de um acidente perto de Portsmouth. Louise Tanner e eu trabalhávamos na rua na época, como policiais de trânsito, e ajudamos a salvá-la e ao seu bebê, ainda na barriga: Amy. Diane nunca trouxe o assunto à tona porque não estava viajando com o marido na época... mas admitiu agora.

— E Hannah Mickery? — Finalmente alguém ousou fazer uma pergunta. Foi a corajosa detetive McAndrew.

— Hannah e Sandy foram uma espécie de bônus. Uma brincadeira de mau gosto com a gente. A assassina obviamente achou que não estávamos progredindo com a devida rapidez e decidiu nos mandar uma mensagem. Hannah foi libertada com a condição de me procurar com a seguinte mensagem: "Eu te condecoro."

A frase ficou pesadamente suspensa no ar. Ninguém se atreveu a comentar.

— Recebi comendas oficiais da polícia por todos os incidentes que mencionei, menos um. Nossa assassina deliberadamente atacou pessoas que eu ajudei e se empenhou em destruí-las. Para ela não importa se morrem ou matam; em qualquer um dos casos, são destruídas. Ela gosta do fator dúvida, que, na visão dela, empresta a toda a pantomima um elemento surpresa.

A questão óbvia seria "Quem é a assassina?"; Helen, contudo, foi surpreendida pela resposta de Charlie.

— Você recebeu outras comendas?

Mais falatório da equipe. Helen respondeu:

— Sim, mais uma. No caso de uma jovem australiana chamada Stephanie Bines, que trabalhava num bar em Southampton. Foi testemunha de um tiroteio perto das docas, decidiu depor e sofreu um atentado. Nós a protegemos naquele dia e mandamos uma gangue inteira para a cadeia. Já enviei uma patrulha para o último endereço conhecido dela, mas quero dois de vocês lá imediatamente. Mas não você, Charlie.

Charlie sentou-se novamente, e Helen designou dois outros integrantes da equipe para a tarefa.

— Quero que faça outra coisa para mim, com a maior discrição e cuidado possíveis. Entendido? — pediu Helen.

Charlie assentiu.

— Louise Tanner estava trabalhando comigo no dia desse acidente.

Helen hesitou por um momento. *Seria esta a jogada certa?* Depois prosseguiu:

— Louise não... não conseguiu lidar muito bem com aquilo tudo, depois do acidente. Nunca mais foi a mesma e, pouco tempo depois, desapareceu. Quero que descubra tudo que puder sobre ela: onde está, o que tem feito etc. Mas relate isso somente a mim, está bem?

— Claro, chefe. Vou já cuidar disso.

— E também preciso conversar com você sobre outra coisa. Algo que em breve será muito comentado aqui dentro. E preciso que me ajude a conduzir o assunto.

— Como assim?

— Mark é inocente. Ele não nos entregou.

Charlie ficou boquiaberta. Então Helen estava errada, e acabou destruindo a vida dele?

— Agora sei quem nos vendeu. E essa informação vai virar esse lugar de pernas para o ar. Vou precisar de você ao meu lado para manter todo mundo calmo e focado. Corrupção é coisa séria, mas precisamos prender uma assassina. Aconteça o que acontecer, temos que continuar firmes no trabalho até o caso ser concluído. Posso contar com você?

— Cem por cento.

E Helen sabia que podia contar com Charlie. Essa investigação estava se tornando um pesadelo — e o pior ainda estava por vir. Mas Charlie já havia mostrado que era forte, e Helen estava feliz por saber que ela estaria por perto. E por isso se sentiu tão mal por enganá-la deliberadamente neste momento.

83

O chicote voava no ar e, ao encontrar o alvo, açoitava a carne firme e delicada. A mulher arqueava o corpo ao sentir a dor que fluía por todo o seu ser. Sobreveio a ferroada inevitável, incisiva; depois o corpo começou a relaxar. Já estava uns 15 golpes além do que seria ideal e começava a se sentir fraca mas, mesmo assim, falou:

— De novo.

Jake atendeu seu pedido, mas sabia que ela logo iria encerrar a sessão. Tinha sido um encontro agradável, quase como nos velhos tempos. E, se fossem espertos, terminariam enquanto estivessem contentes.

— Mais um.

Jake ergueu o chicote com alívio e o golpe foi um pouco mais rápido e forte que o normal. A mulher gemeu; estava saciada e feliz. Jake se perguntou o que estaria acontecendo. Será que ela estava começando a sentir prazer com sua punição? Muitas mulheres nas quais batia se masturbavam na frente dele sem nenhuma vergonha, levadas ao orgasmo pelas cruéis, porém deliciosas, chicotadas que ele administrava. Seria o caso dela? Será que ele conseguiria levá-la ao êxtase?

Jake se deu conta de que passava cada vez mais tempo pensando nela. Sempre tivera curiosidade, mas, desde que brigaram e se reconciliaram, achava difícil não pensar em como funcionava a mente dela. Por que aquela mulher se odiava tanto? Ensaiara várias formas diferentes de abordar o assunto, mas a pergunta simplesmente acabou saindo, surpreendendo ambos.

— Antes de ir, tem alguma coisa sobre a qual queira falar?

A mulher fez uma pausa e olhou para ele, curiosa.

— Quero dizer… você sabe que tudo que acontece aqui fica entre nós. Portanto, se por acaso quiser falar, não precisa ficar preocupada. O que é dito aqui fica aqui.

— E sobre o que eu poderia querer falar? — A resposta era curiosa, mas nada comprometedora.

— Sobre você, suponho.

— E por que eu faria isso?

— Porque talvez tenha vontade. Porque se sente confortável aqui. Talvez seja o espaço ideal para você me dizer como se sente.

— Como eu me *sinto*?

— Sim. Como você se sente quando vem aqui? E como se sente quando sai?

Ela olhou-o com estranheza, juntou suas coisas e disse:

— Me desculpe. Eu não tenho tempo para isso.

E seguiu em direção à porta. Jake deu um passo à frente e, gentil porém firmemente, bloqueou a passagem dela.

— Por favor, não me entenda mal. Não quero me intrometer na sua vida e pode ter certeza de que não quero magoar você. Só quero saber de que modo posso ajudar.

— Me ajudar?

— Sim. Você é uma pessoa boa, forte e tem muito para dar, mas você se odeia, e isso não faz o menor sentido. Então, por favor, me deixe ajudá-la. Não há razão para você se machucar tanto assim! Talvez, se conversasse comigo...

Jake ficou mudo, tal a ferocidade do olhar que a mulher lhe dirigiu. Era uma mistura de raiva, nojo e decepção.

— Vá se foder, Jake.

Então ela afastou-o do caminho e saiu. Jake afundou na cadeira. Fizera tudo errado — e agora pagaria o preço. Sabia, com toda certeza, que jamais veria Helen Grace de novo.

84

Todo mundo tem um limite. Uma linha que não deve ser cruzada. Comigo não foi diferente. Se o babaca estúpido tivesse sido sensato, nada disso teria acontecido. Mas ele foi burro e ganancioso. Por isso decidi matá-lo.

Eu estava um lixo àquela altura. Já havia desistido da vida. Sabia que meu destino era ser ferida e descartada. Já estava em paz com essa constatação — afinal, foi o que aconteceu com as garotas que conheci. Nenhuma delas chegou ao outro lado. Vejam minha mãe — uma triste imitação de gente. Era um capacho, um saco de pancada, mas, pior que isso, era cúmplice. Sabia o que ele fazia comigo. O que Jimmy e os outros faziam comigo. E não fez nada. Ignorou a questão e foi levando a vida. Se ele a abandonasse, provavelmente morreria nas ruas porque ninguém a ajudaria. Então escolheu a saída mais fácil. Para dizer o mínimo, eu a odiava mais do que odiava o meu pai.

Pelo menos era o que eu achava, até aquele dia — quando o vi entrar em nosso quarto e hesitar. Normalmente, metia logo e se aliviava; gostava da coisa rápida e violenta. Mas, naquele dia, parou e, pela primeira vez, seu olhar se voltou para a cama de cima do beliche.

Eu sabia o que aquele olhar significava; que pensamentos diabólicos passavam naquela mente. Estranhamente, porém, ele desistiu e saiu do quarto. Talvez não estivesse pronto para ir até lá ainda. Mas eu sabia que seria apenas uma questão de tempo. E, naquele momento, tomei uma decisão.

Decidi, ali mesmo, que ia matar o desgraçado.

E mais, eu ia gostar de fazer isso.

85

— Não é difícil de fazer. Quer que eu te mostre?

Pela primeira vez em muitos dias, Simon Ashworth tinha alguma cor em suas bochechas. Escondido no apartamento de Helen, tornara-se uma pessoa nervosa e irrequieta; comia pouco e fumava muito. Mas agora Helen tinha um trabalho para ele — trabalho de detetive mesmo —, e isso fez com que ele se animasse. Adorava ter uma chance de exibir sua expertise técnica, e Helen acabava de lhe dar, de bandeja, uma ótima oportunidade para isso.

Ficou surpreso quando ela chegou. Entrou abruptamente e, do nada, começou a lhe fazer perguntas, sem nem sequer se dar ao trabalho de perguntar como ele estava. E nem de atualizá-lo sobre a situação de Whittaker. Parecia agitada, desatenta. E, quando começou a lhe dar os detalhes da investigação, o rapaz entendeu por quê. A detetive-inspetora Grace estava empenhada em descobrir por que as vítimas tinham sido alvo do ataque, e agora queria saber como a assassina agiu. Como conhecia tão bem a rotina de suas vítimas a ponto de estar disponível para lhes oferecer uma carona quando mais precisavam?

Algumas atividades rotineiras — como a reunião semanal de Ben Holland, por exemplo — eram fáceis de descobrir. Marie e Anna nunca saíam de casa. Mas e quanto a Amy? Ou Martina? As duas eram impulsivas e imprevisíveis. Como alguém podia saber o que elas pensavam?

— Partindo do princípio de que nem todo mundo posta nas redes sociais o que vai fazer, a melhor maneira de monitorar a rotina das pessoas é hackear suas comunicações — começou Simon e, pela primeira vez, Helen ficou em silêncio. Ele aproveitou bem essa breve transferência de poder.

— Hackear as comunicações feitas através do celular é complicado, pois é preciso ter acesso ao aparelho e inserir um chip nele. É possível, mas arriscado. É bem mais fácil hackear as contas de e-mail.

— Como?

— A primeira coisa é entrar no Facebook ou em qualquer rede social que contenha informações pessoais. Normalmente dá para pegar o endereço de e-mail, gmail, hotmail etc., e também muita informação sobre a família, data de nascimento, destinos favoritos, e por aí vai. Depois é preciso ligar para o servidor de e-mail e dizer que você não consegue mais acessar sua conta porque esqueceu a senha. Os caras vão fazer algumas perguntas de segurança padrão, como o nome de solteira da sua mãe, o nome de um bicho de estimação, alguma data importante, um lugar favorito. Se o hacker fez o dever de casa direito, é capaz de respondê-las. Em seguida vão informar a senha antiga e perguntar se a pessoa quer mantê-la ou trocá-la. A pessoa então informa que deseja manter a senha atual, de modo que o verdadeiro dono da conta não desconfie, e aí o hacker tem livre acesso a toda a correspondência da outra pessoa e pode ver tudo em casa, no próprio computador. Simples assim.

— E a gente consegue saber se a conta de alguém está sendo acessada por mais de um canal?

— Claro que sim. O provedor da conta tem como informar isso, se você insistir. Costumam ser um pouco rígidos em relação a isso, mas se você explicar que está investigando um assassinato, provavelmente vão colaborar.

Helen agradeceu a Simon e voltou correndo para a Central. O rapaz provara ser essencial neste caso, de maneira que Helen jamais poderia ter imaginado. Amy tinha mandado um e-mail para a mãe dando detalhes precisos sobre a hora em que ia pegar carona para casa. Da mesma forma, Martina se comunicara por e-mail com a irmã — a única pessoa de sua antiga vida com quem mantinha contato — perguntando se podia visitá-la, para sair um pouco de Southampton. Será que foi assim que a assassina rastreou Matty?

E foi por isso que "Cyn" sequestrou Martina e Caroline, por medo de perder a oportunidade, caso Matty/Martina fosse visitar a irmã em Londres?

Mais perguntas do que respostas, porém, finalmente, Helen sentiu que estava chegando mais perto da verdade.

86

— Fique longe de mim.

Hannah Mickery disse isso em um sussurro, mas Whittaker a ignorou e avançou em sua direção.

— Se você encostar um dedo em mim, vou gritar até fazer esse lugar desabar.

Fora internada na enfermaria da Central, para passar a noite. Lá poderia descansar e ter proteção 24 horas por dia, sete dias por semana. O inexperiente policial de serviço no turno da madrugada não vira nada de estranho no fato de o superintendente autorizar uma pausa em sua estafante jornada, no meio da noite. O que só mostrava, mais uma vez, como o chefe era legal. Whittaker sabia que teria não mais que cinco minutos e queria tirar o máximo de proveito do tempo.

— Preciso saber o que você vai fazer.

— Estou falando sério. Fique longe de mim.

— Pelo amor de Deus, Hannah, não vou machucar você. Sou eu, Michael.

Ele tentou tocá-la, consolá-la, mas ela se afastou.

— Tudo isso é culpa sua. Tudo isso é cul...

— Não seja ridícula. Foi você quem me procurou.

— Por que você não me resgatou?

Whittaker ficou chocado com a vulnerabilidade que o tom de voz dela deixou transparecer.

— Eu estava no inferno, Mike. Por que você não me encontrou?

De repente, a raiva de Whittaker se dissipou e ele foi tomado pela pena. Sentiu um nó na garganta, uma súbita onda de tristeza. Conhecera Hannah logo após o malfadado tiroteio que pôs fim à sua carreira na linha de frente. Hannah o aconselhara, tratara dele e os dois acabaram se apaixonando. Whittaker manteve o relacionamento em segredo porque não queria que ninguém soubesse que tinha uma psiquiatra, mas seus sentimentos em relação a ela eram sinceros.

— Nós tentamos, Hannah, juro por Deus, como tentamos. Colocamos todo mundo no caso. Todos os policiais que podia usar sem despertar...

— Sem se entregar? — perguntou Hannah com grande amargura.

— Eu tentei, pode acreditar. Tentei, tentei muito. Mas não encontramos nenhum sinal de que estava viva. Nem de Sandy. Vocês desapareceram. Essa assassina parece um maldito fantasma. Não conseguimos pegá-la ainda. Sinto muito, muito mesmo. Se eu pudesse trocar de lugar com vocês, eu teria trocado, pode acreditar...

— Não diga isso. Não *ouse* dizer isso.

— O que quer que eu diga?

A pergunta ficou no ar. Whittaker sabia que tinha apenas alguns minutos; tudo lhe dizia para sair dali.

— Quero que me diga que tudo isso nunca aconteceu. Que eu nunca te conheci. Queria nunca ter me apaixonado por você. Fique com essa assassina inteirinha para você. Eu só quero que tudo isso acabe. Gostaria de não estar mais aqui. Queria sumir do mundo.

Whittaker ficou paralisado, sem palavras diante do desespero de Hannah Mickery.

— Mas não precisa se preocupar comigo. Não vou contar nada sobre você. Vou continuar calada. Vou agir como me instruíram e, então, talvez eu sobreviva.

Voltou à sua cama e virou-se para a parede.

— Obrigado, Hannah.

Era totalmente inadequado, até mesmo indecente, mas o tempo urgia, e Whittaker deixou a enfermaria. Momentos depois, o jovem policial reapareceu, fedendo a cigarro barato. Whittaker lhe deu um tapinha nas costas e saiu. De volta à sua sala, respirou fundo. O plano original era os dois se aposentarem juntos, com milhões na conta bancária.

Isso estava fora de cogitação agora, mas pelo menos estava limpo. Tudo correra muito mal, terrivelmente mal, mas ele ficaria bem. Tinha passado a noite em claro e estava exausto, mas, quando o sol começou a nascer, sentiu uma onda de energia e de otimismo.

Foi quando ouviu uma batida na porta. Antes que tivesse chance de atender, Helen entrou, acompanhada por dois oficiais da Divisão Anticorrupção.

87

Stephanie Bines sumira do mapa. Trabalhadores temporários costumam ser difíceis de localizar, sobretudo aqueles que trabalham em bares. Chega a ser uma profissão promíscua, qualquer promessa de uns trocados a mais faz com que as pessoas abandonem o barco a qualquer momento. Stephanie havia trabalhado na maioria dos bares de Southampton. Era atraente e engraçada, mas também excêntrica e temperamental. E ninguém sabia dela fazia algum tempo.

Depois do julgamento, pensara em voltar para casa, mas tivera seus motivos para fugir da Austrália. E a ideia de voltar para lá com o rabo entre as pernas — ou seja, ainda falida e sem um compromisso sério — não lhe agradava. Então mudou de Southampton para Portsmouth e continuou fazendo o que sempre fez: trabalhando, bebendo, trepando e dormindo. Era como um pedaço de madeira flutuante à deriva na Costa Sul.

Ninguém atendia em seu último endereço conhecido. Sanderson fora até lá, mas era uma espécie de albergue e ninguém a via fazia séculos. O dono, desconfiado da polícia e sem ter como saber o que poderia ser descoberto em seus quartos baratos, não estava muito disposto a colaborar. Ele exigiu ver um mandado. A equipe fez a solicitação imediatamente, mas levaria tempo. Então foram para os clubes e bares do centro da cidade, deram uma olhada nos hospitais locais, nas empresas de táxi e em todos os lugares nos quais pudessem encontrar qualquer pista. Ainda assim, nem sinal dela.

A garota simplesmente evaporara.

88

Whittaker encarou Helen. Nenhum dos dois disse uma palavra; o Departamento Anticorrupção estava formalizando as acusações. Helen tinha a sensação de que estava sendo interrogada. O olhar de Whittaker parecia atravessar seu crânio, como se tentasse adivinhar seus pensamentos.

— Devo dizer que estou surpreso com você, Helen. Achei que era mais inteligente.

O detetive-superintendente Lethbridge, da Anticorrupção, parou abruptamente, surpreendido pela inesperada interrupção.

— Achei que tínhamos esclarecido esse assunto — continuou Whittaker —, mas agora vejo que veio parar na minha porta. Não preciso fazer você lembrar que há uma investigação em andamento, que merece *sua total* atenção.

Helen recusava-se a baixar o olhar, recusava-se a ser intimidada. Lethbridge recomeçou, mas Whittaker simplesmente continuou a falar, sobrepondo-se a ele.

— Eu não fazia ideia de que você tinha tanta ambição. É isso? Talvez você tenha achado que não estava crescendo tão depressa quanto desejava. Talvez o fato de eu ter te promovido e te transformado na mais jovem detetive-inspetora que essa Central já teve não tenha sido o suficiente. Mas quero te dizer uma coisa: apunhalar o superior pelas costas não é uma boa tática para ser promovida. Mas você está prestes a descobrir isso.

Whittaker não tirava os olhos dela. Helen baixou o olhar primeiro. Certa dor na consciência, culpa... embora o motivo lhe escapasse totalmente. Este era o velho Whittaker: jogou na cara tudo o que fizera por ela e, ao mesmo tempo, fez uma ameaça velada. Era profissional e não se alterava, ainda que intimidasse e neutralizasse qualquer pessoa que ameaçasse sua posição. Era verdade que Whittaker a tinha "descoberto". Ele sabia que ela era uma detetive promissora e a ajudara a galgar posições, até se tornar inspetora. E agora Helen queria derrubá-lo. Mas o que Whittaker fizera era grave demais. E não era apenas seu relacionamento com Hannah Mickery ou o fato de ter vazado informações confidenciais, mas sobretudo o fato de ter feito de Mark Fuller e de Simon Ashworth bodes expiatórios. Na verdade, ela não deveria sentir nada além de desprezo por ele.

Helen ficou aliviada quando o interrogatório foi concluído, em apenas vinte minutos. Teriam de se reunir com o representante de Whittaker e seu advogado. Helen seria excluída do processo a partir desse momento. Como era de se esperar, Whittaker havia falado pouco e negado todas as acusações. Será ele que iria ceder?

Havia fumaça demais por trás daquilo tudo para não ter fogo. Charlie parecia inocente. Podia jurar que Mark também fora convincente. E Simon Ashworth fora tão sincero em seu depoimento. Tudo indicava que Whittaker era culpado. Mas Helen sabia que os oficiais superiores raramente eram enforcados em praça pública. E, neste caso, era ainda menos provável que isso fosse acontecer, já que a investigação que ele havia prejudicado vinha sendo tão comentada. Esses casos de corrupção tendiam a se arrastar a portas fechadíssimas durante meses, às vezes anos. E era bem provável que, ao final de tudo, Whittaker fosse forçado a se aposentar sem receber qualquer reprimenda ou punição. Helen odiava toda aquela política palaciana.

O processo levaria tempo para tramitar, mas duas coisas ficaram bem claras. Primeiro: Helen assumiria interinamente a função de Whittaker. E segundo: ela queria Mark de volta à equipe.

Tomou coragem, respirou fundo e tocou a campainha do apartamento. Não seria fácil, mas não havia tempo para hesitação. Charlie ainda estava atrás de Louise Tanner; não havia sinal de Stephanie Bines e não estavam sequer perto do fim desse pesadelo. Helen precisava dos melhores profissionais ao seu lado.

— Vamos lá, atenda — sussurrou Helen, enquanto apurava o ouvido em busca de algum sinal.

Passou-se um minuto. Depois outro. Helen estava quase desistindo e indo embora quando ouviu alguém lutando com a chave na fechadura. Virou-se justo na hora que a porta se abriu e Mark — ou o que restava dele — apareceu.

Era uma visão lastimável. Ele estava cambaleante, com a barba por fazer, os olhos vermelhos. Um bebedor em horário integral, sem nada nem ninguém que o fizesse parar. Estava usando uma roupa de corrida, mas exercícios não faziam parte de sua rotina. Mark estava fechado para balanço. Helen sentiu uma pontada de arrependimento. Tinha se oferecido para salvar Mark e depois o atirava novamente à bebida. Ele, por sua vez, a olhava num misto de surpresa e desprezo. Então Helen foi direto ao assunto:

— Mark, nós já passamos por muita coisa, então vou direto ao ponto. Sei que você é inocente de tudo que te acusei. Sei que fiz uma merda enorme. Mas quero que você volte para a equipe imediatamente. Se não tiver energia ou não conseguir ficar na mesma sala que eu, entendo, mas preciso que você volte imediatamente. Você é um policial muito bom para ser descartado. Eu estava errada. Descobri o verdadeiro culpado e quero corrigir as coisas.

Fez-se um longo silêncio. Mark parecia confuso.

— Quem é?

— Whittaker.

Mark assoviou, depois riu. Não conseguia acreditar.

— Não sabemos ainda se estava com a Hannah por dinheiro ou se realmente gostava dela, mas estou completamente convencida de que foi ele. Inventou um álibi, fez outros oficiais mentirem também... Fez uma grande bagunça.

— Então, quem assume?

— Eu.

— Bem, parabéns.

Até agora fora educado, mas os primeiros sinais de sarcasmo começavam a aparecer.

— Sei que prejudiquei você, Mark. Sei que traí a nossa... amizade. Não tive intenção de te magoar, mas fiz isso por um motivo. Só que errei. Errei feio.

Respirou fundo e continuou.

— Mas muita coisa aconteceu e preciso que você volte. Agora sei que o que motiva a assassina é seu ódio por mim. Estamos quase lá, Mark, mas preciso da sua ajuda.

Com calma, Helen explicou a situação para ele. Mark começou ouvindo tudo passivamente, mas depois, aos poucos, arriscou algumas perguntas se envolvendo mais com a história. Os antigos instintos estavam acordando, pensou Helen.

— Já contou ao restante da equipe que sou inocente? — disparou ele.

— Charlie sabe. Vou contar aos outros hoje.

— É o *mínimo* que você deve fazer antes de eu levar qualquer coisa em consideração.

— É claro.

— E quero que peça desculpas. Sei que não é muito boa nis...

— Lamento, Mark. Sinto muito, muito mesmo. Nunca deveria ter duvidado de você. Deveria ter confiado em meus instintos, mas não fiz isso.

Mark ficou surpreso.

— Sei que joguei você nisso, mas quero muito consertar tudo. Vá tomar um banho e volte para a Central comigo. E nos ajude a pegar essa assassina, por favor.

Mark não quis ir naquele momento. Helen sabia que isso ia acontecer. Mas uma parte dela tinha esperança de que ele fosse. O perdão instantâneo é sempre desejável, ainda que não muito provável. Então resolveu dar um tempo a ele e voltou ao trabalho. Seria tarde demais para reparar os danos? Só o tempo poderia dizer.

89

Charlie Brooks não gostava de álcool. Nunca havia gostado. E os pubs que abriam às 9 da manhã não eram seu habitat natural. Mas hoje iria encará-los; ia entrar num mundo diferente, mais sombrio. Existem pubs aos quais se pode ir acompanhada, para namorar. Outros nos quais você fica bêbada, sobe na mesa e canta até não poder mais. E há outros aonde você vai para beber até cair. Ainda era cedo, e o Anchor já estava bastante cheio — de aposentados, alcoólatras e pessoas que preferiam estar em qualquer outro lugar, menos em suas próprias casas.

Apesar de ser proibido fumar, havia um forte cheiro de cigarro no ambiente. Charlie se perguntava a que mais faziam vista grossa nesse estabelecimento insalubre. Durante anos, o conselho municipal tentara fechar os pubs que ficavam próximos ao porto, mas o lobby das cervejarias era potente — e os pubs que vendem cerveja forte a 1,99 libras sempre serão populares entre os clientes.

A busca já estava ficando exaustiva. Havia várias espeluncas na região das docas de Southampton — e Charlie teria de visitar todas elas. Ao entrar, todos os olhares se voltavam para ela. Apesar de estar vestida de forma simples, ainda assim era demasiado atraente e cheia de vida para frequentar lugares como aqueles. A clientela ficava logo intrigada e algumas pessoas até se punham em guarda. Ninguém lhe concedia um mínimo de cordialidade. Já estava começando a ficar desanimada quando, finalmente, descobriu algo significativo.

Louise Tanner — ou Louie, como era conhecida na região — frequentava regularmente o Anchor. Em algum momento ela iria aparecer. Tudo que precisava fazer era sentar e esperar. Seria um progresso? Bem, melhor que nada. Então Charlie pediu uma bebida e sentou-se num banco nos fundos. Assim teria uma boa visão da entrada sem ficar muito visível; além disso, era um bom lugar para um observador.

Tentou imaginar como Louise estaria agora. Tinha apenas uma foto dela, e era muito antiga. Na época que a foto foi tirada ela era oficial e estava em boa forma, com cabelos louros presos num rabo de cavalo. Os dentes da frente eram ligeiramente separados. Sua força física fora providencial quando ela e Helen salvaram aquelas pessoas no acidente, mas, após aquele episódio, Louise passou a demonstrar fraqueza emocional. Não há como saber como uma pessoa vai reagir a uma experiência traumática, mas enquanto Helen Grace dera um jeito de guardar, reprimir ou lidar com aquilo de alguma forma, Louise Tanner não conseguiu. Teriam sido as queimaduras de algumas das vítimas mais jovens? O motorista que fora esmagado entre o ônibus e uma pilastra? Ou o calor, o odor, o medo e a escuridão? Louise lutou para se livrar das lembranças. Procurou ajuda psicológica, reduziu as horas de trabalho e teve todo o suporte necessário, mas, um ano depois, pediu demissão.

Os colegas e amigos tentaram manter contato, mas ela tornou-se cada vez mais agressiva e amarga. As pessoas diziam que Louise bebia muito e até especulavam sobre o possível envolvimento dela em pequenos crimes. Assim, uma a uma, foram cortando contato. Até que no final ninguém, nem mesmo a própria família, sabia onde Louise estava. Sua vida contrastava totalmente com a de Helen, que estava no auge da carreira e agora usufruía do dinheiro e do status do cargo de detetive-inspetora. Louise culpava Helen, até certo ponto, por seus problemas, daí as correspondências carregadas de ódio que ocasionalmente enviava para a Central de Southampton. Helen as ignorava, mas agora essas mensagens tornaram-se úteis, pois o carimbo do correio revelou que a ex-policial ainda morava na cidade. Havia as ocasionais excursões de observação de Southampton, e o instinto de Helen dizia que Louise não se afastaria muito do território que já conhecia. E era por isso que Charlie estava agora agarrada a um morno suco de laranja, nos fundos de um dos piores pubs que já entrara na vida.

O tempo se arrastava. Charlie começou a pensar se tudo aquilo não passava de uma brincadeira. Será que o dono teria alertado Louise? Talvez os dois estivessem agora rindo da detetive pateta que perdia seu tempo numa vigilância inútil.

Movimento na entrada: uma mulher com casaco acolchoado e calça de moletom adornada demais. Certamente, uma cliente assídua. Um vislumbre do rosto e uma mecha de cabelo louro, fino. Seria Louise?

Ela foi até o bar rebolando e brincou com o dono. Logo depois, virou-se para Charlie. O dono obviamente dissera alguma coisa e não havia dúvida de que aquela era Louise, pelo jeito que olhava para a parte mais escura no fundo do bar. Seus olhos encontraram os de Charlie e, após uma rápida avaliação da situação, Louise Tanner virou-se e saiu em disparada.

Charlie saiu correndo atrás dela. Louise estava quase 30 metros na frente e corria como se sua vida dependesse disso. Correu pelas estreitas ruas de paralelepípedos estilo medieval e depois cruzou a avenida principal em direção aos armazéns de carga, a oeste das docas. Charlie redobrou seus esforços; os pulmões pareciam queimar. Era visível que Louise não estava muito bem; corria de um jeito estranho, cambaleando. Estaria ferida? No entanto, era absurdamente rápida, movida pelo desespero.

Charlie estava apenas dez metros atrás quando Louise, de repente, disparou para a direita e entrou no armazém 24, um depósito de frete da Polônia lotado de contêineres em pilhas muito altas. Charlie entrou no armazém, mas Louise não estava em lugar algum.

Charlie xingou. Sabia que Louise estava ali, mas com tantos espaços estreitos entre os contêineres e tantos cantos para se esconder, não sabia por onde deveria começar a procurar. Foi para a esquerda, ficou atenta a qualquer barulho. E lá estava ela. Um pigarro abafado. Louise era fumante e correr era difícil para ela. Rastejando atrás do contêiner mais próximo, Charlie deslizou devagarzinho, guiada pela tosse contida, porém persistente, de Louise. E de fato lá estava ela, de costas, cercada — desde que Charlie conseguisse chegar até ela.

Charlie estava a uns dez metros de distância quando Louise se virou, com olhar selvagem e desesperado. Foi quando Charlie viu a faca — um objeto pequeno, mas de aparência horrível, que Louise segurava. Charlie recuou instintivamente e, pela primeira vez, percebeu o perigo em que se colocara — e também o bebê em seu ventre.

Agora Louise avançava em sua direção. Charlie recuou, andando rapidamente de costas e, ao mesmo tempo, pedindo que a mulher ficasse calma.

— Eu só quero conversar com você, Louise.

Mas sua oponente não disse nada; puxou o capuz sobre a cabeça, como se quisesse esconder sua identidade. Estava cada vez mais próxima, e Charlie não desgrudava os olhos da lâmina que chegava cada vez mais perto.

Bang! Charlie bateu na parede metálica de um contêiner. Virou-se e percebeu, tarde demais, que estava num beco sem saída. Só deu tempo de se virar e erguer os braços, se rendendo. Em seguida Louise a agarrou pelo pescoço e a empurrou. Com a faca em sua garganta, Louise começou a revistá-la, em busca de qualquer coisa de valor. Um olhar de fúria se transformou em aversão quando encontrou o distintivo e o rádio da polícia. Ela os jogou no chão e cuspiu neles.

— Quem te mandou aqui? — gritou Louise.

— Estamos investigando um...

— QUEM te mandou aqui?

— Helen Grace... a detetive-inspetora Grace.

Após um momento, Louise começou a rir, mostrando um sorriso de dentes falhados.

— Bem, pode mandar uma mensagem para ela?

— Sim.

Louise então fez um talho com a faca no peito de Charlie, que por pouco não atingiu sua garganta. O sangue começou a escorrer do longo ferimento, logo acima dos seios. Charlie ficou paralisada pelo choque, até ser levada de volta à realidade pelo som horrível da risada de Louise.

— Não basta para você?

De repente um forte barulho de estática ecoou no rádio de Charlie, que havia sido atirado longe. Louise olhou para o lado, com medo da interrupção. Charlie deu um rápido golpe em Louise e conseguiu derrubar a faca da mão dela. A policial se lançou para a frente, mas, ao fazer isso, Louise deu um soco no pescoço de Charlie. Por um instante, pareceu que sua laringe tinha sido esmagada. Ela engasgou, não conseguia respirar e teve de ficar de pé junto à parede. Quando ergueu o olhar, Louise já havia chegado à porta e corria para a liberdade. Charlie começou a persegui-la, mas de repente parou e vomitou. Não podia dar nem mais um passo.

Chamou reforço pelo rádio e caminhou devagar até a entrada. Ela estava em choque e precisava de ar fresco. Respirou fundo, enchendo os pulmões com a brisa do mar e sentiu um alívio momentâneo. Levantou a cabeça e ficou surpresa ao ver policiais uniformizados correndo em sua direção. Percebeu também uma movimentação nas proximidades do armazém 1.

Aparentemente aquele lugar não era usado havia anos, ou pelo menos era o que aparentava. Alguma coisa estava acontecendo ali e, enquanto atendiam Charlie, os policiais lhe contaram. Alguns estudantes que matavam aula encontraram um homem de meia-idade, bem cedo pela manhã — estava quase morto — caído e desacordado, dentro de um contêiner cheio de dejetos.

Haviam encontrado Sandy Morten.

90

O serviço local de condicional ficava na Southam Street, numa escola desativada. Sarah Miles, uma antiga colega da escola de treinamento da polícia em Netley, trabalhava ali. E era a ela que Helen recorria agora. Odiava enganar uma amiga, mas não tinha outro jeito. Não podia ser completamente sincera em relação às suas suspeitas até ter absoluta certeza. Haveria muito tempo para explicações mais tarde. Se é que haveria "mais tarde".

Pedira para ver o que tinham sobre Lee Jarrot, um bandido qualquer que, segundo Helen, poderia ter violado os termos da condicional. Era um truque sujo por parte de Helen, pois até onde ela sabia, Lee não fizera absolutamente nada de errado, mas paciência. Quando Sarah usou seu cartão eletrônico para entrar no Departamento de Registros, no subsolo, Helen foi com ela. Não era permitida a presença de policiais de outras localidades, mas Helen costumava acompanhar Sarah, para bater papo e fofocar. Já estavam na metade da letra J, verificando entre as infindáveis fileiras de arquivos, quando Helen se deu conta de que deixara o celular no carro.

— Eu disse que estaria disponível 24 horas por dia, sete dias por semana. Você se importa de trazer o arquivo de volta com você?

Sarah revirou os olhos e continuou andando. Era uma mulher prática, que não gostava de perder tempo.

Isso significava que Helen tinha de ser muito rápida. Voltando à entrada, virou à esquerda rapidamente. Seus olhos escanearam febrilmente a área: onde diabos estava a letra C?

C. Aqui está. Mais depressa, depressa. Helen folheou rapidamente os arquivos. Casper, Cottrill, Crawley... Sarah já estava voltando. Helen tinha apenas mais alguns segundos, quando... encontrou. Em quaisquer outras circunstâncias, teria hesitado em tocá-lo, a simples ideia de fazer aquilo era estranha. Mas, naquele momento, agarrou o arquivo e enfiou-o na bolsa.

Quando Sarah voltou, Helen estava à sua espera.

— Estava na minha bolsa o tempo todo. Sério, ainda bem que minha cabeça está presa no pescoço.

Sarah Miles revirou os olhos mais uma vez e as duas saíram. Helen deixou escapar um discreto e breve suspiro de alívio.

91

O ferimento de Charlie era superficial, mas, por causa da gravidez a mantiveram internada por mais tempo do que seria de costume, para monitorar seu estado. Como resultado, agora a maioria do pessoal da Central sabia da gravidez. Quando entrou na sala de inquérito, toda a equipe foi falar com ela. Queriam saber como ela se sentia e sugeriram que fosse para casa. Mas Charlie estava determinada a trabalhar e ajudar a equipe.

As pessoas ficaram impressionadas com seu desprendimento, mas na verdade ela estava muito abalada com o ataque de Louise. Só pensava no bebê, cuja vida colocara em risco sem querer. Como iria encarar Steve se tivesse perdido o bebê que ambos esperavam havia tanto tempo? Tudo que queria era ir para casa, abraçar o namorado e chorar. No entanto, sabia que na polícia ainda existiam certos preconceitos — e que qualquer sinal de fraqueza por parte de uma mulher, por mais justificado que fosse, seria usado por seus colegas homens contra ela. Logo a rotulariam como frágil e ela passaria a ser tratada de modo diferente. E Deus perdoe a mulher que, por acaso, priorizasse um bebê em detrimento do trabalho. Assim que a identificassem como uma mãe coruja, a mandariam embora. E se desejasse estender a licença-maternidade ou trabalhar meio expediente, seria melhor pedir logo uma transferência para a administração. Ninguém ia querer uma policial de meio expediente na linha de frente.

Não havia lugar para sentimento: era tudo ou nada. E era por esse motivo que todos respeitavam Helen Grace. Ela nunca faltava, nunca permitia que sua vida pessoal interferisse no trabalho. Era a policial perfeita. Isso tornava tudo extremamente difícil para o restante das mulheres; o padrão era muito alto, mas era assim que as coisas funcionavam. Então Charlie ficou. Ainda que estivesse profundamente abalada, não ia deixar que a descartassem, não depois de ter trabalhado tanto para chegar ali.

Mark esperou que o grupo se dispersasse antes de cruzar a sala para lhe dar um abraço apertado. Charlie sabia por que agira assim; algumas pessoas ainda duvidavam dele, e levariam um tempo para confiar novamente em Mark. Por isso, não pegaria bem para ele ser o primeiro da fila. *Fodam-se*, pensou Charlie, enquanto o envolvia num grande abraço por mais tempo que o necessário. Queria deixar clara sua posição perante o restante da equipe. Talvez um pouco da santidade dela caísse sobre ele e acelerasse sua redenção.

Logo todos teriam de engolir suas suspeitas pois Hannah ia falar. Charlie não deveria saber disso, é claro, mas as paredes têm ouvidos, e Hannah mal saía da enfermaria da polícia desde que fora resgatada. Era seu santuário — e todos os seus encontros com o pessoal da Anticorrupção aconteceram ali. Charlie tinha várias amigas entre as integrantes da Guarda Feminina, que gostavam de fofocar e tinham de ficar de olho em Hannah Mickery. Todas passavam adiante o que conseguiam pescar; dizia-se que Hannah tivera um caso com Whittaker, depois que ele a consultara profissionalmente.

Será que ainda dormiam juntos quando os assassinatos começaram? E quem havia pensado naquele esquema para torná-los ricos? Na verdade, não importava. Mark estaria limpo — era isso que importava.

A grande questão era como Mark iria reagir quando Helen estivesse na sala? Se conseguissem encontrar um jeito de conviver, então a carreira de Mark estaria salva. Senão, o policial teria grandes problemas.

Helen entrou justo naquele momento. Não expressou nenhuma reação ao retorno de Mark; em vez disso, chamou todos na sala para distribuir as tarefas.

— Então agora sabemos que Sandy Morten teve um AVC — começou. — Não foi ferido por Hannah. Seu corpo não aguentou as condições do confinamento. Está na UTI, lutando muito pela vida. O cara teve sorte. Se aqueles rapazes não o tivessem encontrado logo, teríamos mais um cadáver. Os médicos acham que ele sai dessa. O que isso nos diz?

— Que ele não fazia parte do plano — respondeu o detetive Bridges.

— Exatamente. Pouparam Hannah e Sandy. A assassina nunca teve intenção de matá-los. Tiveram alguma utilidade para ela. Foi seu jeito de fazer o jogo andar. Então está na hora de acelerarmos e ficarmos um passo à frente dela. A maior prioridade é encontrar Stephanie Bines. Ela é a próxima vítima mais óbvia, e não quero que seja mais uma morte pesando em nossas consciências. Charlie, você pode comandar as buscas? Use quem quiser e os recursos que precisar: temos de encontrá-la. Mark, quero que se concentre em encontrar Louise Tanner. Ela é extremamente perigosa, tem uma raiva explícita por mim, e já tentou matar Charlie. Então trate de pegá-la, está bem?

Mark assentiu, com toda a equipe focada nele. Estava fazendo tudo direito, pensou Helen. Era firme e determinado. Fazia um esforço sobre-humano em relação aos colegas, à sua aparência (tudo bem, parecia um trapo, mas estava limpo e sóbrio) e a ela. Helen sentia-se extremamente grata e feliz por Mark ter decidido confiar nela mais uma vez.

Então a equipe foi à luta. Agora que Helen estava no comando da Central, seus oficiais estavam ainda mais determinados a conquistar sua aprovação. E havia a sensação de que quem lhe trouxesse a assassina estaria na primeira linha para sucedê-la como detetive-inspetor ou inspetora. Então todos redobraram seus esforços, pressentindo a glória.

Helen se retirou para a privacidade da sala de Whittaker. Embora ele estivesse fora e, na realidade, jamais fosse retornar àquela unidade, aquela ainda era a sala *dele*. Então Helen evitou sentar-se em sua cadeira por enquanto. Ficou de pé ao lado da mesa e, mais uma vez, folheou o arquivo que acabara de roubar. Pegou o telefone, ligou para o Serviço Social, e logo tinha em mãos o endereço de que precisava.

O restante da equipe estava fora, à caça de Bines e de Tanner; portanto, Helen tinha algumas horas para ela. Mesmo assim, não seriam suficientes. Tinha um longo percurso a fazer; então subiu em sua moto e se pôs a caminho. A autoestrada M25 estava aquela confusão de sempre, e, com alívio, escapou para a M11. Logo chegava à A11 e rumava em direção a Norfolk.

Seguindo as placas de Bury St. Edmunds, Helen se viu em território desconhecido. Quando chegou ao seu destino, deu-se conta de que estava nervosa. Aquele lugar era desconfortável para ela — e voltar ali era como abrir a caixa de Pandora.

A casa era bonita, de frente para a baía, com jardins bem-conservados. Na verdade, era um albergue, porém parecia muito mais aprazível que a maioria desses estabelecimentos. Os moradores sabiam que era preciso tomar cuidado com o local, mas qualquer pessoa que estivesse só por ali acharia o lugar atraente e acolhedor.

Helen ligou para avisar que iria fazer uma visita e foi conduzida com cordialidade até o gerente do albergue. Mostrou seu distintivo, apresentou a foto mais recente e contou sua história falsa com bastante convicção. Sabia que seria improvável encontrar a mulher, mas ainda assim sentiu-se murchar quando o gerente lhe disse que ninguém via Suzanne Cooke fazia mais de um ano.

Na verdade, ela nunca se adaptara, confidenciou o gerente. Nunca pareceu interessada em se envolver com os programas do albergue. Naturalmente, o serviço de condicional foi alertado quando ela fugiu, mas com os cortes e a reorganização, nunca conseguiam falar duas vezes com a mesma pessoa, e o caso dela ficou por isso mesmo.

— Adoraríamos fazer mais pela senhora, mas isso é tudo o que temos no momento. Estamos bastante atarefados por aqui — concluiu o gerente.

— Entendo. Me conte um pouco mais sobre Suzanne. O que ela fazia quando estava aqui? Tinha amigos? Alguém em quem confiasse?

— Não que eu saiba. Na verdade, ela não se misturava. Era muito reservada. Basicamente, gostava de se exercitar. Tem ótimo preparo físico, é musculosa, atlética. Fez muita musculação e, quando não estava no ginásio, ajudava com a remoção. Era mais forte que muitos homens, segundo diziam.

— Remoção?

— Sim, em Thetford Forest. Fica a uns quatro quilômetros daqui e todos os anos permitimos que nossos hóspedes ajudem com a remoção de animais silvestres no verão, se eles quiserem. É um trabalho rigorosamente inspecionado, por causa das armas de fogo, mas algumas pessoas gostam. É trabalho braçal mesmo, e a pessoa fica um dia inteiro ao ar livre.

— Como funciona isso?

— Em Thetford são basicamente cervos vermelhos. Os animais são abatidos bem cedo, em geral em áreas remotas da floresta. O local é praticamente intransitável para veículos; então os carregadores têm que levá-los de volta para a trilha mais próxima, para que possam ser carregados.

— E como isso é feito?

— Usa-se um arreio próprio para cervos. Você amarra as pernas do animal juntas e depois prende uma corda de lona em torno do nó. A corda é presa a um arreio, mais ou menos como os que são usados pelos montanhistas, que a pessoa coloca em torno dos ombros. Depois arrasta o cervo atrás de si. É bem mais fácil que tentar carregá-lo.

Mais uma peça do quebra-cabeça acabava de se encaixar.

92

Charlie estava diante da tela do computador, com um nó na garganta de tanta tensão. Ouvia o toque do Skype e rezava para que alguém respondesse. A vida de Stephanie Bines continuava em perigo.

Tinha sido uma busca exaustiva, mas Charlie nunca perdera a esperança. Acompanhada pelos detetives Bridges e Grounds, percorrera todos os pubs, cafés e boates de Southampton. A resposta era sempre a mesma:

— Sim, conhecemos a Stephanie. Trabalhou aqui há alguns meses. Era muito popular, especialmente com os homens.

— E sabe onde ela está agora?

— Não tenho ideia. Um dia não apareceu mais para trabalhar, e pronto.

A princípio isso deixou Charlie muito nervosa, mas qualquer menção a desaparecimento súbito teria esse efeito sobre ela. Aos poucos, Charlie montou o perfil de uma jovem naturalmente itinerante, não muito satisfeita consigo mesma, que não criava laços fortes com pessoas ou lugares. Era uma viajante que lançara sua âncora na Costa Sul, mas algo dizia a Charlie que o ancoradouro era temporário. Então parou as buscas nas ruas e voltou à sala de inquérito. O último vestígio de Stephanie em Southampton datava de setembro; então começou por aquele mês. Com a ajuda dos outros detetives, ligou para a Qantas, para a British Airways e para a Emirates, até chegar, por fim, a vez da Singapore Airlines. Dia 16 de outubro; Stephanie Bines, passagem de ida para a Austrália. Algumas verificações adicionais revelaram que ela tinha uma irmã que morava numa área residencial de Melbourne e que a jovem fora localizada — viva e aparentemente bem — na casa dessa irmã.

Mas Charlie não podia correr riscos, daí a ligação via Skype. A habilidade da assassina para enganar as pessoas era tamanha que Charlie não podia e não iria relaxar até que visse Stephanie com os próprios olhos.

E lá estava ela. Mais bronzeada e mais loura que antes, mas com certeza era Stephanie. Uma pequena vitória para Charlie, para Helen e para a equipe. Pelo menos tinham salvado alguém. Será que a súbita decisão de Stephanie de voltar para casa estragara os planos tão bem delineados da assassina?

Stephanie não precisava de muito incentivo para viajar de novo. Estava em casa fazia mais ou menos cinco semanas e já se sentia sufocada. Charlie teve de improvisar; inventou que sua segurança estaria ameaçada, por causa do julgamento da gangue que Stephanie ajudara a desmantelar. Estava calma e confiante, mas sugeriu que talvez fosse melhor para Stephanie e sua família se ela saísse dali, que fosse para Queensland, Red Centre ou qualquer outro lugar, até que o problema na Inglaterra fosse solucionado.

Charlie encerrou a ligação via Skype com uma sensação de otimismo — talvez a assassina não fosse tão invencível, afinal.

De repente Mark chamou sua atenção, gesticulando em sua direção, do outro lado da sala de inquérito.

— A Central acabou de receber um telefonema. Louise foi vista perto do antigo hospital pediátrico, na Spire Street.

— Quando?

— Há cinco minutos. Uma mãe com um carrinho de bebê que estava passando acabou de ligar. Ia dar uma libra a ela e quase perdeu a bolsa nessa brincadeira.

Eles já estavam a caminho do centro da cidade. Seria Louise a assassina? Logo iriam descobrir. Charlie sentiu o coração acelerar à medida que ela e Mark corriam para o local. Era bom estarem juntos no comando e fechando o cerco em torno da assassina.

93

Em alguns momentos na vida precisamos escolher entre nos abrir para o mundo ou enterrar a cabeça num buraco. Seja na vida pessoal ou na profissional, há momentos em que é preciso saber quando se está pronto para se revelar para o mundo.

Helen, deliberadamente, fizera de si mesma um enigma. Cobria-se com uma grossa carapaça: durona, resiliente, decidida, uma mulher que nunca se arrependia de nada. Ela sabia que aquilo estava longe de ser verdade, mas era impressionante como tanta gente comprava aquela ideia. Sempre nos questionamos mais do que aos outros. E a maioria dos colegas de Helen parecia acreditar na imagem da policial durona, vacinada contra traumas, medo ou intimidação. Quanto mais Helen sustentava essa imagem, mais as pessoas acreditavam nela. Por isso ela possuía uma aura especial, como se fosse de "outro mundo", principalmente entre os colegas de profissão.

Helen sabia de tudo isso e parou para respirar agora que estava prestes a derrubar a imagem que havia criado, mas precisava se abrir. Porém aquilo tinha um custo: trazer à tona fatos que há muito tempo tinham sido enterrados.

O detetive Bridges, interrompendo os pensamentos de Helen, trazia os arquivos dos casos que ela pedira. Eles os examinavam juntos, trancados na sala. Helen avaliava cada conexão que havia encontrado. Não podia haver dúvidas. De repente, seu coração parou.

— Volte um pouco.

— Efeitos pessoais? Ou...

— O relatório da perícia técnica. Da casa de Sandy Morten.

A perícia técnica havia vasculhado a casa inteira do advogado. Eles sabiam que a sequestradora havia estado lá e bebera champanhe com ele e Hannah, então procuraram possíveis rastros dela.

— Nada aqui, chefe. A perícia encontrou amostras de DNA de Hannah, Sandy, da esposa dele, de todos os principais...

— Na segunda página.

— Só as amostras incompletas, muitas das quais descartamos...

Helen arrancou o relatório da mão dele e o examinou. Agora não havia a menor dúvida. Sabia quem era a assassina e por que estava cometendo aqueles crimes.

Eles não encontravam Louise Tanner em lugar algum. Mas uma sacola descartada perto do hospital pediátrico, fechado por tapumes, sugeria que ela havia estado ali recentemente e talvez tivesse ido buscar a recompensa que esperava. Estavam prestes a deixar o local, quando ouviram algo que os fez parar imediatamente. Um som metálico agudo no prédio abandonado, como se algo tivesse caído.

Mark fez sinal para Charlie. Instintivamente, os dois desligaram seus rádios e telefones e seguiram em direção ao prédio. Um dos tapumes que bloqueava uma janela estava solto; perfeito para alguém que quisesse entrar e sair sem ser visto.

Charlie e Mark entraram por ali, passando pelo beiral corroído da janela o mais silenciosamente possível. O prédio estava em péssimo estado, apenas uma sombra do local agitado que fora um dia, antes de o novo hospital central da cidade pôr fim à sua sorte. Charlie tirou seu cassetete do cinto e se preparou para usá-lo, se fosse necessário. Sua mão tremia; estaria ela pronta para aquilo? Agora era tarde demais. Os dois avançaram devagar, esperando que a qualquer momento alguém os atacasse.

De repente, um movimento; Louise, de capuz e calça de moletom, saiu de seu esconderijo e passou por uma porta vaivém. Mark e Charlie foram correndo atrás dela e fizeram um grande esforço para chegar ao corredor. Bang! Colidiram com as portas, mas já estavam quase 20 metros atrás de sua presa.

Irromperam pela escada; olharam para cima e viram Louise subir as escadas de três em três degraus. Correram atrás dela; Mark foi na frente, determinado a pegá-la. Subiram, subiram, subiram. Ouviram outro barulho.

Estavam agora no quarto andar. Será que ela foi para a esquerda ou para a direita? As portas vaivém à esquerda oscilavam um pouco; então, à esquerda. Mark abriu as portas e os dois entraram.

Vazio. Mas havia portas do outro lado — embora nenhuma se movesse — e quatro quartos. Louise podia estar em qualquer um deles. Se estivesse lá, estaria perdida agora. Tentaram um, depois o outro. E o terceiro. Só sobrava um.

Bang! Tudo aconteceu tão depressa que o cérebro de Charlie mal conseguiu processar. Um cano de metal caiu na cabeça de Mark e ele desmaiou. Charlie investiu com toda força sobre Louise; o cassetete colidiu com o cano de metal e fez um barulho alto. Charlie a golpeou várias vezes, mas Louise aparava cada golpe.

Só que aquela mulher não era Louise Tanner. Isso devia ter ficado claro pela forma como saltara os degraus da escada, durante a perseguição. E pela astúcia que demonstrou, induzindo-os a escolher o corredor errado, antes de se esgueirar furtivamente por trás deles. Não era Louise. Era a assassina — e agora Charlie estava cara a cara com ela.

Estava na hora de encarar a luta contra o inimigo. Helen mandou o aturdido Bridges reunir a equipe, pegou seu celular e discou o número de Charlie. Caixa postal. Xingando, ligou para Mark. Caixa postal também. Mas o que eles estão fazendo? Helen deixou uma mensagem curta para Mark e seguiu para a sala de inquérito.

Não gostava de começar sem seus dois melhores agentes, mas não teve escolha. Mesmo sem eles, a equipe estava bem forte e ela ainda podia contar com McAndrew, Sanderson e Bridges para conduzir os esforços de forma efetiva.

Helen queria pôr todas as cartas na mesa o mais rápido possível, então foi direto ao ponto.

— A mulher que estamos procurando chama-se Suzanne Cooke.

A equipe foi passando as fotos de Suzanne, até que cada um tivesse uma.

— Anexada à cada cópia está a ficha criminal dela. Ela foi condenada por duplo assassinato e cumpriu 25 anos da pena. Fugiu do albergue onde cumpria a condicional há 12 meses. Estava na região de Norfolk, mas acredito que agora esteja em Hampshire. Pode ser a responsável por essas mortes.

Um burburinho tomou a sala de inquérito. Helen fez uma pausa e continuou:

— Pela escolha das vítimas, acho que ela está tentando *me* atingir. Stephanie Bines parece estar bem agora, mas quero que chequem sempre com nossos contatos australianos, para mantê-la em segurança. Ela é a última possível vítima da lista, mas, como o sequestro de Hannah deixou claro, Suzanne tem muita imaginação e é capaz de mudar os planos. Então preciso de todos os profissionais disponíveis. Eu cuido da imprensa. Quero que todos vocês concentrem seus esforços em encontrar essa mulher. Detetive Bridges, pode informar à guarda? Quero todo mundo nas ruas tentando encontrá-la. Suzanne Cooke agora é a nossa principal suspeita. Quero todos os olhos da comarca à procura dela. Entendido?

— Por que você, chefe? — O detetive Grounds fez a pergunta que todos queriam fazer. — Por que ela age deliberadamente contra você?

Helen hesitou, mas o tempo dos segredos acabara. Ainda assim, respirou fundo antes de responder:

— Porque ela é minha irmã.

Charlie se preparou para uma luta mortal. Mas sua adversária não fez qualquer movimento contra ela, apenas soltou o cano de metal que estava em sua mão. O objeto caiu no chão e o barulho ecoou pelo prédio deserto. Charlie congelou, suspeitando de uma armadilha. Mas a assassina apenas tirou o capuz e revelou um rosto duro, porém atraente. Por um momento, Charlie teve a estranha impressão de ter reconhecido alguma coisa nela, mas assim como a sensação veio, passou. Quem era essa mulher? Tinha boa constituição física, músculos fortes, mas o rosto era fino e bonito — sem qualquer maquiagem. Talvez fosse para ficar o mais parecida possível com Louise Tanner.

— Não sei por que você nos trouxe aqui, mas podemos acabar com isso sem violência. Vire-se e ponha as mãos na parede.

— Não vou lutar com você, Charlie. Não é para isso que estamos aqui.

Ouvir seu nome da boca assassina era profundamente perturbador. Mas o pior ainda estava por vir. Sorrindo, a assassina puxou uma arma do bolso e apontou-a para Charlie.

— Sabe o que uma coisinha dessas pode fazer, não sabe? Se não me falha a memória, você treinou com uma Smith and Wesson, não foi?

Inexplicavelmente, Charlie assentiu. Aquela mulher tinha um poder perturbador — seria a personalidade dela ou o fato de saber detalhes da vida de Charlie?

— Então ponha seu cassetete no chão e tire o cinto. Se você quiser puxar o seu colega até lá embaixo, vai querer estar bem leve.

A assassina atirou uma espécie de arreio na direção da policial e fez um gesto para que ela o colocasse. Charlie apenas olhava para ela. Não conseguia se mexer.

— Agora! — berrou a assassina. Sua expressão mudara de ternura para fúria.

Charlie deixou o cassetete cair. Tinham sido apanhados numa grande armadilha. Provavelmente foi *ela* quem ligou para a Central dizendo ter visto Louise Tanner. E todos acreditaram. Enfrentar Louise tinha sido ruim, mas a situação em que se encontrava agora era infinitamente pior.

* * *

A equipe crivou Helen de perguntas — alguns estavam irritados, outros, curiosos —, e a detetive-inspetora se manteve firme, respondendo da forma mais honesta e calma que conseguiu.

— Há quanto tempo suspeitava disso?

— Há quanto tempo *sabia*?

— O que ela quer?

— Pretende atacar você diretamente?

Mas ainda havia muita coisa que Helen não sabia — e especular não os levaria a lugar algum. Então, após cerca de meia hora de histeria, encerrou a discussão. Queria todos na rua, no encalço de Suzanne.

Enquanto seguia pelo corredor para falar com a imprensa, que estava à sua espera, Helen se deu conta de que suas mãos tremiam. Enterrara seu passado durante tanto tempo, e revelá-lo agora era como abrir uma velha ferida. Será que ela ainda teria credibilidade com a equipe? Eles acreditariam nela? Rezava para que a resposta fosse "sim". Mas ainda tinha a desagradável sensação de que o pior ainda estava por vir.

94

— Alguém corre risco, inspetora?

Emilia Garanita fez questão de fazer a primeira pergunta. Com jornalistas dos principais jornais do país na coletiva, não ia perder a oportunidade de enfiar a faca em Helen. O ataque de Whittaker ainda estava fresco em sua mente.

— Não acreditamos que a população esteja em perigo, mas vamos alertar todos para que ninguém se aproxime da suspeita. Pode estar armada e é imprevisível. Se alguém vir Suzanne Cooke, deve ligar imediatamente para a polícia.

— Qual é a ligação dela com as mortes recentes em Southampton? — A pergunta mortal veio do jornalista do *Times*.

— Ainda estamos tentando esclarecer os fatos envolvendo esses incidentes — respondeu Helen, notando que Emilia erguia cinicamente a sobrancelha diante de sua resposta. — Mas acreditamos que pode estar ligada às mortes de Sam Fisher e de Martina Robins.

Um nó se formara na boca do estômago de Helen. Ficara em dúvida se deveria mencionar Martina na coletiva. Se a imprensa investigasse e encontrasse Caroline, o jogo estaria todo na mesa. Não haveria como esconder a informação e não revelar, com todos os detalhes, o papel diabólico de Suzanne naqueles assassinatos.

— É verdade que foi promovida, inspetora? — Garanita forçou sua entrada na conversa. — Há rumores de que o superintendente Whittaker foi suspenso e enfrenta supostas acusações de corrupção.

Naquele momento, a sala ficou em polvorosa. Perguntas e mais perguntas choviam sobre Helen. Era um ataque persistente, mas ela não tinha escolha senão enfrentá-lo, por piores que fossem as perguntas. Precisava que o público se mantivesse vigilante, então tinha de ter a imprensa do seu lado. Era um remédio amargo, mas a situação estava pior do que nunca. Algumas vezes na vida é preciso afagar a mão que nos golpeia.

95

Ele sentiu uma dor lancinante. Mark fechou os olhos; a agonia o dominou fazendo-o desabar. Mas o que tinha acontecido? Instintivamente, levou a mão à parte de trás da cabeça e se contorceu quando seus dedos apalparam o ferimento profundo, que sangrava. A cabeça doía muito, assim como o resto de seu corpo. Parecia que ele havia sido violentamente espancado.

Aos poucos, as lembranças foram voltando à sua mente. A caçada a Louise Tanner, a perseguição dentro do hospital e... um branco horrível. Lembrava-se vagamente de um nanossegundo alarmante, uma sensação de ter alguma coisa ou alguém atrás dele. Idiota! Deve ter dado as costas para Louise e agora estava pagando o preço por isso.

Inspecionou os arredores. O local cheirava a antisséptico, e estava úmido. Tentou levantar a cabeça mais uma vez, deixando os olhos se acostumarem à escuridão. Estava numa espécie de sala de máquinas. Seria o subsolo do hospital? Se fosse, como havia chegado ali?

— Mark.

Charlie. Graças a Deus. Mark virou a cabeça devagar, ignorando as terríveis dores que acompanhavam cada movimento seu, e viu Charlie amontoada no canto. Segurava uma lanterna velha, a única fonte de iluminação que tinham.

De repente, os dois se deram conta do que estava acontecendo.

— Ela nos pegou, Mark.

— Louise?

— Era uma armadilha. *Ela* nos pegou.

De repente, Mark estava de pé, cambaleando, inspecionando o lugar. Mas levantou muito depressa, ficou tonto e caiu, com um baque surdo.

Quando deu por si, sua cabeça estava no colo de Charlie e ela soprava seu rosto. Sentia calor e frio, suava — e sua garganta doía muito. Ficou feliz com o conforto do toque de Charlie. Ergueu os olhos para agradecer, mas viu que a colega estava chorando.

— Ela nos pegou, Mark.

Era ilusão. Não havia conforto ali.

96

A sensação da Glock em sua mão era aconchegante. Já fazia algum tempo que Helen não segurava uma pistola, e, ao fazer isso, sentia-se poderosa. Registrou a arma e pegou a munição a que tinha direito. Na requisição, dissera que a arma era para proteção pessoal, pois sentia-se ameaçada. Mas seria isso mesmo ou havia outro motivo para que ela andasse armada agora?

De acordo com ordens superiores, ela não poderia trabalhar mais sozinha, não era seguro para ela, mas Helen jamais dividiria esse fardo com outra pessoa; então mentiu. Disse que tinha sido chamada no Departamento Regional, para informá-los sobre a investigação em andamento. A equipe acreditou, mas outras pessoas não se deixavam enganar tão facilmente. Ao pegar a direção norte, percebeu que o Fiat vermelho de Garanita vinha logo atrás dela. Não tão descaradamente, claro; afinal, a repórter não era nenhuma amadora. Mesmo assim, não deixava de ser óbvio. Helen sentiu a raiva crescer dentro dela e acelerou. Passou dos 70 quilômetros por hora permitidos para 110 quilômetros por hora, desafiando sua perseguidora a segui-la. Felizmente, Emilia entendeu quão absurdo era infringir a lei para perseguir uma policial e desistiu. Uma vez fora de seu raio de visão, Helen fez um retorno e seguiu para Londres.

A lista dos fantasmas de sua infância era pequena e, quando descobriu que Chatham Tower ia ser demolido, decidiu ir até lá. Dado o modus operandi de Suzanne, era o lugar perfeito. Tinha de ser importante. Era curioso o fato de Helen continuar se referindo a ela como Suzanne, como se, de alguma forma, aquilo ajudasse a amenizar a dor. A própria Helen, agora, tinha orgulho do próprio nome. Escolhera Grace por passar uma ideia de redenção, e Helen

278

como homenagem à sua avó materna. Seria estranho e perturbador se, de repente, alguém a chamasse pelo seu nome verdadeiro. Deu-se conta de que dirigia a 150 quilômetros por hora e diminuiu um pouco a velocidade. Precisava ficar calma. Helen não tinha ideia de como esse jogo poderia terminar, mas tinha de estar em seu perfeito juízo, se queria que tudo acabasse do seu jeito.

Agora compreendia que, na verdade, estivera em negação, afastando repetidamente a ideia de que sua irmã pudesse estar envolvida naquelas mortes. Não tinham contato há mais de 25 anos, e era assim que queria que continuasse. Longe dos olhos, longe do coração. Mas quando leu o relatório da perícia sobre a casa de Sandy Morten, viu que não podia continuar negando. A perícia encontrou um vestígio de DNA, um fragmento de impressão digital. Conseguiram isolar uma parte dele e, como parecia compatível com a sequência do DNA de Helen, fora descartado, pois a perícia considerou que era dela. Mas havia apenas um problema: Helen nunca havia estado na casa de Sandy Morten. E ninguém se deu conta disso. Mas, para Helen, o fato saltou da página — e confirmou seus piores medos.

Agora, ela estava numa das áreas mais degradadas da região sul de Londres. Não demorou muito e Chatham Tower apareceu no horizonte. O prédio tinha sido concebido como uma utopia dos anos 1960, mas agora estava condenado à demolição. O sonho estava acabando. A Arrow Security, que cuidava da segurança da região, tinha sido contatada, mas ainda assim Helen teve de esperar alguém chegar com a chave. O guarda mal-humorado destrancou a porta de madeira, enquanto Helen o interrogava sobre possíveis brechas nas grandes tábuas que circundavam o prédio abandonado. O guarda garantiu que não havia brecha nenhuma; os jovens estavam ocupados demais esfaqueando uns aos outros no shopping local para se darem ao trabalho de vir até aqui. Mesmo assim, Helen deu uma volta completa no local em busca de alguma falha ou ponto fraco. Por fim, admitiu que era segura e os dois entraram. Será que alguém poderia escalar aquelas tábuas usando uma escada? Sim, provavelmente.

O elevador fora desativado, portanto subiram a pé até o 11º andar — Helen marchando na frente, e seu acompanhante se arrastando atrás dela. Quando deu por si, ela estava de pé diante do número 112. O segurança verificou a porta. Não estava trancada, então eles entraram. O homem já ia entrar quando Helen o deteve.

— Espere aqui.

O segurança pareceu surpreso, mas cedeu:

— Fique à vontade.

Sem mais uma palavra, Helen entrou no apartamento e desapareceu de vista, engolida pela escuridão que reinava lá dentro.

97

— Precisamos ser fortes, Mark. Se formos fortes, se nos mantivermos unidos, ela não vai vencer.

Mark assentiu.

— Essa mulher não vai nos derrotar. Eu não vou deixar — continuou Charlie.

Mark ficou de pé com a ajuda de Charlie, e os dois exploraram toda a área. Se estavam no hospital, não havia como alguém ouvi-los. Há anos o conselho municipal vinha tentando vender o prédio para empreiteiros, sem sucesso. Ficava isolado, numa área precária e abandonada da cidade.

Estavam cercados por paredes de concreto. Não havia janelas e a porta tinha sido totalmente reforçada recentemente — uma restauração, aliás, que contrastava bastante com aquele cômodo, totalmente dilapidado. Tentaram chegar às dobradiças, mas sem qualquer ferramenta era difícil conseguir. Ainda assim, era algo em que podiam trabalhar. Se conseguissem, de algum modo, afrouxar as dobradiças, aí então...

Mark ignorou a forte dor de cabeça e a febre que aumentava para trabalhar nas dobradiças, enquanto Charlie batia na porta com os punhos. Batia, batia, batia e socava. Cada vez mais forte, gritava o tempo todo a plenos pulmões, implorando ajuda. O barulho que fazia era suficiente para acordar os mortos. Mas será que alguém conseguiria ouvir?

Grandes redemoinhos de poeira começavam a se levantar, envolvendo os dois e penetrando em suas orelhas, olhos e gargantas. A voz de Charlie já falhava, mas ela não desistia. Fizera isso por um bom tempo, um incentivando o outro a não desistir. Depois de mais de uma hora de esforço inútil, porém, desabaram no chão, exaustos.

281

Charlie se recusava a chorar. Estavam presos no pior pesadelo que poderiam imaginar, mas tinham de manter o ânimo elevado. Isso era essencial para que tivessem alguma chance de sobreviver.

— Você se lembra do Andy Mimoso? — perguntou ela, o mais animadamente possível, mas a voz entrecortada desmentia o tom jovial.

— Com certeza — respondeu Mark, confuso.

— Aparentemente o sujeito está processando a polícia de Hampshire. Alega que foi vítima de assédio sexual por parte de agentes do sexo feminino.

Mark conseguiu soltar uma breve risada em resposta. Andy Mimoso, como era carinhosamente chamado, era um sargento de Portsmouth, cujas mãos bobas eram lendárias, particularmente no que dizia respeito às oficiais iniciantes. Charlie continuou a contar sua história e, embora estivesse doido para dormir e para ter um pouco de paz, Mark foi na onda de Charlie, pois ele também sabia que os dois precisavam espantar o desespero.

Enquanto conversavam sobre alguns casos, nenhum dos dois mencionou a pistola que estava no chão, entre eles.

98

Estava certa de que acordariam e que me impediriam de continuar me divertindo, mas é impressionante o que 4 litros de sidra podem fazer. Meu pai sempre foi de beber muito: cerveja, sidra, qualquer coisa que caísse em suas mãos. E minha mãe o acompanhava. A bebida tornava as surras mais suportáveis, e ela parava de pensar. Se ficasse sóbria por mais tempo, teria percebido a grande merda que era sua vida e então teria metido a cabeça no forno. De certa forma, queria que ela tivesse feito isso.

Eu havia planejado este momento de tantas maneiras diferentes... Em meus sonhos, sempre usava uma faca. Adorava a ideia de artérias seccionadas, do sangue espirrando nas paredes, mas na verdade não tinha coragem para isso. Tinha medo de estragar tudo. De não golpear com a devida força, de uma artéria me escapar. Quando fizesse, tinha de fazer bem-feito ou seria eu a vítima, sem sombra de dúvida. O miserável ia me torturar, com certeza; Deus sabe o que mais poderia fazer comigo. Então eu tinha de fazer tudo direito. Encontrei um estoque de fita isolante na sala do zelador e peguei três rolos. No final acabei usando só um, mas estava nervosa e queria garantir que o maldito não teria como fugir. Acabei com ele antes disso. Peguei seu pulso e enrolei a fita delicadamente em torno dele. Foi uma coisa quase afetiva, como se eu estivesse tratando um ferimento. Enrolei, enrolei, enrolei bastante; depois peguei o braço, coloquei perto da cabeceira de ferro e enrolei várias vezes a fita na haste metálica, até que o braço estivesse muito bem amarrado nela. Depois fiz o mesmo com o outro braço.

Meu coração batia tão rápido que parecia que ia explodir. Meu pai já estava se mexendo, ficando desconfortável. Portanto, eu tinha de agir rápido.

Prendi o braço esquerdo da minha mãe depressa, mas quando ia prender o direito, ela acordou. Ou pelo menos achei que tinha acordado. Ela abriu os olhos e olhou diretamente para mim. Gosto de pensar que minha mãe viu o que estava acontecendo e deixou para lá. Concordou comigo. Seja como for, ela fechou os olhos e não me causou nenhum problema.

Depois que os dois estavam bem presos, corri até a cozinha. Já não importava se eu fizesse barulho; o que importava era a velocidade. Peguei o filme plástico e voltei correndo ao quarto deles. Tinha visto isso num filme e sempre imaginei como seria fazer aquilo. Puxei um grande pedaço de filme plástico e reforcei com mais uns três pedaços iguais. Então subi na cama, montei no dorso de meu pai, que dormia, e levantei sua cabeça devagar. Estendi o filme plástico sobre o seu rosto, depois o passei por trás da cabeça e a enrolei nele, até que seus olhos, nariz e boca estivessem completamente tampados pelo plástico.

Foi aí que ele começou a lutar que nem doido. Abriu os olhos e me encarou como se eu estivesse louca. Tentou gritar, tentou soltar as mãos. Tive de lutar muito para permanecer na posição enquanto seu corpo se contorcia, mas eu não ia desistir. Fiz mais pressão para baixo. Os olhos inchavam agora, o rosto estava ficando roxo. Ao lado dele, minha mãe acordava aos poucos, irritada e sonolenta.

Agora meu pai começava a desistir da luta. Pressionei com mais força. Agarrava as pontas com tanta força que minhas mãos doíam. Mas tinha de ter certeza de que não era um truque dele. Tinha de dar cabo do velho.

Então de repente ele parou de se mexer. Agora minha mãe estava acordada e olhava para mim completamente confusa. Sorri para ela, depois comprimi o filme plástico sobre seu rosto. Usei apenas um pedaço. Não esperava que lutasse muito.

Tudo terminou muito rápido. Levantei e me dei conta de que estava molhada de suor. Comecei a tremer. Não me senti feliz, o que foi decepcionante; achei que ia ficar feliz.

Mas estava feito. E foi assim.

99

Helen estava de pé no quarto, contemplando a devastação ao seu redor. Os pôsteres baratos e a mobília de segunda mão que costumavam ocupar aquele espaço já tinham ido embora havia muito tempo. Só restavam os detritos dos vagabundos e drogados que passaram pelo lugar desde que o prédio fora condenado.

Tantas lembranças neste quarto — boas, ruins, horríveis. Cada vez que revisitava este cômodo em sua mente, Helen se lembrava do medo, da confusão, da sensação de impotência que sentia ao ouvir sua irmã sendo estuprada na cama de baixo do beliche. Esses pensamentos não saíam de sua cabeça. Tinha sido tão frágil, tão impotente por tanto tempo quando criança que lhe parecia profundamente estranho estar aqui agora, como mulher, adulta — uma mulher adulta com uma pistola na mão. O que não poderia ter feito se, *na época*, fosse como ela era agora, mais velha? Alguém que pudesse resolver aquilo, amenizar o sofrimento e fazer justiça. Talvez tudo isso pudesse ter sido evitado se alguém — qualquer pessoa — tivesse escutado seus gritos implorando ajuda.

O beliche tinha sido relegado a um canto. Não havia nada ali agora, apenas um pôster rasgado da Britney Spears, rabiscado com uma caneta hidrocor. Passou a mão sobre o reboco grosseiro atrás do pôster e encontrou o que procurava: "J.H." Suas iniciais. Tinha riscado a parede com um compasso, há muitos anos. Era uma lembrança do terrível desespero de sua infância. Fizera isso na esperança de que aquelas iniciais sobrevivessem, mesmo que ela própria não conseguisse.

Pensamentos sombrios tomaram conta de Helen, que saiu correndo do cômodo. Passou pelo outro quarto, pela fétida cozinha e pela saleta embolorada. Mas já estava claro que não havia nada ali.

Estava tão certa de que uma visita a este lugar renderia algum resultado... porém acabou de mãos vazias.

Esta seria a última vez que veria o apartamento. Parou por um instante, para registrá-lo na memória. Engraçado como nunca haviam tido problemas para alugá-lo novamente, mesmo depois do que aconteceu naquela noite. Quando a gente é pobre, não pode se dar ao luxo de frescuras ou superstições. Na mesma semana, já havia outra família no apartamento. E então, lentamente, ao longo dos anos, a matéria-prima desta casa foi se desgastando, até servir apenas para abrigar animais. Um final apropriado, talvez.

Helen se afastou rapidamente do bloco de apartamentos. Resmungando, o guarda voltou para sua caneca de chá frio. Sentou-se por um instante em sua moto, pensando no que iria fazer agora. Seus instintos sempre foram certeiros, mas, naquele momento, eles a tinham deixado na mão. Não havia nada ali. Ela precisava encontrar outras pistas.

Ligou novamente o celular e se assustou imediatamente com a quantidade de chamadas perdidas. O que era susto virou horror quando abriu a primeira das muitas mensagens do detetive Bridges.

Mark e Charlie haviam desaparecido.

100

Por um instante, sentia-se livre. Estava num shopping, correndo em direção à escada rolante. Sua mãe estava lá em cima conversando com um segurança, dando uma bronca nele. Nunca ficou tão feliz ao ver sua mamãe e correu na direção dela. Quando estava chegando perto, o segurança virou-se para ela, mas estranhamente não conseguia falar: só gemia, gemia, gemia...

Charlie acordou de repente, com a dura realidade desabando em cima dela. Mark estava estendido no chão, ao seu lado, gemendo, gemendo, gemendo... Charlie controlou um ataque de raiva: não era culpa dele.

O ferimento na cabeça de Mark era grave e eles não tinham como tratá-lo. Inicialmente Charlie usara saliva e a manga da camisa para limpá-lo, mas agora estava preocupada porque, com isso, só conseguira juntar mais sujeira no local. Mark estava em péssimas condições antes mesmo do sequestro. Bebida demais, passava muitas noites sem dormir. E a perda de sangue o enfraquecera ainda mais. A febre parecia estar tomando conta dele. O que ela faria se Mark ficasse gravemente doente?

Tentou não pensar naquilo e consultou o relógio. Por quanto tempo tinha dormido? Não o suficiente. O tempo passa tão devagar quando se perde a esperança... Na primeira manhã, os dois estavam ativos, até esperançosos, empenhados em encontrar uma saída nesse túmulo. Decidiram dormir à noite e trabalhar durante o dia. Na segunda manhã, usaram as fivelas dos cintos para tentar mover as pesadas dobradiças da porta. Mas é difícil continuar otimista quando todos os seus esforços se revelam inúteis. No final, as fivelas quebraram e, na segunda tarde de cativeiro, a indiferença e o desespero já começavam a dominá-los.

Charlie nunca se sentira tão suja, tão enojada, tão completamente indefesa. Aquele pequeno lugar já estava ficando nojento. Tinham feito um pacto de defecar — e, no caso dela, de vomitar — no canto mais distante do cômodo. Charlie cumpria rigorosamente o combinado e corria para esvaziar suas entranhas no chão fétido, sempre que seu enjoo matinal ficava insuportável. Mark, aparentemente, já estava fraco demais ou descuidado demais para honrar o acordo. Ele acabou se sujando todo, e o cheiro se apoderou das narinas de Charlie.

Imediatamente o enjoo a dominou e Charlie correu para o canto do cômodo, deixando pelo caminho uma longa trilha de bílis. O estômago embrulhou mais algumas vezes, até se acalmar completamente. De repente, sua garganta foi tomada por uma sede irrefreável, punitiva. Charlie procurou por todo o cômodo algum tipo de fonte de umidade, esfregando os olhos e tentando chorar, para poder aproveitar as lágrimas salgadas. Mas nada; já estava seca. Tudo estava per...

Um movimento. Pelo canto do olho, viu algo se movimentando. Com muito medo do que poderia encontrar ao olhar, foi virando a cabeça devagar. E lá estava ele: um rato. Um rato grande e gordo.

Apareceu do nada. Para Charlie, o animal era uma milagrosa visão de esperança — como um oásis no deserto. Comida. Mentalmente, já estava metendo os dentes nele, arrancando a carne dos ossos, silenciando as pontadas de dor do seu sofrido estômago. Pelo seu tamanho, devia ser suficiente para os dois.

Vá com cuidado. Não tão depressa. Esta pode ser a diferença entre a vida e a morte. Charlie tirou o casaco devagar; não era tão grande, mas teria de servir.

Um passo à frente. O rato levantou os olhos de repente, espiando no escuro. Charlie congelou. Após farejar um pouco, o rato voltou a beliscar. A gula prevaleceu.

Mais um passo à frente. Desta vez o rato não se mexeu. Outro passo. Charlie estava bem perto agora.

Outro passo. Agora Charlie estava praticamente em cima do bicho.

Então ela avançou, jogando o casaco em cima do rato, que lutou furiosamente, enquanto Charlie desferia golpes no volume que se agitava. Por fim, ele parou de se mexer. Teria conseguido? Deu mais um soco para ter certeza e depois afrouxou um pouco a mão para verificar. O rato disparou de dentro do casaco, numa tentativa desesperada de escapar. Charlie agarrou sua cauda e quase a esmagou, mas o bicho escapuliu de suas mãos e se foi. Passou por uma rachadura na parede e sumiu.

Charlie se pôs de pé. O desespero era tão grande que era quase engraçado. Seu estômago doía de fome, a garganta pegava fogo. Tinha de comer alguma coisa. Algo que a sustentasse.

Cedeu à necessidade e fez o que tinha jurado não fazer. Baixando a calcinha, urinou na mão em cuia. Em seguida, bebeu o líquido quente de um só gole.

101

Seria sua imaginação ou a equipe a mantinha ocupada? Charlie e Mark estavam desaparecidos fazia mais de 48 horas, e a ansiedade estava se transformando em choque e desespero. Agora, enquanto Helen comandava a caçada em busca dos colegas, enfrentava olhares acusadores em toda parte, como se todos concordassem que aquilo tudo era culpa dela.

O rastreamento telefônico identificou a Spire Street como última localização de Mark e Charlie. Isso batia com a denúncia anônima sobre o paradeiro de Louise Tanner e que os fez seguir imediatamente para aquela região. Mas, depois disso, não foi mais possível rastreá-los. Tinham desligado seus celulares e rádios e não entraram mais em contato com nenhum colega da polícia.

Inicialmente a equipe teve esperança de que a informação sobre a localização de Louise Tanner fosse verdadeira e que, de alguma forma, em algum lugar, Charlie e Mark ainda estivessem trabalhando no caso. Mas aos poucos ficou óbvio que o telefonema era uma armadilha. Não houve tentativa de assalto; Mark e Charlie foram deliberadamente atraídos para aquele local. O que todos pensavam agora era: será que *ela* tinha pegado os dois?

Na Spire Street, investigaram todos os prédios, falaram com os donos de todas as lojas, pedestres e, nas proximidades do antigo hospital pediátrico, um guarda com olhos de lince tinha visto uma tábua solta em uma das janelas. Havia lodo fresco no batente da janela, como se alguém tivesse escalado o local recentemente. Helen queria que os guardas entrassem imediatamente lá, mas seus superiores se recusaram a permitir que eles fizessem isso sem o suporte tático necessário.

Levou um longo e frustrante tempo para mobilizar uma unidade armada, mas Helen botou pressão e logo depois voava em direção ao velho hospital, com a SO19 logo atrás. Era um prédio grande, com várias saídas, e ela não queria que Suzanne escapasse por entre seus dedos. Se é que estava lá, é claro.

A entrada foi cercada do máximo de cuidado e da forma mais silenciosa possível. A SO19 se posicionou, com Helen, o detetive Bridges e uma dúzia de policiais logo atrás. Tinham uma área enorme para revistar, mas, se a equipe se espalhasse, eles poderiam cobri-la relativamente rápido, mantendo contato direto e constante pelo rádio.

O corpo inteiro de Helen estava tenso. Ela sabia que precisava se controlar; excesso de nervosismo levava a más decisões, especialmente quando se tem uma Glock em mãos. O tempo estava ruim e o vento que assobiava pelas janelas quebradas fazia o hospital inteiro parecer um lugar assombrado. *Controle-se*, disse a si mesma. Ela não podia ver sombras ou fantasmas onde não existiam.

Mas era difícil relaxar quando havia tanta coisa em jogo. Tudo o que estava acontecendo era culpa dela. E não apenas porque, de certa forma, havia motivado as mortes, mas porque insistira com Mark para voltar ao trabalho. Se ao menos o tivesse deixado em paz, ele estaria fodido e triste, mas *seguro*. Mark voltara ao trabalho sem a menor sombra de raiva. Ele acreditava em Helen. E esse era o fruto amargo que colhia por sua dedicação.

Helen rastejou até o andar superior, quebrando o protocolo ao ir na frente, sozinha. Deu uma olhada no primeiro cômodo. Estava vazio e abandonado, escuro e cheio de poeira. Helen soltou a trava de segurança de sua arma. O instinto lhe dizia que sua irmã não seria descuidada a ponto de dar de cara com uma unidade SO19. Era Helen quem ela queria. Empunhou a pistola ao abrir outra porta, convencida de que logo estaria cara a cara com a irmã.

Um súbito ruído no rádio. Era o detetive Bridges. Parecia mais entusiasmado do que alarmado: tinha ouvido barulhos no andar de baixo. Estava a caminho do local. Helen imediatamente voltou pelo caminho que tinha feito e seguiu escada abaixo.

Correndo o mais rápido que podia na direção do barulho, Bridges ficou surpreso ao ver Helen abrindo caminho à sua frente. Ele sempre se orgulhara de ser muito rápido, mas sua inspetora estava possuída. Helen tentava disfarçar, mas Bridges percebeu que ela estava tensa, movida pelo medo, pela apreensão e pela raiva. Aquela história era dela. Helen queria ser a pessoa que acabaria com o pesadelo.

Quando chegaram ao final da escadaria, os corredores tomavam quatro direções. Outro sinal no rádio, e Bridges o desligou, motivado por um olhar reprovador de Helen. Apuraram os ouvidos para escutar.

Direto à frente. O barulho com certeza vinha do corredor logo à frente deles. Saíram correndo. A primeira porta estava fechada, mas o som vinha de cima. Seguiram em frente. De novo o som, repetitivo e insistente — bang, bang, bang, bang. Vinha do quarto ao lado. A porta estava trancada. Mas eles iam entrar. Tinham de entrar.

Enquanto Helen gritava em frente à porta, na esperança de ter uma resposta, um policial saiu correndo para buscar um pé de cabra. Voltou em um minuto na companhia de outros policiais. Usou o ombro para forçar a porta, trabalhou na tranca da pesada porta de ferro. Para lá, para cá, para lá, pra cá, até que finalmente a porta cedeu, com um estalido de protesto. Empurrando o guarda para que saísse do caminho, Helen e Bridges partiram para dentro.

Mas o quarto estava vazio.

Uma janela quebrada, quase solta das dobradiças, batia com ritmo insistente na moldura metálica, agitando raivosamente ao sabor do vento.

102

Ele queria morrer.

Para Mark, a morte seria uma bênção naquele momento, um alívio para a dor que tomava o seu corpo. Ele até tentara combater a febre, concentrando-se no presente, tentando descobrir de que modo ele e Charlie poderiam empreender algum tipo de fuga, mas isso fazia sua cabeça doer ainda mais que o normal — e assim Mark começava a sucumbir à letargia.

Quanto tempo se leva para morrer de fome? Tempo demais. Perdera a noção das horas, mas estava consciente de que estavam presos, na melhor das hipóteses, havia três dias. O estômago doía o tempo todo; a garganta estava seca. Mark mal tinha energia para erguer-se. Para passar o tempo, tentava evocar lembranças de sua infância, mas lembranças da escola se misturavam a passagens de *Paraíso perdido*, o poema que estudara (e que odiara estudar) no ensino médio. Sentia-se como um personagem daquela espécie de pesadelo, torturado pelo frio congelante à noite e pelos horríveis suores que o dominavam durante os dias intermináveis. Não havia alívio.

Sabia que a febre estava piorando. Tinha bons e maus momentos; alguns em que estava lúcido e podia conversar com Charlie e outros em que sabia que balbuciava frases incoerentes. Será que acabaria perdendo completamente o controle sobre si mesmo? Tratou de tirar esse pensamento da mente.

Passou a mão atrás da cabeça para sentir seu ferimento. A ferida era grande e profunda; seus dedos sujos afundavam nela.

— Não toque nisso, Mark. — A voz de Charlie penetrou a escuridão. Mesmo após três dias de purgatório, ela ainda cuidava dele. — Só vai piorar as coisas.

Mas Mark a ignorou porque alguma coisa se movimentava perto de seus dedos. O ferimento estava vivo! Aproximou os dedos do nariz. Larvas. O ferimento estava infestado de larvas.

Levou os dedos à boca e sugou os vermezinhos. A sensação era estranha quando escorregavam garganta abaixo. Estranha mas boa. Pegou mais algumas larvas no ferimento e meteu-as na boca.

Charlie já estava junto dele. Deitou-se no chão ao seu lado. Mark fez uma pausa; a amizade deles e a decência falaram mais alto novamente. Com esforço, virou a cabeça e a ofereceu a ela. Hesitante, Charlie passou dois dedos na ferida e os meteu na boca. Saboreou as larvas; deixou que se dissolvessem na língua e depois pegou mais.

Acabou rápido demais. A refeição de larvas havia terminado. E agora os estômagos pulsavam de fome. Os minúsculos bocados que consumiram só fizeram suas entranhas se lembrarem de como estavam vazias. Mais. Mais. Mais. Os estômagos queriam mais. Os estômagos *precisavam* de mais.

Mas não havia mais nada para eles.

103

Tinham vasculhado cada centímetro de terreno num raio de 3 quilômetros do antigo hospital, mas não havia sinal de Mark e Charlie. Encontraram sangue fresco num corredor do quarto andar do prédio. Testes confirmaram que era de Mark. A detetive McAndrew estava em prantos — e não era a única da equipe que se mostrava visivelmente abalada. Até então, Helen não tinha se dado conta de como Mark era popular entre os colegas. E não ficou surpresa que a odiassem.

Então Mark e Charlie tinham sido atraídos até o hospital, atacados e depois levados para outro lugar. Não havia câmeras de segurança nas proximidades, mas as instaladas nas ruas mais movimentadas do entorno registraram inúmeras vans naquele trecho, mas qual seria *A van*? Para onde ela os teria levado? Certamente havia vários prédios e galpões vazios naquela região. Os policiais já estavam fazendo buscas nesses lugares, ajudados pelos cães que Helen solicitara. Estavam interrogando todas as possíveis testemunhas, além de bater de porta em porta. Qualquer pessoa em atitude suspeita teria sua casa vasculhada de cabo a rabo — e virada de ponta-cabeça, se fosse necessário. *Tinham* de encontrá-los.

Helen continuava apostando tudo na hipótese de que eles ainda estariam por ali. Suzanne poderia tê-los levado para outro lugar, mas por serem policiais experientes, era mais difícil lidar com eles do que com as outras vítimas. Ela não ia querer estragar tudo; com certeza teria mais cuidado com os dois. Helen precisava de olhos e ouvidos — o maior número possível deles — percorrendo Southampton, Portsmouth e outras localidades do entorno. Ela já havia requisitado um número extra de policiais das delegacias próximas; envolvera também os do Suporte Comunitário e cancelara todas as folgas na Central de Southampton. Ainda assim, não era suficiente.

Havia mais uma jogada óbvia a fazer. Emilia Garanita ficara sabendo da busca no antigo hospital pediátrico. Irritada por não ter sido avisada a tempo, vinha importunando Helen com telefonemas, desesperada para saber o motivo da busca e por que havia tanta atividade naquela região desde então. Estavam atrás de Suzanne? Ou de novas vítimas?

Era uma jogada arriscada, mas Helen não tinha opção. Estavam no quarto dia de busca e ainda não haviam encontrado nada. Então pegou o telefone e discou o número da jornalista.

104

Emilia Garanita adorava seu trabalho. Ela trabalhava muito, o salário era uma piada e várias autoridades eram claramente rudes com os repórteres do jornal local, mas nada disso importava para ela. Emilia era viciada na adrenalina, na imprevisibilidade e na empolgação que seu trabalho lhe proporcionava diariamente.

E ainda tinha a questão do poder. Por mais desdenhosos que políticos, policiais e quaisquer autoridades fossem, todos tinham pavor de repórteres, pois dependiam muito da opinião pública para continuarem em seus cargos. E eram repórteres como Emilia que levavam ao público questões sobre as quais as pessoas precisavam refletir. Agora, sentada em frente à Helen Grace, Emilia sentia este poder. Ela própria escolhera o local, não a inspetora. E era Emilia quem determinava a pauta, já que Helen precisava de sua ajuda. Ou seja, agora não haveria mais mentiras nem evasivas.

— Dois de nossos agentes estão desaparecidos — começou Helen, sem rodeios. — Charlie Brooks e Mark Fuller. Acredito que você os conheça. Eles podem ter sido sequestrados, e precisamos da ajuda de vocês, ou melhor, de seus leitores, em nossas buscas para encontrá-los.

Enquanto Helen falava, Emilia sentia aquele agradável e familiar arrepio. Isso era outra coisa incrível de sua profissão: a qualquer minuto poderia surgir uma história formidável, excepcional, e cair exatamente no seu colo. Eram esses os dias nos quais mais trabalhava. Todas as horas perdidas cobrindo casos nos tribunais — vandalismo, brigas, assaltos — era o preço que um repórter tinha de pagar para conseguir uma *grande* história. E era com grandes histórias que um repórter fazia seu nome.

Mesmo usando taquigrafia, Emilia não dava conta de escrever com a rapidez necessária. Os detalhes do caso eram impressionantes; já conseguia visualizar um ou outro pelo que havia apurado. E sair na frente dos jornais de alcance nacional de um caso dessas proporções era como achar a galinha dos ovos de ouro.

Emilia prometeu fazer tudo que estivesse ao seu alcance. Quando Helen deu a conversa por encerrada, disse que estava satisfeita com o resultado do "papo" das duas, mas Emilia achou que a policial estava um tanto indisposta, pálida. Não lhe parecia fácil para Helen pedir ajuda ou passar o bastão para outra mulher. A sororidade mandou lembranças.

Emilia correu para a redação. O nervosismo e a empolgação que sentira antes já haviam passado. Agora estava estranhamente calma. Sabia exatamente o que fazer. Em toda sua vida profissional, usara o jornalismo como uma arma para expor, ferir ou destruir quem pedia por isso.

E desta vez não seria diferente.

105

Eram 6h30 e o sol se recusava a nascer. Uma névoa densa e abafada abraçava Southampton — a mais perfeita tradução do estado de espírito de Helen. Ela bateu violentamente a porta atrás de si, subiu em sua moto e disparou em direção ao centro da cidade, acelerando a toda.

Mais 36 horas tinham se passado e nenhuma notícia. Não, não era verdade; havia muitas "notícias", mas nenhuma que fosse relevante. Desde a conversa com Emilia, Helen vinha guerreando consigo mesma, temendo ter cometido um grande erro. Na verdade, não tinha escolha; a imprensa *precisava* ser informada, mas ainda assim isso só havia piorado as coisas. O encontro com Emilia aconteceu tarde da noite, então a matéria que saiu na manhã seguinte era sensacionalista e pobre nos detalhes. Para hoje, o *Evening News* prometia algo diferente.

Encontrou um exemplar do jornal em sua mesa quando chegou ao trabalho. Seria algum integrante da equipe querendo ajudar ou alguém mandando um recado? Helen pulou a manchete melodramática e foi direto à matéria. Tortura pornográfica em todos os aspectos, sem citar os nomes. Em detalhes exaustivos e até lascivos, o jornal conduzia os leitores pelos vários estágios da inanição e da desidratação, especulando sobre qual dos policiais resistiria por mais tempo e quais seriam as possíveis causas da morte. Para o leitor menos esperto, inseriram até um gráfico — um cronograma de declínio mental — que mostrava como Charlie e Mark provavelmente se sentiram no primeiro dia, e no segundo, no terceiro, no quarto e no quinto. Um grande ponto de interrogação pairava sobre os outros dias, mas significava apenas uma coisa: morte.

Escondido no meio de todo aquele lixo estava o telefone especial da polícia — que a reportagem alegava ser "o ponto principal" de toda aquela longa cobertura. A essa hora, o telefone devia estar pipocando. A comoção gerada por um artigo tão extraordinário garantia isso. A maioria das ligações, porém, não passava de gente querendo chamar atenção. Helen estava fervendo de raiva. Quando sentou-se para conversar com o namorado de Charlie e com os pais de Mark, tinha pouco consolo a lhes oferecer. A matéria do *Evening News* os deixara desorientados e eles despejaram todo seu desespero e sua raiva em cima dela. Helen teve de ser franca sobre as chances de sobrevivência dos dois, mesmo prometendo fazer o possível e o impossível para levá-los de volta para casa. Os três estavam em estado de choque e não conseguiam processar o que ela falava. Parecia um pesadelo do qual logo iriam acordar.

Helen estava desesperada para lhes dar uma boa notícia, para acabar com aquele sofrimento, mas não fazia sentido mentir. Sabia que Mark e Charlie eram fortes, mas não tinha a menor ideia do paradeiro deles fazia quase uma semana. Quem poderia dizer em que condições estavam? Ou por quanto tempo iriam resistir? Afinal, eles são humanos. O relógio continuava a andar, e cada minuto era extremamente importante.

106

Charlie tentou se levantar, mas, assim que pegou impulso, sentiu a cabeça leve. Estava tonta, como se estivesse bêbada, e desabou no chão, caindo sentada. Virou a cabeça e tentou vomitar de novo, mas não saía mais nada. Exatamente como há alguns dias.

Estava morrendo de fome. Usara tantas vezes essa frase como força de expressão — e agora estava aprendendo o seu significado literal e horrendo. Crises seguidas de diarreia, dores nas juntas, manchas vermelhas no dorso, e a pele terrivelmente rachada em torno da boca, dos ombros e dos joelhos. Era como se estivesse mofando — se desintegrando. Em pouco tempo não passaria de um esqueleto. Os vermes tinham acabado havia muito tempo. E Mark provavelmente estaria morto antes que eles voltassem.

Do outro lado, Mark começou a murmurar uma velha canção de ninar. Vinha fazendo isso havia alguns dias. Talvez sua mãe tivesse cantado essas musiquinhas para ele, ou então ele próprio as cantara para a filha.

Mas as letras estavam erradas, as músicas se misturavam. Na verdade, só queria fazer barulho para provar a si mesmo que ainda estava vivo. A quem estava tentando enganar?

Charlie inspecionou pela enésima vez a prisão onde estavam. E as mesmas quatro paredes olhavam de volta para ela. O cheiro agora era insuportável: seis dias de excrementos, suor e vômito. Os dois sentiam um frio terrível. Charlie tentara cobrir Mark, que batia os dentes por causa da febre, com algumas mantas de fibra de cerâmica que havia encontrado, mas, além de irritá-lo e arranhá-lo, aquilo sempre caía.

Ela pensou também em comer as mantas, mas sabia que não ia parar no estômago, e ela não tinha forças para vomitar mais. Então só lhe restavam seus pensamentos sombrios.

Encostou a cabeça na parede dura e fria. Por um momento, a pedra gelada a consolou. Então aquele seria o seu túmulo. Nunca mais veria Steve. Nunca mais veria seus pais. E o pior de tudo: nunca veria seu bebê.

Agora não havia mais salvação. Não tinha mais esperança de resgate. Tudo que podiam fazer era esperar a morte.

A menos que... Charlie pressionou a cabeça na parede e apertou os olhos. Sabia que a arma estava por ali, mas se recusava a olhar para ela. Seria tão simples ir até lá e pegá-la. Mark não conseguiria impedi-la, então tudo acabaria muito rápido. Mordeu os lábios com força, fazendo o possível para afastar aqueles pensamentos de sua mente. Não iria fazer aquilo. Não conseguiria. Mas, de repente, aquilo era a única coisa em que conseguia pensar.

107

Era uma missão suicida. Outros agentes poderiam ter declinado da tarefa e enviado algum bode expiatório para enfrentar a barra. Mas Helen sabia que era a responsável por esta situação, portanto não tinha escolha senão ser o cordeiro a caminho do sacrifício.

Ladeada por duas grandes fotos em close de Mark e de Charlie, Helen falou em uma coletiva nacional, pedindo que qualquer pessoa que tivesse uma suspeita entrasse em contato. A matéria de página dupla de Emilia no *Evening News* provocara um verdadeiro estardalhaço. Os principais tabloides e jornais da Inglaterra estavam representados na sala de imprensa lotada, ao lado de jornalistas de vários países da Europa, dos EUA e do mundo todo.

Não dava mais para esconder o fato de que estavam caçando uma serial killer. Esta era a confissão pública pela qual Emilia Garanita estivera esperando, e ela colocou mais lenha na fogueira ao sugerir que Helen pedisse demissão. Exigiu uma investigação oficial por parte dos superiores da detetive-inspetora. O *Evening News* estava para publicar outra grande matéria de página dupla, sugerindo mentiras, meias verdades, evasivas e incompetência por parte da polícia, que, na visão do jornal, vinham marcando as investigações até então. Helen deixou que a atacassem com tudo — desde que a mensagem se espalhasse, os custos disso para sua vida profissional eram o de menos.

Pretendia ficar na linha de frente a noite toda, trabalhando a raiva e a frustração, mas a opinião da equipe finalmente prevaleceu. Preocupados, achavam que Helen precisava ir para casa, ainda que fosse por uma ou duas horas. Todos estavam trabalhando além do limite, mas Helen continuava praticamente rodando de tanque vazio.

Foi para casa de moto, mantendo uma velocidade regular. Estava trêmula e emotiva. Quando chegou, tomou uma ducha e trocou de roupa. Era bom estar limpa; imediatamente sentiu-se um pouco mais animada e, o que era ainda mais ridículo, esperançosa.

Por um breve e libertador momento, teve certeza de que encontraria os dois policiais vivos e bem. Mas, ao contemplar a noite sombria, aquele breve arroubo de otimismo começou a evaporar. Haviam procurado em *todos os lugares* e, ainda assim, permaneciam de mãos vazias. Enquanto a polícia de Hampshire revirava Southampton em busca dos oficiais desaparecidos, Helen fizera contato com seus colegas na Polícia Metropolitana. Será que havia algum motivo pessoal na escolha do local pela irmã?

Talvez tivesse escolhido algum lugar "divertido", para rir da cara dela? Havia os armazéns abandonados para onde iam às vezes e ficavam quebrando as janelas, o cemitério onde costumavam ficar bêbadas, as escolas onde matavam aulas, as passagens subterrâneas onde viam os rapazes andarem de skate. Tinha pedido que todos esses lugares fossem investigados.

Até agora, porém, nada. O mesmo silêncio esmagador. A mesma frustração debilitante. Mark e Charlie estavam em algum lugar lá fora, e Helen não podia fazer nada para ajudá-los.

Ficou dez minutos em seu apartamento, então correu para a sala de inquérito. Tinha de haver alguma pista em algum lugar. E Helen precisava encontrá-la.

108

O bebê não parava de gritar.

Charlie ficava imaginando a filha dentro da barriga. De alguma forma, sabia que era uma menina. E quando "via" sua bebê, já era uma pessoa, com personalidade e demandando vários cuidados, não mais apenas um punhado de células. Conseguia ver a bebê gritando de fome, sem entender nada e irritada, sem saber por que a mãe não lhe dava nada para comer. Não devia ser assim. Será que o pequeno estômago da neném gritava de fome como o da mãe? Talvez ela nem tivesse um estômago ainda, pensou Charlie. Mas essa imagem não saía de sua cabeça. *Estou fazendo minha bebê passar fome. Estou fazendo minha bebê passar fome.*

Mark e Charlie haviam se colocado nessa situação. A culpa era toda deles. Mas a bebê de Charlie era inocente. Uma criança pura e inocente. Por que deveria pagar um preço tão alto? A raiva diante da própria estupidez incendiava seu espírito. Pelo menos sua força de vontade não diminuíra, ao contrário do seu corpo inútil, debilitado.

Tentou engolir a própria fúria. Tentou dormir. Mas a noite era longa, fria e silenciosa. Charlie tentou pegar no sono, mas sua bebê não parava de gritar.

Gritava para que a mãe pegasse a pistola.

109

A equipe já fora instruída e despachada. Enquanto Bridges, Sanderson e outros policiais se espalhavam por todo o perímetro urbano e mais além, Helen continuava na sala de inquérito. Alguém precisava coordenar a extensa busca. Além disso, tinha a desagradável sensação de que estava deixando passar alguma coisa e por isso queria rever as provas.

Helen tinha ido atrás de cada conexão. Todos os Conselhos no sul da Inglaterra tinham sido contatados e a equipe administrativa estava agora analisando a lista de instalações industriais na relação para reforma ou demolição. As autoridades portuárias tinham sido avisadas, uma lista de galpões e barcos desativados estava sendo compilada. Propriedades para alugar estavam sendo esquadrinhadas, mas eles só conseguiam processar os aluguéis mais recentes. E quem poderia garantir que Suzanne não alugara uma das propriedades há algumas semanas?

A busca englobava tudo, mas, ainda assim, Helen foi tomada pela sensação de que tudo aquilo era inútil. Se o local onde os dois estavam presos tivesse sido escolhido aleatoriamente, então quais seriam as chances de a polícia encontrar esse lugar? Movida pelo medo do fracasso e com a sensação de que a resposta estava bem debaixo de seu nariz, Helen foi novamente aos lugares em que, na infância, ela e a irmã costumavam ir. Sempre admirou Marianne, que era a mais forte das duas, e a seguia por toda parte, como uma sombra. Se encontrassem Marianne encontrariam Jodie, era o que as pessoas costumavam dizer. Ao mudar seu nome e sua vida, Helen tentara escapar de viver na sombra da irmã — que mais uma vez se abatia sobre ela, trazendo em seu rastro escuridão e desespero.

E, ao ler o arquivo da irmã na Arrow Security, Helen sentiu o início de uma onda de animação e euforia que precede uma descoberta. Nesses tempos de luta pela igualdade de gênero, a presença de uma segurança do sexo feminino na lista não devia ter saltado aos olhos. Mas quantas seguranças de fato existem por aí? Havia sido designada para tomar conta de propriedades na região de Croydon e Bromely, onde vivia. Mas suas referências pareciam duvidosas — forjadas. E uma rápida verificação feita pela equipe administrativa mostrou que o endereço residencial era falso.

Helen enviou à Arrow duas fotos de Marianne, a usada no registro policial e outra imagem gerada por computador, na qual ela parecia mais velha. A empresa, alarmada, respondeu prontamente. A mulher que estava nas imagens podia ser uma das novas funcionárias Grace Shields.

Grace. Não podia haver qualquer dúvida. Mas será que era um "foda-se" ou um "chega mais"? Helen optou pela segunda hipótese e, agora, mais uma vez, voava em direção a Chatham Tower. Ela não sabia se a irmã tivera a intenção de fazê-la encontrar a conexão, mas dessa vez tinha certeza. Pelo menos um dos três, Marianne, Mark ou Charlie, estava em Chatham Tower. E Helen iria descobrir.

Sentiu uma onda de esperança enquanto acelerava rumo ao norte. O jogo se aproximava do fim.

110

Chovia quando me levaram.

Não percebi quando me arrastaram para o carro da polícia, mas assim que sentei no banco de trás, como uma simples criminosa, vi as luzes azuis piscantes que se refletiam nas poças da rua.

Senti-me entorpecida. Os psicólogos diriam que era choque pós-assassinatos, mas nunca acreditei nisso. Era choque, sim, mas não por isso. Tentaram me induzir a falar com eles, mas eu não queria — não podia — dizer uma palavra sequer. Já estava me desligando. Foi o começo do fim para mim.

Olhei para cima e a vi, olhando diretamente para mim, na soleira da porta. Estava enrolada num cobertor; uma assistente social estava ao lado dela, mas ela olhava direto para a frente, como se não conseguisse acreditar no que estava acontecendo. Mas estava acontecendo, e foi ela quem fez com que tudo acabasse dessa maneira. Foi ela quem destruiu a família, não eu.

Fui assunto das piores notícias, fui presa, cuspiram em mim, me aviltaram. Mas foi ela quem cometeu o verdadeiro crime e sempre soube disso.

Pude ver isso nos olhos dela, quando me levaram. Era um Judas — não, pior do que Judas. Judas só traiu um amigo. Ela traiu a própria irmã.

III

Vamos, faça. Agora. Acabe logo com isso.

Mark fez um esforço enorme para se movimentar, para reunir sua última reserva de força e fazer o que era preciso. Mas sua febre piorava, seu corpo doía e ele teve dificuldade para mexer as pernas. Mas era preciso ter forças, e ele se forçou a entrar em ação.

Charlie estava deitada no chão. Estava chorando e gritando. Será que estava perdendo o juízo? Normalmente era tão calma, tão calorosa; e agora estava cheia de fúria e de agressividade. Uma mulher à beira da loucura. Quem poderia saber o que se passava em sua cabeça?

A pistola estava exatamente entre os dois. Mark não conseguia tirar os olhos dela. Agora que já tinham esgotado todas as tentativas de fuga, a arma era a única solução possível.

Conseguiu se erguer sobre os cotovelos — que imediatamente desabaram debaixo de seu corpo. Bateu com o rosto chão, no frio piso de pedra. Furioso, tentou de novo, forçando cada músculo para levantar seu esqueleto do chão. Dessa vez conseguiu, aumentando a vantagem ao erguer os joelhos e enfiá-los sob o peito. Dores violentas aguilhoavam seu peito, suas pernas e seus braços. Seu corpo se rebelava, mas Mark não iria deixá-lo vencer.

Arriscou outro olhar furtivo na direção da pistola. Devagar agora, nenhum movimento súbito. Mark se ajeitou lentamente sobre o próprio quadril, tentando se sentar novamente. O ato de levantar de repente fez a cabeça latejar e liberar uma lembrança: Elsie colocando um pano frio em sua cabeça para aliviar uma ressaca de Ano-Novo. Elsie sempre fora um anjinho. O seu anjinho.

A pistola estava a um metro e meio de distância. Com que presteza conseguiria chegar até ela? Uma vez que se comprometesse a chegar lá, não teria volta. Um segundo de atraso e sua determinação poderia não dar em nada. Mas estava decidido e não iria permitir que quaisquer dúvidas de última hora o detivessem.

Arrastou-se pelo chão apoiando-se nas mãos e nos joelhos. A dor era excruciante, mas Mark deu um jeito de continuar a se deslocar. Charlie ouviu e virou-se depressa, mas era tarde demais. Mark conseguira. Destravou e armou a pistola. Era hora de matar.

112

Chovia forte agora; uma tempestade havia desabado e a água açoitava Helen, que acelerava em direção à torre. Era como se o tempo estivesse carregado da mesma fúria que a impulsionava a avançar.

A água que escorria pelo visor do capacete borrava sua visão e, quando finalmente a viu, parecia um fantasma, um tipo de alucinação. Inicialmente pensou que era o representante da Arrow que vinha ao seu encontro, mas logo se deu conta de que era uma mulher. Ficou imediatamente tensa e diminuiu a velocidade da moto, enquanto pegava sua arma.

No minuto seguinte, mal conseguia respirar. Apertou os olhos e tornou a abri-los, na esperança de estar enganada. Mas não estava. Parou imediatamente, desceu da moto e correu em direção àquela figura encharcada e seminua.

Charlie passou por ela, parecia inconsciente, como se não a reconhecesse. Helen agarrou seu braço e puxou-a. Charlie virou-se e, com uma raiva animal nos olhos, tentou morder Helen no rosto. Helen a afastou com um tapa forte. O golpe pareceu deixar Charlie desorientada e a fez cair de joelhos. Toda molhada e com pouca roupa, era uma versão tenebrosa da oficial confiante e jovial que um dia conhecera.

— Onde? — A pergunta de Helen foi direta e fria.

Charlie não conseguia olhar para ela.

— Foi *ele* que fez. Não fui eu. Fez isso para me salvar...

— ONDE? — berrou Helen.

As lágrimas escorriam pelo rosto de Charlie. Ela levantou o braço e apontou para Chatham Tower.

— No subsolo — disse, com a voz falha e fraca.

Helen a deixou onde havia caído e correu em direção à torre. Soltou a trava de segurança da arma enquanto voava pela porta destrancada. Não tinha tempo de pensar estrategicamente. Precisava encontrar Mark.

Tentou afastar da mente a hipótese de Mark já estar morto. Claro que ainda poderia salvá-lo, não? Num instante, Helen se deu conta de que *tivera*, sim, sentimentos por Mark. Não diria que era amor, mas algo acolhedor e bom, que poderia ter evoluído com o tempo. Talvez tivessem se encontrado por uma razão. Talvez devessem salvar um ao outro e reparar os danos do passado.

Entrou no prédio correndo e olhou em volta, desesperada. Em seguida, cruzava o átrio e escancarava a porta ao lado dos elevadores. E desceu, desceu, desceu, pulando três degraus de cada vez.

Agora estava no subsolo. Chutou a primeira porta; era um armário vazio. Não, não devia ser ali, a porta não era resistente o suficiente para prender alguém lá dentro, seria preciso... Então Helen viu a porta de metal reforçada que rangia nas dobradiças. Voou pelo corredor e disparou para dentro.

Quando entrou, seus joelhos cederam e ela desabou. Era Mark. Acabara de ver o pior. Levantou a cabeça devagar, mas não havia um ângulo melhor. Mark jazia numa poça do próprio sangue. Mark estava morto, e a pistola que o matara ainda estava agarrada à sua mão. Helen se arrastou até ele pelo chão imundo, embalando a cabeça inerte em seus braços. Mas Mark estava frio e imóvel.

De repente, um barulho alto. Helen levantou os olhos. Quem esperava que fosse? Charlie? Bridges? Era Marianne, sabia que deveria ser ela.

— Olá, Jodie. — Ela sorriu e trancou a porta. — Há quanto tempo.

113

Não havia vitória, nem felicidade. Nem sequer uma sensação de alívio. Charlie sobreviveria. Sua filha sobreviveria. Mas a antiga Charlie estava morta e enterrada. Não havia volta de uma situação como aquela.

Ficou ali no asfalto, com a chuva desabando sobre sua cabeça. A mente parecia dar voltas. O choque se misturava ao asco. Pouco a pouco, a exaustão a dominava. Fechou os olhos, abriu a boca. A chuva batia em sua boca rachada e ensanguentada. Uma sensação momentânea de alívio, de vida fluindo pelo corpo, e depois o esquecimento. Olhos fechados, o cérebro à deriva, sentiu que estava sendo tragada pela água, empurrada para uma escuridão que era ao mesmo tempo reconfortante e debilitante.

Em seguida ouviu uma voz. Estranha, distante e mecânica. Charlie tentou sair do abismo, mas a exaustão tomava conta dela. E lá estava a voz de novo, em tom urgente, insistente. Com esforço conseguiu abrir um olho, mas não havia ninguém ali.

— Onde você está? Por favor, responda! — A voz desesperada começava a ficar mais clara agora. Charlie abriu o outro olho e deu um jeito de levantar a cabeça do chão. Era o rádio da Helen, caído no chão, ao lado da moto abandonada. E a voz... a voz era do detetive Bridges, procurando por Helen.

Talvez não estivesse tudo acabado. Talvez Charlie tivesse uma chance de redenção, afinal. Sabia que tinha de tentar. Ergueu-se, mas desabou de joelhos de novo. Seu corpo todo tremia, os dentes rangiam. Estava vendo tudo em dobro. Mas tinha de alcançar aquele rádio de qualquer jeito.

114

— Como pôde fazer isso?

Marianne riu. Havia uma bela ironia na pergunta de Jodie. Era exatamente isso que Marianne diria *a ela*, passados todos esses anos. Um largo sorriso se espalhou pelo rosto da assassina. Quem poderia prever que tudo iria sair de forma tão perfeita?

— Foi mais fácil do que você poderia imaginar. Com os homens foi mais fácil; sabe como eles ficam diante de um rostinho bonito. E as mulheres... bem, elas confiaram. Gostaria de dizer que deu muito trabalho, mas consegui que outras pessoas fizessem a pior parte.

E olhou na direção do corpo de Mark.

— A propósito, cruzou com Charlie por aí? — perguntou. — Como ela está? Passou correndo por mim quando abri a porta, mas não tive chance de vê-la direito.

— Você acabou com ela...

— Ora, não seja tão melodramática. Charlie vai ficar bem. Vai melhorar, ficar com o namorado, ter o bebê. Se vai ou não ter condições de olhar o filho nos olhos é outra história, mas o fato é que venceu. Sobreviveu. Achei que ela ia matá-lo, mas Mark tirou esse peso dos ombros dela.

— Por que não veio atrás de mim e pronto? — indagou Helen.

— Porque queria que você sofresse.

Aí estava a verdade, nua e crua.

— Fiz a coisa certa. E faria tudo de novo — disse Helen.

A voz de Helen ficava cada vez mais alterada, à medida que a fúria tomava conta dela. E, pela primeira vez, algo diferente — seria raiva? — brilhou nos olhos de Marianne.

— Você nunca se importou de verdade em saber o quanto *eu* sofri, não é mesmo? — Aquilo veio como um cuspe.

— Isso não é verdade.

— Não que você quisesse que eu sofresse. Você nem ligava se eu sofria ou não.

— Não, eu nunca quis que...

— Fiquei lá *25 anos.* Tentaram acabar comigo no reformatório e depois em Holloway. Escrevi para você, então não finja que não sabe do que estou falando. As bebedeiras, o abuso, as surras. Eu te contei tudo isso e falei como eles pagaram por essas coisas. Arranquei o olho de uma garota em Holloway, lembra? Claro que você se lembra. Mas nunca me escreveu, não me visitou. Não me ajudou *de forma alguma*, porque queria que eu apodrecesse lá. Que eu secasse e morresse. Sua própria irmã.

— Você deixou de ser minha irmã há muito tempo.

— Pelo que eu fiz? Pelo menos eu tive coragem, sua ingrata.

Finalmente o veneno começava a escorrer.

— Eu te *salvei.* Você seria a próxima. Eles teriam *acabado* com uma garotinha como você.

A verdade na acusação de Marianne atingiu a consciência de Helen como se fosse uma navalha.

— Eu sei disso. Sei que achou que estava me ajudando...

— Poderíamos ter sido felizes juntas, você e eu. Poderíamos ter ido para algum lugar, sei lá, poderíamos ter morado na rua, teríamos dado um jeito. Nunca encontrariam a gente. Se tivéssemos ficado juntas, teríamos ficado bem.

— Você realmente acredita nisso, Marianne? Porque, se acredita, está muito mais louca do que pensei...

De repente Marianne atravessou o cômodo e partiu para cima de Helen, com fogo nos olhos. A policial imediatamente levantou a Glock e Marianne parou.

A distância entre as duas era de um metro agora.

Helen observou atentamente o rosto da irmã. Tão familiar na forma e nos traços, mas tão estranho naquela expressão. Como se um monstro tivesse entrado nela e a devorado por dentro conforme tentava escapar.

— Não ouse me menosprezar — sibilou Marianne — Não ouse...
me julgar. É você quem está sendo julgada aqui, não eu.

— Porque fiz a coisa certa? A coisa *decente* a se fazer? Você matou
nossos pais, Marianne. Matou os dois a sangue-frio.

— E você por acaso sentiu saudades deles? Sentiu falta daqueles
estupradores?

Por um momento, Helen ficou sem palavras. Nunca havia se
perguntado isso. Ficara tão envolvida com Marianne depois do fato,
e tão absorta em sua própria jornada desconcertante por lares ado-
tivos que, na verdade, nunca teve tempo para o próprio luto.

— Então, sentiu falta? — perguntou Marianne.

Um longo silêncio se seguiu.

— Não.

Marianne abriu um sorriso. Um sorriso de vitória.

— Pois então. Eles não eram nada. Eram piores que nada. E mereciam um destino pior. Fui até gentil com eles. Ou você já esqueceu
o que fizeram?

Marianne arrancou, então, a peruca loura que usava, revelando
o couro cabeludo. O cabelo nunca mais voltou a crescer em uma
parte específica, que o pai encostara no aquecedor de três resistências, deixando uma ferida repulsiva em sua cabeça.

— Essas são as cicatrizes visíveis. Ele acabaria nos matando. Então, fiz o que tinha de ser feito. E você deveria ser grata, cacete.

Helen encarou a irmã e viu o mesmo olhar de deboche, a mesma
raiva que ostentara durante o julgamento. Ainda estavam ali, tantos
anos depois. Havia verdade no que ela dizia, mas ainda soava como
o delírio de uma mulher louca. Helen sentiu vontade de sair daquele
lugar horrível, ficar o mais longe possível desse ódio que queimava.

— E como isso acaba, Marianne?

— Acaba como começou. Com uma escolha.

Agora tudo começava a fazer sentido.

— Você fez uma escolha, anos atrás — continuou Marianne. —
Escolheu trair sua irmã. A irmã que te ajudou. Que matou por você.
Você escolheu se salvar e me atirou aos lobos.

— E todas as suas vítimas tiveram uma escolha — resumiu Helen, enquanto o horror da trama de Marianne ficava claro para ela.

— Você acha que as pessoas são boas, Jodie. Você é muito otimista. Mas as pessoas *não* são boas. São más, egoístas, cruéis. Você provou isso, assim como cada um dos merdinhas egoístas que eu sequestrei. No final das contas, somos todos animais, arrancando os olhos uns dos outros para sobreviver.

Marianne deu um passo à frente. Instintivamente, Helen agarrou sua pistola. Marianne parou e sorriu; depois, levantou uma Smith and Wesson até o nível dos olhos de Helen.

— Agora você precisa escolher, Helen. Vai matar ou morrer?

Então era isso. Helen e Marianne seriam as últimas participantes daquele jogo mortal.

115

O detetive Bridges deixou Charlie ali mesmo e correu em direção ao prédio. A SO19 estava a caminho com toda a SWAT, e os paramédicos corriam para a cena do crime, mas Bridges não tinha tempo a perder. Helen estava lá dentro com a assassina — Suzanne, Marianne, sabe-se lá como se chamava —, e ele não via muitas chances de a detetive-inspetora sobreviver. Era um esquema pensado para terminar em derramamento de sangue.

Bridges entrou correndo. Os elevadores estavam desativados, mas a porta para o subsolo permanecia aberta, e o oficial cruzou-a às pressas. Desceu as escadas, disparou pelo corredor. Não viera armado, mas que diabo. Cada segundo, agora, era crucial.

Encontrou a porta de metal trancada. Bridges esmurrou-a e a voz de Helen se fez ouvir com toda clareza, dizendo para se afastar. *Foda-se*, pensou, procurando desesperadamente algum tipo de ferramenta.

O corredor estava vazio, mas a última porta, lá no final, era um armário de suprimentos, ainda lotado com várias garrafas pela metade de soda cáustica e desinfetantes. No chão, encontrou um extintor de incêndio descartado. Daqueles antigos, dos anos 1970, pesado e grande. Bridges levantou-o.

Em segundos, foi correndo até a porta de metal. Fez uma pausa, cerrou os dentes e jogou o extintor de incêndio sobre a tranca.

116

A porta sacudiu com o impacto, e um estrondoso ruído metálico ecoou pelo corredor, mas Marianne nem piscou. Tinha os olhos fixos na irmã e o dedo acariciava o gatilho de sua arma.

Crash. Mais um golpe violento na tranca. A pessoa lá fora estava obviamente determinada. A porta rangeu diante dos ataques sucessivos.

— Hora de decidir, Jodie. — Marianne sorriu enquanto falava. — Vou atirar no exato momento em que essa porta abrir.

— Não faça isso, Marianne. As coisas não têm de ser assim.

— É tarde demais para uma trégua. Eles vão entrar. Então faça sua escolha.

— Não quero matar você, Marianne.

— Então a escolha está feita. Uma pena, na verdade. Achei que você ia agarrar a chance com unhas e dentes.

A porta rangia; havia apenas alguns segundos.

— Quero te ajudar. Baixe a arma.

— Você teve sua chance, Jodie. E lavou suas mãos. Salvou toda aquela gente, mas lavou as mãos quando se tratou da sua própria irmã.

— E por acaso você acha que eu não me sinto culpada por isso? Olha o que fez comigo. Olha o que você ainda faz comigo.

Helen tinha tirado a blusa para revelar as cicatrizes em suas costas. Por um momento, Marianne congelou, chocada com o que viu.

— Sou consumida pela culpa a cada minuto, todos os dias. Mas eu tinha apenas 13 anos. Você matou duas pessoas. Matou meu pai e minha mãe na cama deles, pelo amor de Deus. Você assassinou nossos pais. O que eu deveria fazer?

— Deveria me proteger. Deveria ter ficado feliz.

— Nunca *pedi* que você os matasse. Nunca *quis* que você os matasse. Nunca quis nada disso. Não consegue enxergar isso? Você fez tudo sozinha.

— Acha mesmo? *Realmente* acredita nisso?

— Sim, acredito.

— Então não há mais nada a dizer. Adeus, Jodie.

Nesse exato momento, Bridges entrou, e um único tiro se fez ouvir.

117

Em meio à forte chuva, Charlie avistou duas figuras: um homem conduzia uma mulher para fora da torre. Nunca fora religiosa, mas rezou muito nos últimos dez minutos, na esperança de um milagre. E agora teria a resposta.

Ela desviou do paramédico que a atendia e correu. Avançou apenas dez metros, pois as pernas não aguentaram. Caiu de novo, de joelhos no chão encharcado. Protegendo os olhos da chuva, esticou-se para ver através da bruma. Bridges estava ajudando ou detendo a mulher?

Então de repente o sol iluminou o dia e, por um momento, houve luz na escuridão.

Era Helen. Tinha sobrevivido. Os paramédicos já corriam até ela e os colegas a rodeavam. Mas ela os afastou. Charlie a chamou bem alto, mas Helen passou por ela sem se dar conta.

Soltando-se de Bridges, a detetive-inspetora Helen Grace caminhou sozinha na chuva. O jogo tinha acabado, e ela estava viva. Mas não vencera. Seu tormento estava apenas começando. Pois, como Marianne bem sabia, não existe paz para aqueles que derramam sangue dos familiares mais próximos. Agora era a vez de Helen viver com essa mancha.

Este livro foi impresso
no Sistema Digital Duplex da Divisão Gráfica da
DISTRIBUIDORA RECORD DE SERVIÇOS DE IMPRENSA S.A.
Rua Argentina, 171 - Rio de Janeiro/RJ - Tel.: (21) 2585-2000